Y0-DWO-330

MR. SMILE

DANIEL MÚGICA

MR. SMILE

La aventura

Ilustraciones de Tina Fernández

TOROMÍTICO

Primera edición: junio de 2019

Ediciones Toromítico
Infantil y Juvenil (12-16 años)
Edición: Javier Ortega
Corrección y maquetación: Rebeca Rueda

Imprime: Black Print
I.S.B.N.: 978-84-15943-69-3
Depósito Legal: CO-821-2019

www.toromitico.org
@AlmuzaraLibros
pedidos@editorialalmuzara.com - info@editorialalmuzara.com

Hecho e impreso en España - *Made and printed in Spain*

I've seen things you people wouldn't believe. Attack ships on fire off the shoulder of Orion. I watched C-beams glitter in the dark near the Tannhäuser Gate. All those moments will be lost in time, like tears in rain…

«Yo he visto cosas que vosotros no creeríais. Naves de ataque en llamas más allá del hombro de Orión. He visto rayos-C brillar en la oscuridad cerca de la Puerta de Tannhäuser. Todos esos momentos se perderán en el tiempo, como lágrimas en la lluvia…».

El actor Rutger Hauer en la película *Blade Runner*,
del director Ridley Scott.

Para mis sobrinas Tina, Carmela e Inés.

1

Fuera sopla un frío que congela los huesos.

10 h. de la mañana, amanece.

Domingo.

Mi nombre es Smile y soy esquimal. Desde pequeño me llaman así; pongo al mal tiempo buena cara y una sonrisa.

Despierto en un iglú moderno, una vivienda fabricada en forma de cúpula, a base de ladrillos de nieve mezclados con fibra de plástico. Tiene cien metros cuadrados, chimenea, dos habitaciones, baño, cocina, comedor y garaje. Dibujo un rato, me gusta representar la naturaleza y los animales de mi entorno.

El coche, un viejo Volvo todoterreno, se nos estropeó la semana pasada. Está en el garaje y las piezas de repuesto tardan en llegar. Lo conduce mi madre y mi padre lo detesta. Vivo en Alaska, el Polo Norte, uno de los lugares más fríos del planeta. Mi madre, Nivi, una mujer baja y delgada de ojos verdes, es médico. Cura resfriados, gripes y catarros, enfermedades que provocan los vientos gélidos. No se ve un solo árbol y la nieve y el hielo cubren el horizonte, una blancura a veces pálida y otras veces brillante. Mi padre, Alek, un hombre alto y fortachón de ojos castaños, se dedica a la caza. Vende las pieles de los animales. Ha escapado de tormentas de nieve y miles de peligros, a veces con mi madre. Mis padres tienen un solo defecto: son demasiado orgullosos. Su honor está por encima de todo.

¡Me sacan de quicio sus conversaciones sobre el honor!

Mi padre me ha enseñado a rastrear huellas, a usar el arpón, el arco y el cuchillo. El mes pasado, cuando cumplí trece años, me regaló un arpón y un cuchillo nuevos. El cuchillo tiene la empuñadura de hueso y la lámina de acero, con el filo trasero dentado como una sierra. El arpón acaba en un cabezal con forma de media luna.

A mi padre le gustan las tradiciones y no le gustan las armas de fuego.

A veces acompaño a mi padre de caza y surcamos la nieve en nuestro trineo, tirado por los perros. Mi padre prefiere el trineo a los todoterrenos y las motos de nieve; dice que contaminan el paisaje.

Los nunamiut, mi tribu, están enfadados. El calentamiento global, un fenómeno de la naturaleza, funde parte del Polo Norte y nos quita la caza, el alimento de la tribu. Osos polares, zorros, morsas, focas y renos desaparecen poco a poco.

No sé por qué mis padres han construido un iglú en medio de la nada cuando hay un montón de casas bonitas en Kaktovik, el pueblo a diez kilómetros, camino del sureste, subiendo una empinada cuesta por un camino que ha asfaltado mi padre. Al norte, a tres kilómetros, empieza el mar Ártico. Mis padres son unos solitarios y esconden algún secreto; estoy convencido. En el garaje hay un arcón de acero con un candado cuyo contenido no me dejan ver.

Todos los domingos estoy muy contento porque viene conmigo de caza mi buena amiga Kesuk. Tiene catorce años y una figura espectacular, los ojos negros y la piel morena. Es un poco más alta que yo, y eso que estoy crecidito para mi edad. Su padre es el chamán de la tribu, un brujo que nos cuenta que habla directamente con los dioses esquimales. Ha viajado por todo el mundo, aprendiendo de los magos de muchos países.

Su hija, Kesuk, los domingos, viste un mono negro y unas botas negras de una materia parecida a la goma, delgada y flexible, que se ajusta a su cuerpo como un guante tapándole las manos y dejando al aire su preciosa cabeza. No entiendo que le abrigue tanto.

¡Está espectacular!

Trae una lanza de caza y viene del pueblo en su tabla de *snowboard*. Están hechas de un metal parecido al acero. Mi amiga me ha dicho que el traje, la lanza y la tabla la ha diseñado el rey de Wakanda[1], T'Challala, otro brujo. Kesuk añade que ha heredado el talento de su padre y que le ha enseñado todos los hechizos que conoce. Cuando le pido que me muestre alguno, me mira y se calla. Yo no me lo creo, pero me da igual.

¡Kesuk me gusta un montón!

Me lavo la cara y las manos, le hago una mueca al espejo. No soy el niño más feo del mundo, tampoco el más guapo, y soy fuerte gracias a que ayudo a mi padre en el trabajo. Aunque tenga trece años parezco mayor. Muestro músculo y saco pecho, soy un poco chulo. ¿Y qué? Mi cuerpo todavía no se ha desarrollado del todo, pero el de mi mejor amiga sí, Kesuk. Tengo la cara ovalada, con un lunar en mitad de la frente; el pelo negro, ondulado y largo, hasta los hombros; piel morena tirando a color cobre y orejas pequeñas; ojos asiáticos y alargados, de color café; boca que muestra sonrisas de broma, optimismo y desafío.

Por eso me llaman Smile.

Los mayores suelen estar cansados de tanto trabajar o agobiados por la situación económica. Mis compañeros de clase se quejan de las discusiones de sus padres o de las peleas con sus primos mayores. Hay demasiadas malas caras. Yo prefiero enfrentarme a los problemas con alegría. Las nieves acabarán y llegará el verano; los problemas también pasarán, o eso creo. No voy a perder el tiempo en estar triste. No hay mejor defensa que una sonrisa, pensar que mañana será mejor que hoy.

---

[1] T'Challa, el rey brujo de Wakanda, apodado Pantera Negra, aparece en los cómics y las películas de la compañía Marvel.

Me visto con el plumas de color rojo con la capucha forrada de lana, los pantalones de neopreno y las botas rojas apresky, ropas especiales contra el frío. Papá y mamá estarán fuera, alimentando a los perros. Hasta que arreglen el coche, me acercan al colegio de Kaktovik en el trineo de caza.

Bajo a la cocina. Mi desayuno no está preparado y no oigo las voces de mis padres; tampoco escucho los ladridos de los perros, de raza Husky, resistentes a las bajas temperaturas. Adoro a esos perros, nos queremos como hermanos; duermen en el salón, enfrente de la chimenea. Se llaman igual que las antiguas divinidades de los esquimales: Sila, dios del aire; Nuna, dios de la tierra; Tukik, dios de la luna, y Pinga, dios de la medicina. Mis padres sostienen que los viejos dioses existen, y que vendrán en nuestro auxilio cuando les necesitemos.

Recorro la casa y no encuentro a mis padres. El trineo no está en el garaje. Mis padres habrán salido a hacer algún recado.

Lo pienso de nuevo; mis padres nunca me han dejado solo, salvo cuando me cuida mi tía. El silencio empieza a mosquearme y me embarga un mal presentimiento.

Abro la puerta y salgo a la nieve; calculo quince grados bajo cero, lo normal en esta época del año. Aparece Kesuk. Su pelo moreno, corto y con flequillo brilla con el resplandor de la nieve. Está preocupada, lo percibo en su mirada de gata. Dice:

—Pasa algo, Smile.

Respiro hondo y mi aliento parece humo a causa del frío. Miro hacia arriba, siempre tapa el cielo una niebla baja; miro hacia abajo y no veo las huellas del trineo.

—¿Me acompañas, Kesuk?

—Hasta el fin del mundo —responde con su voz suave.

—Y más allá —cierro la conversación.

Nos reímos en voz baja. ¡Adoro su risa!

Después de unos minutos, callamos. La cara de mi amiga aclara que no estamos para bromas. Rodeamos el iglú y reconozco las huellas de las botas de mis padres, de las patas de los perros y de los patines del trineo. Las huellas se dirigen al mar, mis padres viajarán encima del trineo.

Avanzamos unos pasos observando unas huellas que nos desconciertan. Corren paralelas al trineo y son de un ser humano, o de algo parecido. Distingo con claridad las siluetas de las plantas, los talones y los dedos. Lo que sea va descalzo, pesará una barbaridad; las huellas se hunden treinta centímetros en la nieve dura. Los pies, si estuvieran calzados, alcanzarían el número ochenta, un tamaño de zapato descomunal.

¿De un gigante? No, los gigantes no existen, ni tampoco las hadas. Son cuentos para niños.

—Son huellas de gigante, mi padre los ha conocido en uno de sus viajes —dice Kesuk como si me leyera el pensamiento.

Lleva bajo el brazo izquierdo la tabla de *snowboard* y la lanza en la derecha, apuntando de frente y esperando que aparezca algo peligroso. ¿El qué?

—Venga ya.

Kesuk, como siempre que se molesta, se limita a callar y no responder. Insisto:

—Cuentos de críos que…

Me corta:

—Smile, no discutamos. Aquí ocurre algo raro.

Tiene razón, mis padres jamás me abandonarían. El del número ochenta de pie les ha obligado a seguirles y siento que mis padres se encuentran en apuros. Puedo ir corriendo al pueblo a pedir ayuda, pero tardaría. Las huellas se dirigen al mar y quien esté con ellos quizás pretende ahogarles. Me preocupo, tomo una decisión: debo ayudar a mis padres. Entro en el iglú y cojo mi arpón, mi puñal, mi arco, un par de bengalas y la aljaba (una especie de mochila rectangular de cuero que me cuelgo a la espalda y guarda las flechas). Me pongo el arco al hombro.

Salgo.

—Estás muy guapo —me sonríe mi amiga con sus labios anchos, de color rosa oscuro.

—Te gusto, te parezco la leche.

—Smile, siempre estás con lo mismo —contesta coqueta, pero sigue sin abrirse del todo.

Corremos hacia el mar siguiendo las huellas, una línea recta. Sopla una escarcha que nos ciega y blanquea nuestras cejas. Llegamos a la orilla sudando, me aparto el pelo de la cara y me muevo en círculos; no permitiré que el sudor me congele. Kesuk no se mueve y me acerco a ella. Su traje, típico, está cálido. Es un mono distinto, desde luego.

No dejo de contemplar la orilla, la gran franja de hielo. Han cortado un cuadrado de unos quince metros cuadrados, creo que han confeccionado una balsa de hielo. El que ha secuestrado a mis padres se los ha llevado en la balsa con los perros y el trineo.

¿Pero adónde?

Se está levantando una ventisca de nieve. Diviso en el mar trozos de hielo e icebergs, montañas de hielo y nieve cuyos picos asoman sobre el agua y flotan a la deriva de las mareas. Todas las porciones de hielo son irregulares, no hay ninguna cuadrada. ¿Dónde está la balsa? Me pongo la mano sobre los ojos a modo de visera, no distingo en la distancia personas ni animales.

Aguzo el oído, escucho el viento y los pedazos de hielo entrechocando entre sí y la suavidad del agua nieve al rozar la orilla. Kesuk me imita, y tampoco oye a mis padres.

—Usa tu magia.

Pruebo a ver si al final es verdad lo de su magia.

—No es una cosa de niños, Smile. Se debe utilizar como último recurso.

—Tú decides, es tu vida.

Una excusa, supongo. A cada momento que pasa estoy más convencido de que su magia es una mentira.

Cierro los ojos, me concentro y al fin escucho ladridos. Identifico los contornos entre la nieve, provienen de la izquierda. A unos cien metros en perpendicular, de pie sobre un iceberg, me llaman a ladridos. Les he enseñado a recibir instrucciones y a avisarme. Nuestros perros están atados al trineo. No hay rastro de mis padres, tenemos que llegar al iceberg, allí encontraremos alguna pista sobre ellos.

Recorto con el cuchillo una parte de la orilla de hielo, más larga que ancha, en forma de balsa plana. Kesuk me ayuda y el filo de la punta de su lanza separa el hielo como a mantequilla. No he visto nunca un metal tan duro, ni siquiera el del mejor arpón de la colección de mi padre.

Montamos, empujamos la balsa con el arpón y la lanza. Nos separamos de la costa.

Hinco una rodilla, remo con el cabezal del arpón, me cuesta una barbaridad. Kesuk lo hace con los brazos, sin que se le enfríen gracias a su extraño traje. Además, no se le nota el esfuerzo. La observo; cada vez que da una brazada el traje parece cargarse con la energía de sus músculos y soltarla a la siguiente con un resplandor leve y negro. ¿Qué propiedades tendrá ese traje? Me fijo en su rostro delgado, que irradia seguridad, y en sus piernas alargadas, y en sus ojos, a la búsqueda de un desafío.

¡Una chica dura y hermosa!

Esquivamos los trozos de hielo que se cruzan en nuestro camino. La nieve se está convirtiendo en un temporal. Hemos navegado cincuenta metros y estalla la tormenta de nieve; clavo el cuchillo en la balsa, me agarro a la empuñadura para que el viento no me arroje al mar. Kesuk gira unas cuantas veces la lanza con las dos manos, como si la cargase de energía, y hunde en el hielo la lanza.

¡Alucino!

Nunca la he visto actuar con semejante fuerza. ¿Se la proporcionará su mono negro?

Lo único bueno es que el temporal sopla en dirección al iceberg, un golpe de suerte. Desembarcamos en el iceberg. Nuestras caras están cubiertas de nieve y el frío y la ventisca nos azota. Trepamos una pequeña cuesta y nos encontramos con mis perros; me lamen, les acaricio y me abrazan. Me indican con ladridos que subamos al trineo. Miro a mi amiga, dice sí con un movimiento de cabeza, asintiendo. La ventisca de nieve no nos permite ver lo que hay delante de nuestros ojos. Montamos en el trineo. Mis perros, con mucho esfuerzo, empiezan a subir la pendiente.

Se detienen y ladran. Echo el freno al trineo, enciendo una bengala. El rojo de la bengala se funde con el blanco de la nieve; alumbro en la dirección que me indican los perros con sus hocicos, la entrada a una cueva.

—¿Qué habrá en esa cueva, Kesuk?

—Una aventura —responde ella, con una chispa en la mirada.

Buena chica, valiente; le encanta el peligro. La he visto danzar delante de renos que amenazaban con atropellarla, moverse como una equilibrista y cazar a uno con su lanza.

Contemplamos en el suelo las huellas de la persona o cosa que se ha llevado a mis padres y las del calzado de ellos. La cosa los ha arrastrado al interior de la cueva. Me asomo y veo un túnel de siete metros de diámetro que desciende dentro del iceberg. Hay marcas de tres espaldas que han sido arrastradas por la gravedad; dos pertenecen a mis padres y la tercera es de un ser demasiado grande.

El túnel parece no tener fin, pero son mis padres, me digo, y mi responsabilidad es ayudarles. Sonrío, la mejor manera de vencer al miedo. Sila y Nuna, los perros de cabeza, a mi señal se arrodillan colgando sobre la entrada del túnel. Tukik y Pinga, detrás, les imitan. Compruebo las correas de los perros y el trineo. Suelto el freno, lo empujo, monto con Kesuk, agarro las riendas con la mano izquierda y con la derecha sostengo la bengala.

Los perros de rodillas y nosotros de pie, sobre el trineo, nos deslizamos en el túnel, un tobogán de paredes de hielo que parecen espejos. Bajamos a gran velocidad mientras Kesuk se abraza a mí con un brazo, y con el otro sujeta la tabla de *snowboard*, y con la mano libre la lanza. Nunca me había abrazado.

¡Me chifla el tacto de su cuerpo!

Veo una luz brillante al final del túnel.

Salimos del túnel, volamos seis metros, aterrizamos en una sala redonda con un trono de plata. Hay una criatura parecida a una mujer que se sienta en el trono, y un gigante de tres metros de altura, con la cabeza vendada; el ser que ha secuestrado a mis padres, suponemos, con una porra de metal, de un color tendente a la plata, como un bate de béisbol grande, al hombro.

Me fijo en sus pies descalzos, el número ochenta que calculé. Una gran mariposa se posa en su hombro izquierdo. Pero los gigantes no existen, o eso pensaba yo. La bengala se apaga.

Creo que he viajado a otro mundo. Por dentro, aunque no se me note, tiemblo de pánico. Entonces sonrío.

Kesuk me pregunta en voz baja:

—¿Qué hacemos? ¿Buscamos a tus padres? Tú mandas.

—Esperar. La paciencia es una virtud.

Mis padres suelen aconsejarme ser paciente, esperar agazapado durante horas a que aparezca la presa, o pensármelo bien antes de actuar ante cualquier problema. Lo mejor es hacer lo que nunca hago: hacerles caso.

2

Me froté los ojos y parpadeé. No estaba soñando. Kesuk apenas disimulaba su asombro, menor que el mío. ¿Alguna de sus historias sería verdad? Empecé a pensar que a lo mejor eran ciertas.

Me apeé del trineo sujetando el arpón. De momento no sacaría el cuchillo de su funda ni me descolgaría el arco y la aljaba. Acaricié a los perros, los tranquilicé mirando de refilón lo que me rodeaba. Kesuk se posicionó a mi lado desafiante, sin soltar su tabla, pegando un golpe en el suelo con el extremo plano de la lanza, como explicando: ¡Aquí estoy!

¡Un prodigio de chavala!

La mujer del trono parecía una elfa de los cuentos que me leía mi madre. Aparentaba treinta y cinco años y podría tener cien según los cuentos. Conforme las narraciones, los elfos se conservaban jóvenes. Era muy guapa y tenía ojos verdes, piel color de la plata, pómulos suaves, nariz respingona, barbilla afilada, orejas terminadas en punta, un largo pelo plateado y un cuerpo de modelo que irradiaba calor, lo mismo que el traje de mi amiga, lo que me extrañó. Alcanzaba el uno setenta y cinco de altura. Vestía una túnica verde con un tulipán blanco bordado en el pecho izquierdo, un cinturón de cuero con esmeraldas del que colgaba una funda con su espada, y calzaba zapatillas bailarinas. A los pies del trono había un escudo. Tenía en la cabeza una corona de plata simple, bonita. Eso, más el trono de plata, me indicaba que era una reina, una reina de los elfos.

Transmitía paz.

Pero yo no me fiaba.

El gigante que había apresado a mis padres se situaba a la derecha del trono. Su aspecto resultaba amenazante y vestía pantalones cortos. Contaba con dos ojos del color de la piedra, nariz, boca, cabeza sin pelos, cuello de búfalo y un cuerpo algo entrado en carnes, de piel similar a la del rinoceronte, de color beis, como la arena, aunque más dura, resistente a las cuchilladas. Estaba un tanto encorvado y tenía un zurrón, una especie de bolso de cuero con flecos. En vez de intentar asustarme, me observaba con pena, con vergüenza. Algo no encajaba, quizás no había secuestrado a mis padres.

Otra sorpresa. La mariposa que descansaba en el hombro del gigante podía ser un hada, tal vez un hada guerrera. Tenía un cuerpo de treinta centímetros de largo, cubierto con un vestido de metal dorado y liviano que realzaba su cuerpo, exacto al de una humana. Una belleza de ojos color de almendra. Llevaba el pelo corto y negro, como engominado. En los extremos de la frente le nacían antenas cortas acabadas en dos pequeñas bolas. Blandía un pequeño tridente y un escudo. Coloreaban sus alas de mariposa un morado claro con rayas verticales rosas.

La sala era redonda, la cámara de la reina mediría cien metros cuadrados. Había una serie de columnas de plata que terminaban en una bóveda de cristal; estaban labradas con figuras de flores. Cerca de la pared, que era circular, de ladrillos de plata hasta la mitad, donde empezaba la bóveda de cristal, había estatuas que componían otro círculo, reyes y reinas de una antigua familia, de una dinastía, supuse. Veía una mesa con papeles y mapas, otra mesa de comedor y un arcón. El suelo parecía un tablero de ajedrez, aunque redondo. Las baldosas blancas eran de plata y las negras de azabache. A lo lejos lucían dos soles gemelos, parecidos a los de la Tierra. Inundaban la sala de luz. La idea de estar en otro mundo me erizó el vello de los brazos.

Kesuk me susurró:

—Que no se note que estás asustado. Una muestra de flaqueza no nos conviene ahora.

—Repites las palabras de mi padre cuando cazamos —repuse—. Y para tu información, no estoy asustado.

—Es un hombre sabio, Smile. Aprende de él.

—Pues vale, lo que tú digas.

A veces mi amiga me irritaba con sus aires de superioridad, de los cuales se arrepentía enseguida. Empecé a pensar en cómo encontrar a mis padres y, lo más complicado, en cómo volver a la Tierra; siempre que estuviésemos en un planeta diferente, claro.

Nos acercamos al trono de plata con el arpón y la lanza por delante, a modo de defensa. La elfa habló con una voz delicada, como de seda:

—Bienvenido, Smile. ¿Quién es tu amiga?

—Tengo voz, me llamo Kesuk —replicó ella, malhumorada.

—¿Bienvenido adónde? ¿El gigante ha secuestrado a mis padres? ¿Cómo sabéis mi nombre?

El gigante respondió con voz apenada, profunda:

—Tus padres y nosotros somos buenos amigos, por eso te conocemos. Les fui a buscar. Cuando nos estábamos deslizando en el túnel, alguien o algo me golpeó en la cabeza y me abrió una brecha. No me dio tiempo a verla. Debía de ser una criatura muy fuerte. Hay pocas criaturas más fuertes que un gigante. Me llamo Karku, líder de los gigantes.

—Yo soy Magüa, jefa de las hadas de las cuevas —dijo el hada parecida a una mariposa, con voz apacible.

La elfa añadió:

—Me llamo Urina, de la dinastía Tador. Estáis en mi palacio, Ciencielos, en la cámara regia. Ciencielos es el centro de Umbral, la capital del reino. El reino de Júbilo, el de los elfos plateados. Yo soy la reina. Antes lo fue mi hermana Casilda.

Dije con una sonrisa:

—No has contestado a lo de mis padres.

—Antes debemos vestirte adecuadamente e informarte sobre nuestro reino. ¿Qué sabes de tus padres, Smile?

—Que esconden algún secreto.

—Una noticia vieja —dijo Kesuk en tono de broma.

Lo conocía porque mi padre se lo habría comentado. O no.

—Sois un poco insolentes —dijo el gigante Karku.

—Solo estamos empezando —contesté con un sonido similar al de mi amiga.

Kesuk me sonrió.

¡Me encantaba aquella sonrisa!

Los demás pasaron de nuestros comentarios. La reina Urina se levantó y sacó de detrás del trono una bolsa y se acercó. Caminaba con gracilidad, como una bailarina. Los perros, según se aproximaba, le ladraban más y más con la intención de defenderme. Se agachó, les acarició detrás de las orejas y se calmaron. La reina élfica les agradaba. Me tendió la bolsa con la ropa. De cerca, el calor que desprendía la reina Urina me envolvía. Inspiraba confianza, al igual que el gigante Karku y el hada Magüa. No creía que me engañasen sobre mis padres. Les haría caso, al menos por el momento. Me cambié detrás de una columna y salí.

El hada Magüa voló a mi alrededor y dijo:

—Estás perfecto, Smile. Tan perfecto como la sabiduría de la Naturaleza.

Vestía camiseta negra, chaqueta negra con cremallera, cruzada, de motorista, botas negras de motorista. De mi cinturón colgaba mi vaina o funda del cuchillo de cuero, de color negro, cuando antes era marrón. A la espalda había aparecido una funda de cuero negro donde introduje mi arpón, en el lado izquierdo. Y la aljaba de las flechas también era negra... aunque las flechas habían desaparecido. El arco, sin embargo, permanecía igual. No me faltaba la chica guapa de las pelis, venía conmigo.

Me estaba empezando a mosquear. Muchísimo.

—¿De qué vais? —interrogó mi amiga.

—Todo a su tiempo, pequeña —dijo el hada intentando rebajar la tensión.

—Ni pequeña ni nada.

—Te estás excediendo —dijo muy seria la reina.

Kesuk no respondió. Súbitamente, saltó hacia delante girando en círculos con la lanza en la mano. Luego, apuntó a la reina, que saltó del trono y apartó el arma de mi amiga con su espada. Kesuk, dando una voltereta en el aire, cayó de pie y le lanzó una patada de artes marciales a la reina. ¿Dónde diablos las habría aprendido? La reina la detuvo con el codo. El traje de mi amiga se cargó de energía y le propinó un puñetazo de kung fu que la elfa detuvo con su escudo, aunque la fuerza arrastró sus pies medio metro hacia atrás. Luego, mi amiga viró el puño de su mano izquierda y se materializó, rodeando su muñeca, un círculo negro. De su mano surgió un rayo también negro.

¡Una chica maravilla!

La reina esquivó el rayo, pegó un bote y de un patadón mandó a Kesuk al otro lado de la sala. La empotró contra los ladrillos y Kesuk se desvaneció unos segundos. No me había mentido, era maga.

¡Qué sorpresa!

Corrí hacia ella y la protegí con mi cuerpo. Grité:

—¡Malditos!

—Smile, por favor, tranquilízate, tu amiga ha atacado primero. La reina se ha defendido sin causarle daño. Confiad en nosotros, te lo ruego —dijo el hada Magüa con voz sincera.

—La confianza hay que ganársela, hada.

Me agaché, mi amiga se estaba despertando. Dijo con una sonrisa, a fin de calmarme:

—Vaya con la elfa, golpea duro.

—¿Dónde has aprendido artes marciales?

—Mi padre me ha enseñado, Smile. Entreno magia y artes marciales desde que tenía cuatro años.

Los hechos demostraban que no me había mentido. Nos pusimos de pie. Mi disgusto con la reina por haber maltratado a mi amiga no se había esfumado.

La reina preguntó cariñosa:
—¿Estás bien, jovencita?
—Preparando el segundo asalto. Y tengo nombre.
—Kesuk, aparquemos las peleas un rato. Luego hablaremos de ti.
Mi amiga y yo nos miramos un momento.
Kesuk dijo:
—Vale.
Urina aclaró:
—Tu ropa, Smile, está confeccionada de anqun, un material indestructible que escasea nuestro planeta. ¿Kesuk, de qué están hechos tu traje, tu tabla y tu lanza?
—De vibranio[2], un mineral maleable del reino de Wakanda.
—¿Concentra la energía que recibe y la devuelve?
—Exacto.
La reina me miró:
—Os servirá en la búsqueda de tus padres, Smile.
Aunque aún no me fiase, no perdía nada con probar mis nuevas vestimentas. Saqué el cuchillo e intenté rajar la manga izquierda. No lo conseguí.
—¿Me prestas tus armas y la aljaba? —agregó Urina.
Le tendí el arpón, el cuchillo, el arco y la aljaba, atento, eso sí. Los depositó en la mesa de comer, cerró los ojos y se concentró. De repente, las armas brillaron, llenando de una blancura cegadora la sala. La blancura se desvaneció y las armas habían adquirido la tonalidad de la plata.
Habría usado magia.
La reina Urina dijo:
—Son tan fuertes como tu ropa.
—¿Y las flechas?
—Aparecerán cuando eches la mano a la aljaba y las imagines. Cualquier tipo de flecha.
Transformar las armas que me habían regalado mis padres para defenderme de los animales del Polo Norte agotó mi paciencia, añadido el golpetazo que le había asestado a Kesuk.

---

[2] Mineral de los cómics y películas de la compañía Marvel.

No se manipulaban los regalos de nadie, era una norma de oro, ni se pegaba a sus amigos.

Que si truquitos mágicos, que si criaturas de cuentos, pero no me contaban nada de mis padres.

Me dirigí a la mesa, cogí las armas y me colgué la aljaba detrás de la espalda, en el lado derecho. Tenía que demostrarles que no era un juego. Clavé con fuerza el arpón en el suelo y las baldosas se resquebrajaron con el ruido de un trueno, creando radios en zigzag desde el punto de origen, delante de la mesa, hasta las paredes. Los perros saltaron y ladraron asustados. Lancé el cuchillo contra la mesa de los mapas, cortándola por la mitad y tirando los mapas al suelo. Imaginé una flecha soga y se materializó en la aljaba, la mochila de las flechas. La cargué en el arco y disparé a una estatua, enlazándola con la soga que surgía de la punta de la vara de la flecha, de cuyo final o culatín nacía una cuerda que agarraba con las manos. Tiré de la cuerda y la sala retumbó cuando la estatua cayó al suelo.

Kesuk me plantó un beso en la mejilla y dijo, medio en broma medio en serio:

—Mi héroe.

¡Su aliento sabía a caramelo!

Cada minuto que pasaba, me gustaba más. Ya la tantearía.

Aparté mis sentimientos y me centré en lo que nos ocupaba. Mi fuerza se había desarrollado, y mucho. Menudo regalo, uno de los gordos.

Silbé, mis perros se callaron obedientes. No sé qué me sorprendía más, si mi repentina fortaleza o el destrozo del que ya estaba arrepintiéndome. Deshinqué el arpón y lo envainé. Me acerqué a la mesa y recuperé el cuchillo. Aquellos seres habían confiado en mí y yo les devolvía el favor rompiendo cosas.

Sospeché que la reina Urina hubiera podido liquidar a Kesuk en un santiamén. ¿O no? Kesuk guardaba un montonazo de secretos.

—¿Qué opinas, Kesuk?

—Acabo de sondear con mi magia al gigante, el hada y la elfa. Son de los buenos.

Ante su respuesta, no nos quedaba otra que fiarnos de ellos. Durante lo que nos esperase, iría preguntándole a cada uno por sus vidas e inquietudes, para crear complicidad entre nosotros, necesaria cuando hay que compartir un desafío, imprescindible a la hora de confiar en el otro, la vida en este caso.

—Vaya, me cuesta —dije mientras intentaba levantar la estatua.

El gigante me ayudó, la pusimos de pie; me guiñaba un ojo pidiéndome que no concediera demasiada importancia a mis actos. El hada me contemplaba con cara de echarme la bronca. La reina Urina sonrió, abrió los brazos y su melena flotó. El suelo, segundo a segundo, empezó a recomponerse; la mesa, también. Los mapas volvieron a su sitio y yo flipaba en colores.

—Eres maga, claro —afirmé a la reina.

—Lo mismo que tus padres y que tú, Smile... Comprendo tu furia.

—¡¿Qué?!

—Eres un niño muy valiente y bondadoso. La magia de esta tierra ha intensificado tu energía gracias a tu valor y bondad, virtudes positivas. La magia de nuestro planeta actúa en los pocos humanos que nos visitan según sus méritos, siempre que sean honestos —me confirmó mi peor sospecha, estábamos en otro planeta—. El valor sirve al bien y al mal. En tu caso, como en el de tus padres, al bien. De lo contrario no serías tan fuerte como lo eres ahora. Las armas son una prolongación de tu magia, debes usarlas con prudencia —miró a mi amiga—. Tus hechizos terráqueos, Kesuk, igualan a los de nuestro planeta. Tu bondad y tu coraje, parejos a los de Smile, aumentarán tu fortaleza física y velocidad, pero no tu magia al estar incorporada a ti. Tu destreza peleando será un magnífico aliado. Tampoco os falta inteligencia, la vais a necesitar. Los peligros que os aguardan no los imaginaríais ni en la peor de vuestras pesadillas.

Una forma curiosa de dar ánimos, me dije. Kesuk, encantada, contestó con una sonrisa.

Nuestras pesadillas no eran malas, aunque nos despertasen asustados en mitad de la noche; nos avisaban de que nuestro mundo no era tan seguro como pensábamos.

Por lo menos empezaba a hablar de mis padres, lo único que me importaba. Mi nueva habilidad, la resistencia, las armas renovadas y encontrarme en un mundo mágico, solo eran añadidos; todo eso estaba muy bien, pero lo principal era recuperar a mis padres.

La reina Urina se acercó a la mesa de los mapas y nos indicó que la siguiésemos con un gesto; nos aproximamos. Fijó la mirada en un mapa. Alrededor de los dos soles giraban varios planetas. Después señaló otro plano, un plano hemisferio (se veía el planeta a lo largo, dibujado en un pergamino, y no redondo) del planeta donde estábamos. Me explicó:

—Nuestro planeta, Memento, es de las dimensiones de Plutón, el de tu sistema solar (un quinto del tamaño de la Tierra). Está a seiscientos mil millones de lunas luz de la Tierra —calculé doce lunas por año y obtuve el número de cincuenta años luz—. Es uno de los diez planetas mágicos que giran en torno a los soles de Ur y Rumu. El doble sistema solar recibe el nombre de Pinilo. Pinilo influye en las civilizaciones avanzadas del universo. Memento es el más alejado de los dos soles y el planeta más poderoso, estrellas de la misma intensidad y masa que vuestro sol.

Pregunté alucinado:

—¿Hay mundos parecidos a la Tierra?

—Hay guerras en todos los planetas inteligentes del universo. Nuestro fin es que no estallen guerras mundiales; y a veces lo conseguimos. Memento consta de diez continentes, separados por mares y océanos. Júbilo, mi reino, el continente de los elfos plateados, se dedica a cuidar los sueños de los humanos. También nos encargamos de otros aspectos relacionados con los planetas avanzados del universo. Gobierna cada continente un rey o una reina, maestros de magia blanca o negra. A temporadas luchamos entre nosotros. Positivo y negativo. Blanco y negro. Todo tiene su opuesto, Smile.

Según el mapa hemisferio de Memento, Júbilo tenía forma de rombo. Lo que me inquietaba de verdad era por qué la reina Urina, con toda su magia, no había salido a rescatar a mis padres. Pensé que la respuesta debía esperar. La elfa y reina de Júbilo vio la duda en mis ojos.

El gigante Karku se adelantó y dijo:

—En cada galaxia hay una pareja de magos que vigilan esa galaxia y nos avisan de los posibles problemas, con lo que actuamos con mayor celeridad. De vez en cuando nos visitan. Intercambiamos información. Vamos a buscarlos a través de portales mágicos que nos abre la reina, de varios tipos. Los traemos o vienen ellos abriendo sus propios portales. Les llamamos los Vigilantes. Los Vigilantes existen, como Memento, desde el principio de los tiempos. Tienen hijos, uno por pareja. El varón o la hembra que nace se enamora del ser adecuado y se casa, y entonces pasan a ser los siguientes Vigilantes. Podríais ser vosotros.

—¿Los cerdos vuelan? Va a ser que no, gigante, nosotros no vamos a enamorarnos —le interrumpió Kesuk.

Bueno, yo no sabía si lo que sentía por ella era amor o si su cuerpazo y sus ojazos me atraían un mogollón, pero no me hubiera importado plantarle un beso en la boca. De los largos.

Karku prosiguió:

—Ya veremos, Kesuk. El poder de la magia se transmite de generación en generación —me observó—. En tu interior hay un gran potencial mágico, Smile, que irás descubriendo según viajes por Memento. Eres el hijo de los Vigilantes de la Vía Láctea, tu galaxia. Fui a buscar a tus padres, Nivi y Alek. En el portal mágico, en el iceberg, algo me golpeó y los secuestró. Desconocemos quién o qué, y sobre todo por qué se los han llevado.

A cada minuto que transcurría, alucinaba más.

—Tienes un vínculo especial con tus padres, solo tú puedes encontrarlos. Karku y yo te acompañaremos en la búsqueda.

—Te cubriremos las espaldas —agregó el hada Magüa.

—Me uno —sonó una voz grave a mi izquierda.

Kesuk y yo miramos hacia allí. Nos encontramos con un ser que tenía cuatro brazos y cuatro piernas musculosos, de cuatro dedos cada uno, algo más largos que los humanos, con rugosidades en las palmas y yemas de los dedos que parecían capaces de aferrarse a cualquier superficie; espaldas anchas y un pecho considerable; una tripa atlética; cabeza gruesa, calva por completo; nariz y boca humanas; un solo ojo, azul como el mar, con unas pestañas largas. Vestía un pantalón de cuero marrón hasta debajo de las rodillas e iba descalzo, un cinturón de plata con dos vainas de cuero y dos espadas de un metro de largo, parecidas a las espadas de romanos que veía en las pelis, cada una del color de la plata, con empuñaduras de dorado mate. La piel de su cuerpo era de un naranja oscuro y tenía varias cicatrices; heridas de guerra, supuse. Le calculé cuarenta tacos.

Alcanzaba los dos metros de altura.

La reina nos presentó:

—El general Perawan, defensor de la ciudad y general en jefe de mi ejército; Smile y Kesuk.

El general nos ofreció dos de sus enormes manos y se las estrechamos. La reina preguntó:

—General, ¿quién nos defenderá si te marchas con la pareja?

—El ejército, por supuesto. Mi reina, conoces a mis comandantes, no te fallarán. No dudo de la audacia del gigante y el hada, pero temo que los desafíos serán demasiado grandes, sin contar con la magia negra que encontraremos al final del camino. Nos costará sangre y sudor dar con los padres de nuestro aliado y su amiga, a menos que nos ayuden.

¿Magia negra al final del camino?, me pregunté. El asunto se complicaba.

—¿Hablas de mi hermana Mariel, general? Llevamos lunas sin encontrarla.

—Smile nos guiará, mi reina; nos ayudará a encontrar a la princesa Mariel. El poder que le ha otorgado el planeta es limpio, no está contaminado. Aunque él nos guíe, yo dirijo la misión. ¿Alguien está en contra?

El hada y el gigante sacudieron la cabeza en signo de negación. Obedecerían al militar. Habrían librado con él cientos de batallas; se notaba que lo querían y respetaban su maestría en el mando.

—No entiendo nada —dije, pues hablaban como si nosotros no estuviésemos allí. Lo que tenía claro era que el acompañamiento de todo un general indicaba que la tarea a cumplir no sería sencilla.

—Lo comprenderás todo a su debido tiempo —explicó el general Perawan.

—¿Qué significa que su poder es limpio? —preguntó Kesuk.

La reina dijo:

—Smile, a su edad, y tú conserváis la inocencia. Las malas experiencias de la vida no os han cambiado. Por eso vuestra energía no está contaminada... De momento no os puedo contar nada más.

Reflexionaría sobre la información de camino. Lo esencial era rescatar a mis padres. Pensé en la conversación y pregunté al gigante:

—¿Cuáles son los seres más fuertes que tú en Júbilo, el reino de los sueños, los que han podido golpearte en la cabeza y herirte?

—Puede haber sido una criatura de otro continente —apuntó el hada Magüa.

—Dudo que una criatura de otro continente hubiera cruzado hasta aquí sin que vuestra magia la hubiera detectado. A veces vais a la guerra. Eso significa que vuestras fronteras están protegidas por la magia —agregó Kesuk.

—Buen apunte. La criatura pertenecerá a Júbilo. Más fuertes que los gigantes son cinco criaturas. Las conoceréis por desgracia, incluido al temible Wendigo, que vive en una cordillera de Júbilo —explicó la reina Urina.

Todo en contra y nada a favor. A Kesuk y a mí nos encantaba un buen combate.

Lo pensé unos momentos e interrogué:

—¿Una cordillera con montañas, nieve y hielo, mayor que cualquiera de la Tierra, como un gigante?

Magüa explicó:

—Has dado en el clavo. Se llama cordillera Pirinaica.

—¿El tal Wendigo cabe en el túnel mágico del iceberg?

Volvieron a afirmar.

Mis padres, con su magia y aptitudes en situaciones límite, tal vez hubieran vencido a la mayoría de las criaturas. Menos a una. La que habitaba un ecosistema similar al suyo, hecho de hielo y nieve, donde se sentiría cómoda. La criatura Wendigo igualaría a mis padres en habilidad.

Pregunté:

—¿Hay desiertos en Memento?

—El desierto Moer —contestó el hada.

Elegí una opción y sonreí. Me dispuse a montar en el trineo con Kesuk, aferrada a su tabla de *snowboard* y su lanza.

3

—Espera —dijo la reina Urina.

Posó las manos en el trineo, nuevos brillos blancos. El trineo, los correajes y las riendas se volvieron plateados. Serían sólidos y resistentes, lo mismo que mis armas.

—¿Tus perros? —interrogó la reina.

—El valor les sobra. ¿Cómo se llega al desierto que habéis mencionado?

—Preguntaste por la cordillera. Creí que íbamos en busca de Wendigo —dijo el gigante.

—Luego os contaré el plan. Ahora no sé si estaréis de acuerdo —contesté.

El hada y el gigante contemplaron al general buscando una respuesta. Perawan se acarició pensativo la barbilla y dijo:

—De acuerdo, has demostrado inteligencia. Espero que el plan sea correcto. Nos guiará volando el hada. El desierto está cerca, a menos de una jornada de camino. Llegaremos antes, siempre que Memento le haya concedido su magia a tus perros.

Una jornada equivalía a veinticuatro horas terráqueas, un día con su noche completo.

—¿No tenéis caballos o algo así? —pregunté por no fatigar a mis perros.

—Claro, pero nuestros posibles enemigos nos descubrirían pronto a través de la magia de nuestros caballos. Tus perros, con la magia que les haya otorgado nuestro hogar, al provenir de otro planeta, no serán detectados, ni Kesuk ni tú. Perawan, Karku y yo carecemos de magia, así que tampoco podrán rastrearnos —contestó el hada Magüa—. Al ser un hada, aunque no tenga magia, la Naturaleza y yo estamos conectadas de una forma especial.

Imaginé que el dato nos serviría en el futuro.

—A ver, los caballos están cargados de magia y vosotros no. Es una contradicción —dije.

La reina Urina contestó:

—La magia les concede gran velocidad a los caballos, así tenemos ventaja a la hora de viajar a la guerra. La vida está hecha de contradicciones, Smile.

—No me convence, no nos estáis contando toda la verdad —insistió Kesuk pellizcándose la parte trasera del cuello.

Era un cuello precioso, como de pelícano. Lo imaginé lleno de mis chupetones, solo si a ella le apetecía, claro.

—La verdad es que nadie o un solo ser comprende por qué Memento facilita magia a especies y animales y se la quita sin avisar —contestó la reina.

¿Quién sería ese ser?

—Salimos al desierto Moer —aseguré.

—Pensé que habíamos quedado en que irías a buscar a mi hermana Mariel. Creemos que alguien la tiene prisionera —dijo la reina con cara de pocos amigos.

—Lo haremos a mi manera o no lo haremos.

Los cuatro se miraron.

—A tu manera, Señor Sonrisas, te seguiremos, pero si te equivocas yo cambiaré tus planes y me obedecerás. Si te digo que saltes, saltas —concluyó el general Perawan con los cuatro brazos en jarras.

Para chulo yo, debía de pensar.

—No te pases de listo, general —me respaldó mi amiga, aguantando la mirada de reproche que le dispensó el militar.

Después el general contempló a la reina, que afirmó con la cabeza. Estaba de acuerdo. Al ser la reina, su palabra era la que se tomaba más en cuenta.

Kesuk me cogió en un aparte y dijo:

—Conociéndote, tu plan será bueno, eso no me preocupa. Hay muchos intereses en juego, Smile, y habrá más. Alguien intentará quitarte el mando. Si lo consigue, estaremos perdidos.

—Lo impediré. Mis padres son la prioridad.

—Ese es mi chico —aprobó Kesuk.

Su respuesta indicaba cruzar la frontera de la amistad y ennoviarse, tal vez. Pues no estaba mal, sería perfecto; pero paso a paso, como decía mi padre.

Dije con tono burlón:

—¿Has asegurado que nunca te enamorarías de mí, Kesuk?

—Por no mostrar debilidad… ¿Quién sabe, pequeñín? —respondió con ironía, recordándome que me sacaba un año.

Su mala leche, que lanzaba a veces como un puñal apuntándome al corazón, ni me tocaba ni me dolía.

Se marchó hacia el trineo silbando al tiempo. De espaldas su silueta me maravillaba.

No, una niña no. ¡Era toda una mujer!

La reina se despidió con un saludo. Sonreí, monté con Kesuk y el general, silbé a mis perros y arrancamos. El hada marchaba delante, aleando a gran celeridad y el gigante cerraba la retaguardia a enormes zancadas mientras se retiraba la venda de la cabeza. Tenía una buena brecha cerrada con grapas. No sabía que un gigante de tanto peso fuera capaz de correr a aquella velocidad. Los perros, rápidos como centellas, entraron en una escalera en espiral. En efecto, la reina tenía razón, el planeta Memento les había regalado su magia, lo supe en cuanto partieron a semejante trote. Descendimos la escalera y salimos a Umbral, la capital de Júbilo, el reino y continente de los elfos plateados.

Contemplé unos instantes el castillo Ciencielos. Recordaba a un tótem plateado, o a un monolito con rugosidades salientes, una construcción circular de cien metros de diámetro y ciento cincuenta de altura, con las paredes circulares recubiertas de una extraña sustancia, más dura que el anqun, me dijo mi magia, que crecía según corría el tiempo. Las ventanas eran vidrieras de colores con representaciones de hazañas élficas. El castillo, el cilindro, terminaba, como había visto, en el tejado con bóveda de cristal; difícil de romper, me imaginé. Encima ondeaba la bandera de Júbilo, una tela rectangular, ocre, que bailaba al viento. En el centro estaba bordado el tulipán blanco, escudo de la dinastía real de los Tador, la antigua familia de la reina.

Un castillo fabuloso, desde luego.

Los elfos y elfas de Júbilo, con vestidos, ojos y cabellos de colores diferentes, se apartaban a nuestro paso. Asfaltaban las calles y avenidas piedras semipreciosas. Las casas estaban construidas con materiales similares a diamantes, rubíes rojos, esmeraldas verdes y zafiros azules. Tenían forma de cuadrados, rectángulos, triángulos, círculos y pentágonos de dos plantas. Resplandecían esplendorosos bajo los dos soles. Rodeaba la ciudad una muralla rectangular, de cien metros de altura, de ladrillos color de plata, fabricados con la sustancia del palacio que no lograba identificar. Un par de elfos armados con lanzas, al vernos llegar, abrieron el portón de la muralla principal. El trineo se deslizaba en un camino de mármol blanco rodeado de maizales, tan veloz que Kesuk sonreía mientras sus pequeñas orejas parecían bailar por el balanceo.

En cuanto tomamos el camino, percibí que el mal estaba presente en Júbilo; un mal nuevo y activo, diferente a cualquiera que hubiera conocido antes.

Nuestro viaje continuó en un bosque de pinos. Los perros y el trineo hacían eslalon entre los troncos y arrancaban la hierba del suelo, saltando sobre las rocas. La magia del planeta Memento fortalecía a los perros y no sentían cansancio. El viento limpio me daba de frente, agitando mi melena. La temperatura resultaba agradable, sería primavera. El gigante Karku mantenía el ritmo de la carrera y el hada volaba delante de los perros, y Perawan se mostraba vigilante. Seguimos así un par de horas. Después, subimos una colina. El hada Magüa paró. Yo frené derrapando con el trineo, los perros y el trineo se detuvieron al borde de un acantilado levantando una nube de polvo y piedras; no nos habíamos precipitado al vacío por centímetros. Me llevé un buen susto que dominé con una sonrisa. Debía controlar mi entusiasmo, mi nueva potencia. El mínimo fallo haría fracasar la estrategia cuya finalidad era rescatar a mis padres. Me encontraba en un mundo desconocido y lleno de amenazas.

—Smile, escúchame bien: ni tú ni nosotros sabremos hasta dónde crecerá tu magia. Úsala con prudencia, como te advirtió mi reina. Un pequeño desliz como este nos puede acarrear malas consecuencias.

En el consejo del general Perawan no había enfado, solo sabiduría. Era un tipo, o mejor, un ser duro y que sabía a la perfección lo que decía y lo que se hacía. Decidí que hacerle caso no me vendría mal.

Bajo el desfiladero se extendía el desierto Moer, arenas ondulantes y amarillas con dunas donde los rayos de los soles gemelos golpeaban fuerte. Mi vista no alcanzaba a ver el fin.

—¿Cuánto calor hace en el desierto? —pregunté.

Kesuk, que me conocía a la perfección, con otra de sus sonrisas, venía a decirme que ya sabía cuál era mi plan y que estaba de acuerdo.

—Sesenta grados en el interior —respondió Magüa.

—¿A qué hora anochece? Lo digo porque la temperatura desciende de noche.

—En Júbilo siempre es de día —contestó Karku—. ¿Qué pretendes?

Otro descubrimiento.

—Lo veremos dentro de un rato —contestó enigmática mi amiga.

—Vaya con los chicos misteriosos —sonrió el gigante.

En el continente de Júbilo me aguardaban un gran número de sorpresas. Un día eterno. Lo agradecí, porque en Alaska apenas había horas de luz.

—Smile, en el desierto Moer nos encontraremos con los sirvientes de Yocasta, asesinos de la arena —avisó Magüa torciendo el gesto.

—¿Quién es Yocasta? —preguntó Kesuk.

—La señora y ama del desierto Moer —contestó el general Perawan.

—¿Esa es vuestra misión, protegerme? —dije.

Protección, cualquier humano la merecía por derecho de nacimiento.

Asintieron, algo malhumorados. No era mi intención tocarles las narices, aunque tampoco podía desvelarles mi plan; quizá intentarían detenerme creyendo que me había vuelto loco. Todo lo contrario. La reina Urina me había asegurado que en mi corazón latía magia (lo había comprobado al investigar la sustancia del palacio y la muralla), iba a demostrarlo o a morir en el intento. De ello dependía la vida de mis padres.

¡Los echaba tanto de menos!

Esperaba que estuviesen sanos, sin heridas producidas por su captor. Les conocía, eran adultos con recursos, y magos competentes que descubrían en Memento el secreto que se guardaban en la Tierra. Seguro que mis padres diseñaban estrategias para escapar de la cárcel o el calabozo donde estaban encerrados. Al pensar en su estado, mi corazón se encogió de pena. Apreté los dientes, rabioso. Adoraba irme de caza con mi padre. Me encantaba cuando mi madre me restregaba el pelo con champú, entre bromas, o me ayudaba con mis dibujos. Y sus caricias, sus besos al acostarme y levantarme, y los cuentos que me leían en la cama antes de cerrar los ojos.

Los cuentos se habían convertido en una realidad mágica. Observando la infinidad del desierto, me daba cuenta de la envergadura de la empresa, salvar a mis padres. Solo era un chaval de trece años que no conocía el camino de regreso al hogar, transportado a otro mundo. Era peor que perderse en un bosque de noche, en invierno, con la nieve acribillándote y los gruñidos de las bestias despertando por todas partes; peor que el hielo de un lago cuando se resquebraja bajo tus pies y amenaza con tragarte. Una auténtica calamidad. El hada, el gigante y el general me escoltaban, pero en el fondo, sin mis padres, estaba solo. Al menos, Kesuk y mis perros me consolaban.

Me acerqué, les rasqué la barriga. Sila y Nuna tenían pelaje blanco, rabo largo y orejas cortas, como sus hermanos. Eran de ojos negros y contaban en el lomo y la cabeza, alrededor de los ojos y en la frente, con manchas negras. Tukik y Pinga, de ojos castaños, coloreaban el lomo y la cabeza con manchas de un marrón suave. Pregunté:

—Amigos, hay que encontrar a mis padres. Va a ser muy difícil. ¿Estáis conmigo?

Afirmaron con la cabeza. Me alegró, un poco. ¡Y me entendieron! O eso parecía.

Kesuk me acarició la mejilla, animándome. No sabía que podía ser tan delicada.

Monté en trineo y pregunté al gigante, al hada y al militar:

—¿Aguantáis cualquier clase de temperatura?

Asintieron. El hada Magüa alzó el vuelo y la seguimos. Al cabo de unos minutos descendimos un camino serpenteante y alcanzamos el desierto. Redujimos la velocidad, atentos a los posibles peligros. Las dunas eran altísimas, como pequeños montes de una arena fina y ardiente.

Transcurridos diez kilómetros nos asaba una temperatura de cuarenta grados. Un día de verano en el sur de la Tierra, me dije. El calor no me afectaba gracias a mis nuevas habilidades. Rocé el traje, el mono de mi amiga, y noté frescor; era un traje con muchos trucos y, acaso, con inteligencia artificial.

El viento, de repente, cambió de rumbo y sopló cabreado en nuestra dirección. No se trataba de una tormenta de arena. Aquel viento transportaba granos que se nos clavaban en la cabeza y las manos como aguijones de avispas. El general Perawan miró hacia atrás y gritó:

—¡Vienen los asesinos de Yocasta! Quédate aquí, señor Sonrisas. No podemos permitir que te hagan daño. Todavía no sabes usar tu magia.

Empezaba la acción. Mi estratagema debía esperar.

Girando como peonzas, a una distancia de doscientos metros, acrecentando la velocidad, se dirigían hacia nosotros cuatro enormes tornados de arena. El general Perawan, con las manos, indicó al gigante y al hada a cuáles se debían enfrentar.

—Uno es mío —dijo Kesuk.

Y, sin más, ni corta ni perezosa, se subió a su tabla de *snowboard*, que, mientras la mirábamos boquiabiertos, salió volando hacia el tornado de la derecha. Vi a lo lejos, con la agudeza de mi vista multiplicada, unos agujeros diminutos debajo de la tabla y una ranura en la parte final de la que surgía una energía transparente que la propulsaba. Mis sentidos habían aumentado gracias a la magia del planeta Memento.

¡Genial!

¿Pero por qué Kesuk no había usado la tabla para llevarnos al iceberg donde estaban mis perros, en la Tierra? ¿Pretendía probar mi valor una vez más? Seguro que sí.

La base de cada tornado, el epicentro, resultaba estrecha. Treinta metros arriba, el embudo de arena acaba en un círculo de diez metros de diámetro. Cuando nos alcanzasen, nos meterían en su interior. Volaríamos en círculos con la arena, sin oxígeno, hasta morir asfixiados. Los tornados mostraban bocas retorcidas y una especie de ojos malignos y achinados; nos observaban como a pastelitos de nata inofensivos con los que se alimentarían. De la parte superior de los tornados brotaban rayos. Los rayos eran similares a los de los tornados que había visto en la televisión, un espectáculo aterrador que se llevaba a su paso tejados, casas de madera, coches, personas, ilusiones.

Magüa, Karku y Perawan comenzaron a volar y a correr en dirección al enemigo, el gigante sin la porra ni el zurrón. Solté a los perros y les dije:

—Ayudadles.

Salieron tras el gigante, el hada y el militar. Los tornados se detuvieron y mis amigos también. Kesuk les esperaba sobre la tabla, en el aire, y yo suponía que había pensado que atacar juntos era lo mejor. Estaban a una distancia de veinte metros; parecían medirse con los tornados como pistoleros del Oeste. Uno, dos, tres, cuatro segundos; se precipitaron unos contra otros. Magüa, demostrando una vitalidad que desmentía su tamaño, se colocó encima del asesino de la izquierda. Volaba de un extremo al otro de la parte alta del embudo, oponiéndose al tornado, que intentaba tragársela. Se defendía de los rayos con el pequeño escudo. El metal dorado de su traje, los colores de sus alas, los rayos y la arena y la luz de los soles, mediado el combate, adoptaban los colores de un violento arco iris.

El gigante Karku se plantó en el epicentro del segundo tornado de un salto. Juntando las manos, pegaba palmadas que emitían un potente chorro de aire. El tornado, por momentos, se disipaba. Luego, volvía a configurarse. A cada palmada del gigante el tornado retornaba a su anterior posición.

Perawan, de otro salto grandísimo, impulsado con sus cuatro piernas, cayó en el interior del tercer tornado. Se limitó a clavar las espadas en la arena y a impedir que el tornado lo hiciese volar en su interior. Me pregunté: ¿cuál sería su próxima jugada?

Mis perros saltaban en todas direcciones sobre el tercer tornado, en el que se encontraba Perawan pegando mordiscos y golpes de cola. El tornado se desvanecía y luego se reconfiguraba como el de Karku.

Kesuk se había introducido en medio del cuarto tornado y recibía los rayos en el mono, la tabla y en la punta de la lanza con la que se protegía la cabeza, con lo que acusaba el esfuerzo y empezaba a sudar. Recibir y contener tanta energía eléctrica, la de los rayos, le costaría lo suyo. Yo estaba alejado, obedeciendo la sugerencia de Perawan cuando se suponía que yo mandaba, de momento. Me sentía un poco inútil, la verdad.

¡Y un tonto! Me daba hasta vergüenza.

Los tornados no apartaban sus ojos de mí, su presa preferida.

Magüa empezó a volar en círculos rapidísimos, a la velocidad de una bala, alrededor del tornado. Desplegó uno de sus dones y me sorprendió de nuevo; expulsaba fuego por la boca, largas e intensas llamaradas de una temperatura superior a la de cualquier desierto. Tardó minutos y al final, el tornado, por el efecto del fuego, se transformó en un embudo de cristal irregular. Magüa, el hada de fuego, con un último esfuerzo, lanzando un grito de guerra, lo atravesó destrozándolo con el tridente y el escudo. El tornado de cristal se derrumbó, clavando en la arena las mil esquirlas en las que quedó despedazado. A Magüa le quedaban las fuerzas justas; las utilizó regresando al trineo y tumbándose exhausta, al borde del desfallecimiento. Respiraba con dificultad y apenas mantenía los ojos abiertos.

Mis perros proseguían mordisqueando a su tornado, el de Perawan. Le pegaban bocados en la base, y, a grandes saltos, en la mitad del embudo y en la parte superior. Los rayos les alcanzaban, produciéndoles heridas de las que empezaban a sangrar, cortes superficiales aunque abundantes. El tornado se tragó a Sila. Volaba en su interior, en círculos, perdiendo oxígeno. Perawan soltó una de las espadas, lo agarró de la cola y lo lanzó fuera del tornado, salvándole la vida. El perro quedó desmayado en la arena. Nula, Tukik y Pinga se detuvieron, rodeando al asesino.

Entendí lo que esperaba el general y les grité a mis perros:

—¡Ahora!

Perawan, anclado en el centro del tornado con sus piernas, comenzaba, a base de espadazos, a levantar la arena sobre la que giraba el tornado, con lo que lo hacía que perdiese el equilibrio. Los perros se alejaron entre sí y del asesino del desierto cinco metros. Anclaron en la arena las patas delanteras y con los cuartos traseros arrojaban al tornado kilos de arena, los ahuecaban del suelo, los disparaban a base de tremendas patadas. Era tal su intensidad, la cantidad de peso, que acabaron enterrando en un montículo de arena al tornado y a

Perawan, que les había concedido el tiempo necesario para que realizasen la acción. Luego, mis tres perros se abalanzaron sobre el montículo. Lo redujeron a una explanada de arena. En el centro, inconsciente, aunque vivo y respirando, estaba el general Perawan. Lo trajeron al trineo junto con su hermano Sila y los tendieron al lado del hada. El aspecto de mis perros era lamentable. Sus bonitas pieles estaban llenas de heridas, sangre y arena.

Un espectáculo desolador, el desierto, el calor, mis amigos heridos y mi amiga Kesuk sudando a mares: la tristeza que convirtió mi sonrisa en una mueca derrotada.

Karku lo estaba pasando fatal.

El tornado insistía en recomponerse a cada palmada del gigante, que flaqueaba con una rodilla hincada en el suelo. Además, la sonrisa del tornado, pensando que alcanzaría la victoria, y sus ojillos malignos, me desafiaban. Mis amigos caían defendiendo mi causa. Yo me mantenía en la distancia, como un cobarde. De cobarde nada. Contemplé al hada, a mis perros, al general, al gigante y a Kesuk. Me concentré hasta hacer emerger mi magia. Arqueé los labios, le regalé al tornado mi mejor sonrisa, de amenaza, de peligro. Corrí en el desierto, desenvainando el arpón. Entré en el tornado de un salto y caí de rodillas encima de la cabeza de Karku. Dije:

—Ánimo.

Karku me miró agradecido, sacó combustible de su bravura, levantó la rodilla y se puso en pie. Redobló la celeridad de las palmadas. Yo giraba el arpón sobre mi cabeza a la velocidad de un misil, como un aspa, cortando con el cabezal la arena del interior del vórtice. La arena me impedía respirar. Aguanté la embestida inhumana del asesino del desierto. Segundo a segundo, cediendo ante el viento de las palmadas del gigante y el que creaba mi arpón, el tornado desapareció. La arena cayó al suelo como una lluvia fina, emitiendo un sonido similar al de un pequeño animal que muere.

Miré a Kesuk, quien me guiñó uno de sus bellos ojos y, con la boca cubierta de sudor, me dedicó una sonrisa. Se acurrucó, pegando sus brazos a su cuerpo y apretándose con ellos. Luego, los abrió y pegó un grito que resonó a lo largo y ancho del desierto. Acto seguido, abriendo los brazos, soltó la energía acumulada. Sonó como una explosión y su tornado se desvaneció envolviéndola en arena. Temí lo peor. Quizás absorber la energía y hacerla estallar había acabado con mi amiga.

¡No podía perderla!

Mi cuerpo palpitaba de angustia y entonces, Kesuk, restándole importancia y sacudiéndose arena del hombro como si no hubiera ocurrido nada, o casi, apareció caminando hacia mí con la tabla en un brazo y en la otra mano la lanza.

Karku estaba cansadísimo. Volvimos al trineo, yo con mi perro Sila, desmayado, en mis brazos, y sus compañeros siguiéndome cojitrancos. Habíamos vencido, a un alto precio. Pensé que era nuestra primera batalla, que una pizca de habilidad y un montón de suerte nos habían ayudado. Me constaba que, en el futuro, los enemigos serían más agresivos. Los tornados asesinos eran vasallos de Yocasta, supuse que la señora del desierto Moer les superaría con creces.

—Gracias, Perawan, por sacar del tornado a Sila.

—Sobran... Son unos perros estupendos.

Sin avisar, Kesuk se agachó junto a mi perro malherido Sila, cerró los ojos, murmuró una vieja canción en una lengua que no conocía y de sus manos brotó un halo de luz blanca que rodeó al perro. Después de unos segundos, Sila se levantó sin un solo rasguño y totalmente curado. Kesuk hizo lo mismo con Nula, Tukik y Pinga. Los perros la lamieron agradecidos. Perawan dijo:

—Tu magia curativa de la tierra es poderosa, Kesuk. Smile y tú habéis demostrado el mismo valor que el mejor de mis soldados. Es un honor llamaros amigos. Smile, haré lo que creas más conveniente para la misión, tienes mi palabra.

—Gracias, general.

Kesuk me apartó del grupo y dijo:

—Has hecho tu aparición en el último momento y has salvado al gigante. Eres un bravo, mi pequeño hombretón.

Y volvió a marcharse, tras piropearme, con aquel silbido que ahora se me clavaba en las entrañas y las hacía retorcerse de felicidad. Entonces descubrí que me gustaba el doble de lo que pensaba.

Tocaba cargar las pilas y proseguir con mi plan. Karku extrajo del zurrón una cantimplora de agua y pan ácimo. Bebimos y nos alimentamos. La temperatura descendía aunque fuese de día, el día eterno de Júbilo. En el desierto, de noche, siempre hacía frío; sospeché que las horas de Memento serían iguales a las de la Tierra (en mi última aventura con mis amigos descubriría que no).

Decidimos descansar alrededor de la hoguera que encendía Magüa con su fuego. No tenía ni idea de dónde había sacado la leña. Cosas de hadas, me dije.

Desperté al cabo de un rato. Tenía pesadillas sobre mis padres, me resultaba imposible dormir a pierna suelta. Los demás descansaban, salvo Perawan. Se sentaba en el suelo, contemplando las llamas pensativo con su único ojo. Me puse a su lado. Comentó:

—No lo creí cuando lo dijo la reina, pero después de verte en acción sé que eres digno de nuestro mágico planeta. Recuerda lo que te he contado antes, cuenta conmigo... Siempre.

—No comprendo por qué la reina no encuentra a su hermana mediante la magia. No tiene sentido que mi poder sea capaz de lograrlo y el suyo no —dije.

El general se acarició la calva, se lo pensó y soltó:

—Ayudó a matar a su hermana, la anterior reina, Casilda. Fue hace muchas lunas. La reina Casilda se convirtió en un ser malvado capaz de esclavizar a nuestra tierra. La pena de Urina, la de haber tenido que matar a su hermana, la ha debilitado y ha reducido su magia. No preguntes sobre lo que te he contado a nadie. Aunque lo sepan mis compatriotas, no es algo de lo que nos guste hablar. Nunca habíamos sacrificado a un rey.

Un planeta sangriento, me dije. Escogí no seguir indagando sobre Urina, recordando lo que me había comentado la propia reina; el viaje me descubriría más cosas, como estaba sucediendo.

Interrogué:

—¿Qué eres?

Respiró. Lo soltó:

—Nosotros, mi pueblo, nos llamamos los aracne. Yo soy su líder. Hasta hace seis mil años servíamos de esclavos a los reyes de la casa Fiordo, en Tantibus. Un rey de los Tador llamado Marcus el Sanguinario nos liberó a espada y fuego. Desde entonces, como seres libres, constituimos el grueso del ejército jubiliano. Desciendo de una estirpe de militares. Mis antepasados fueron generales, al igual que yo. Las especies aliadas de los Tador y las que ayudaban a la casa Fiordo no han variado, excepto los elfos oscuros rebeldes, que los hay y están bien liderados por el monarca legítimo de Tantibus.

Ahora alucinaba.

—¿Los elfos oscuros rebeldes, la casa Tador, Tantibus?

—Todo a su tiempo —concluyó el general.

Después se recostó a descansar.

Si había elfos oscuros rebeldes, seguro que su antiguo o nuevo jefe, ni idea, era un dictador. Representaba una de las mil preguntas que me acuciaban.

La frase de las narices, la que indicaba que yo averiguaría las respuestas o me serían reveladas en el momento adecuado, empezaba a tenerme harto. Entonces se desperezó el gigante Karku y, con una cara tristísima, se puso a observar las llamas.

—¿Qué te ocurre, Karku?

—Dudo que ganemos.

Contesté, sin demasiado convencimiento:

—Liberaré a mis padres.

Me lo creía a medias. El cansancio y la pena de desconocer si encontraría a mis padres, poco a poco, me vencieron y me obligaron a cerrar los ojos. Lo último que noté fue el abrazo de Kesuk por la espalda, que me proporcionó calor con su traje, la tibieza de sus altos pómulos contra mi pelo y tranquilidad de espíritu con su presencia.

4

Nos habíamos adentrado cincuenta kilómetros en el desierto Moer; en el horizonte divisaba cientos de dunas similares a cabezas de champiñones y nada de vegetación, ni un miserable cactus o un oasis. Los soles gemelos reflejaban los rayos en la arena y los perros tiraban del carro. Karku, con el hada posada en el hombro, se sentaba a mi vera con la porra a mano, echando un sueño, al igual que Perawan; ninguno había descansado. En los libros que me leía mi madre las hadas eran criaturas amables. Era el momento en el que había pensado, el de crear un vínculo de complicidad con mis nuevos amigos.

Comenté:

—En los cuentos de la Tierra las hadas son seres pacíficos.

Magüa me contempló entristecida. Dijo:

—Las hadas éramos criaturas del bien. Nuestro fuego iluminaba a los caminantes perdidos en los bosques frondosos, donde apenas se cuela la luz de los soles, cuando no encontraban el sendero de regreso al hogar; nuestras antenas nos avisaban con antelación de su presencia. Con nuestro fuego encendíamos hogueras y reconfortábamos a los viajeros en invierno. Nos colábamos en las habitaciones de los niños y jugábamos con ellos, o les narrábamos cuentos. Guiábamos a los pájaros en el cielo, hacia moradas seguras, anticipándonos a la aparición de las criaturas oscuras de Júbilo, las voladoras. El radar de nuestras antenas cubre varios kilómetros. Ese era nuestro trabajo.

Criaturas malvadas voladoras. Fijo que nos las toparíamos.

—Ahora combatís. ¿Qué os hizo cambiar?

—Hace unos años un ente maligno conquistó Tantibus, el continente de los elfos oscuros. Atacó nuestro continente, Júbilo, el de los elfos plateados. Casi lo arrasa. Fue una guerra tremenda. El ente mató a muchas hadas; no nos quedó más remedio que intervenir, tomar partido a favor de los reyes de la familia Tador, la dinastía real de los elfos plateados. Defendíamos a nuestra especie, las hadas de las cuevas.

En el continente de Tantibus vivían los elfos oscuros. La palabra oscura remitía a algún tipo de mal. Las anteriores palabras de Perawan comenzaban a cobrar sentido, al tiempo que, a cuentagotas, los secretos del planeta mágico iban aflorando. Pensé en mis padres.

—¿Mis padres no os ayudaron?

—Lo intentaron, pero no pudieron. El ente maligno, la bruja llamada Magala, cerró los portales mágicos entre la Tierra y Memento y los confinó en una cárcel mágica. Después de vencerla, los liberamos y les contamos lo ocurrido.

¡Una sola bruja casi les había derrotado!

Pensé en mis padres, encarcelados en el pasado y en el presente, en unas condiciones pésimas. Su estado físico, el actual, intensificó mis ansias de encontrarles. Les amaba con la fuerza del mar que golpea los acantilados.

Magala. Al fin aparecía el nombre del mal. ¿Sería el enemigo, habría regresado? Opté por no preguntar.

De cuidar a caminantes perdidos las hadas habían pasado a guerrear. Un cambio demasiado brusco.

—¿Cómo lo soportas? —pregunté.

—Cada minuto lamento el mal y la muerte que mis compañeras y yo propagamos. Escuece lo suyo. Con el ataque del ente maligno, la bruja Magala, perdimos nuestra legendaria inocencia, la que encierra tu corazón como un hermoso tesoro, señor

Sonrisas. Terminada la guerra, volvimos a nuestras antiguas ocupaciones. Pero no olvidamos en lo que nos convertimos. Es algo que nos perseguirá toda la vida. Hoy me toca ir de nuevo a la batalla, a protegerte. No me cuesta tanto como antes. Eres un chico muy bueno, lo has demostrado al acudir al rescate de Karku, otros hubieran pasado. Y tu amiga Kesuk es una delicia.

—Son las cosas de la guerra, Magüa, ojalá te sirva de consuelo —dije por decir algo, sin saber bien el qué.

—No me sirve. Las hadas no somos quienes fuimos. Ni siquiera sabemos quiénes somos ahora... Me ha gustado conversar contigo, Smile. Hablar siempre es bueno.

El hada Magüa aleó volando como antes delante de los perros. En sus hermosos ojos flotaba un aire de pena, parecido a la inmensidad del desierto.

El calor apretaba, ascendía grado a grado. El gigante despertaba y se pellizcaba una mejilla, pensativo. Su expresión delataba que no recordaba cosas bonitas. Me interesaba conocer a mis compañeros de aventuras. Cuanto más amigos fuéramos, mejor. Me parecía que la soledad del desierto invitaba a la sinceridad, a que cada uno de nosotros contase lo que le preocupaba o alegraba. Forjaría otro nexo, igual que con Magüa.

Pregunté:

—¿Qué sois los gigantes?

—Piedras inteligentes con forma humanoide. Cuando cumplimos doscientos años nos pegamos a una montaña, en las caras, y nos quedamos quietos, lo mismo que estatuas de piedra. Con el paso de los años nos fundimos con la montaña, nuestros biorritmos se adormecen y entramos en hibernación, una especie de sueño eterno. Formamos muchas de las montañas de Júbilo.

—¿Sois inmortales?

—Nos pueden matar. Por eso intentamos no entrar en guerra. Cada cierto tiempo una de las montañas despierta, convertida en un solo gigante.

—¿Qué significa?

—Que nuestra especie está en vías de extinción. Algo la amenaza. La última vez ocurrió hace doce mil lunas —mil años, me dije—. Cayó un meteorito, un alienígena parecido a nosotros, aunque con más fuerza. El gigante de gigantes, compuesto de varios de nosotros, despertó y lo derrotó. Fue el único al que hemos nombrado rey. Luego, herido de muerte, el gigante de gigantes se transformó en barro. Las aguas del río Argón lo llevaron a morir en paz al mar.

Pregunté:

—¿Por qué lucháis con los elfos plateados?

—Nos ayudaron con el alienígena. Somos aliados.

—¿Naciste en una familia de soldados?

—Era profesor, pescador, artesano y constructor de barcos. Los elfos oscuros, durante una de las batallas entre los continentes de Tantibus y Júbilo, creyeron que en mi aldea, Ginus, se escondía un líder elfo plateado, la asaltaron e incendiaron. Mataron a mi esposa y a mis dos hijos, hace seiscientas lunas ya. Me dieron por muerto. Sobreviví y me curé. Organicé una guerrilla, nos tiramos veinte años acosando, en el continente de Tantibus, al rey oscuro de entonces, Sacro el Piadoso. Con una mano rezaba a la Naturaleza y con la otra asesinaba a sus especies. Al final, hartos de tanta sangre, pactamos una tregua indefinida con los elfos oscuros. Mis congéneres me nombraron jefe de los gigantes de Júbilo. La bruja Magala, años después, convertida en la reina de Tantibus, rompió la tregua atacando nuestras aldeas. La vencimos y la enterramos. Poco después matamos a la reina Casilda. Su hermana, Urina, ocupó el trono de plata hace ciento veinte lunas. Nos costó demasiado, parte de nuestra conciencia y la poca inocencia que nos quedaba. No me gusta la guerra, señor Sonrisas. La hago por obligación. La reina Urina me encomendó protegerte. No estaba seguro de tu valía hasta que me ayudaste. Es un honor darte las gracias y llamarte amigo.

—Vaya, la tal Magala se convirtió en la reina de los elfos oscuros. ¿Por qué hay elfos oscuros rebeldes, si ya no existe Magala?

—No te puedo responder, pequeño amigo. No por ahora.

Y de nuevo lo embargó la aflicción.

El hada Magüa y el gigante Karku me habían abierto sus corazones y me consideraban un amigo, palabra que entrañaba obligaciones, estar a la altura de las circunstancias. No defraudar al nuevo amigo pasase lo que pasase y ayudarle en los momentos de dificultad.

Pregunté:

—¿No te has vuelto a enamorar?

—No me lo puedo permitir. Otro ejército destruiría a mi nueva familia.

Entendía por qué mis padres habían decidido vivir alejados del pueblo, de la civilización. Sospeché que, cuando estaba en el colegio, entrenarían con su magia, ajenos a las miradas de gentes curiosas, las del pueblo. A veces, durante unos días, me quedaba con mi tía, la hermana de mi padre, en Kaktovik. Supuse que mis padres se encaminaban a Memento. Mi padre me explicaba que partían de viaje de negocios, a vender las pieles. De paso, disponían de tiempo para estar solos, charlar sobre sus cosas. No me molestaba. Los viajes formaban parte de su rutina, de su vida de pareja. Solían volver felices y enamorados como siempre.

Ahora comprendía que habitar un moderno iglú en medio del hielo y la nieve, sin vecinos que nos incordiasen, era una manera de protegerme. Mis habilidades, las de un hijo de los Vigilantes, emergerían en cualquier momento, en la Tierra. No debía haber gente cerca que hiciese preguntas incómodas o, lo peor, incrédulos que me encerrasen en una cárcel considerándome un bicho raro. Por lo que sabía, las antiguas civilizaciones de la Tierra creían en la magia. En la actualidad nadie, salvo los niños pequeños, pensaba que la magia existía. Los habitantes de la Tierra estaban equivocados.

El gigante y yo permanecimos mirando el cielo. De repente, lo cruzó una paloma de colores, rosa y azul. Segundo a segundo, comenzó a desaparecer.

¡Otra sorpresa!

—¿Qué es? —pregunté.

—Una paloma mensajera especial. Se llaman desplazadas. Se teletransportan.

—¿Hay manera de impedir que se teletransporten? —interrogué.

—Apresándolas cuando entran en fase —dijo el gigante.

De su zurrón extrajo un carboncillo y un pergamino, y se puso a dibujar con trazos sutiles la desplazada, entreteniéndose. Se le daba de maravilla. Cogí el pergamino y el carboncillo y rematé el dibujo añadiendo el cielo y nubes.

—Tienes buena mano, Smile.

—Una afición que me relaja… ¿Eras profesor de dibujo?

—Impartía todas las asignaturas —contestó.

«Un gigante cultísimo», pensé.

El hada Magüa volvió a posarse en el hombro de su inseparable amigo Karku. Perawan, siempre vigilante, miraba el horizonte.

—¿Cuándo os conocisteis? —pregunté.

—Luchando contra la bruja Magala —contestó Karku.

Cada vez que mentaban a la bruja Magala lo hacían con una pizca de miedo, que me contagiaban. Debió de ser un enemigo formidable, pavoroso, me dije. El hada Magüa pidió:

—Cuéntanos sobre ti, señor Sonrisas.

—¿Mis padres no os han hablado de mí?

—De tus virtudes, como cualquier padre —dijo Karku.

No me había detenido a pensar en mis defectos. Había uno que asumía.

—Paso miedo a veces.

—Lo normal con trece años —repuso Karku—. ¿Cómo se vence al miedo?

—Reconociendo que se tiene miedo. Es el modo de controlarlo y de adquirir valor.

—Tus padres te han enseñado bien. ¿Qué más?

El hada proseguía con el interrogatorio. Empecé a reflexionar sobre mis defectos. Había otro que no me gustaba un pelo. El hada vio la turbación en mi mirada y dijo:

—Suéltalo.

—Soy más fuerte que mis compañeros de clase; un poco abusón, la verdad.

—¿Has aprendido alguna lección desde que iniciamos el viaje? —interrogó Karku con la misma entonación que mi tutor.

—Tú eres grande, Karku. No te he visto abusar de nadie.

—¿En qué me diferencia mi estatura de los demás?

Lo pensé unos segundos. Dije:

—En nada. Todos somos iguales frente a la ley.

El hada Magüa dijo, acariciándose una antena:

—Lo único que nos iguala es la libertad, nuestra mayor virtud, hacer lo que queramos sin molestar a los demás. Cuanto más fuerte eres, mayor responsabilidad tienes, la de defender a los que son más débiles que tú, en cualquier aspecto de la vida.

Mis padres no paraban de repetírmelo, pero continuaba abusando de mis compañeros. No lo volvería a hacer. Sería menos chulo, o nada chulo. El número de seres que iba encontrándome en Memento, los benignos, no utilizaban sus dones para machacar al indefenso. De hoy en adelante seguiría su ejemplo. Pensando en el bien, me vino a la cabeza el presentimiento que me había azuzado saliendo de Umbral, la capital de Júbilo.

—Durante el viaje, a veces he sentido como si hubiera en el ambiente algo distinto que no he percibido en la Tierra. Una maldad que no sé definir pero que nos rodea.

El hada y el gigante cruzaron una mirada enigmática. No me contestaron.

—Los amigos no tienen secretos —insistí.

El gigante añadió, dándome una palmada amistosa:

—Magüa, por su conexión con la Naturaleza, siente lo mismo que tú. No es algo nuevo en Memento. No te podemos decir nada más de momento. Esperamos que no se confirme lo que pensamos la reina Urina, Magüa, Perawan y yo. Se trata de un mal que podría destruir nuestro planeta. Ni siquiera Pétalo puede con el poder de ese mal, o no quiere.

¿Quién sería Pétalo? ¿Sería el ente al que se refirieron en la cámara de la reina con «La verdad es que nadie o un solo ser comprende por qué Memento facilita magia a especies y animales y se la quita sin avisar».

De ser así, Pétalo tendría un poder formidable.

En sus palabras había alarma. ¿Qué podía provocar en el gigante Karku miedo? Por desgracia, lo averiguaría dentro de muy poco.

El hada dijo, cambiando el tercio de la conversación:

—La temperatura ya ha ascendido a sesenta grados. Haz lo que debas hacer.

Silbé a mis perros y se detuvieron. Sonreí y dije:

—Esperad un momento.

—¿A qué? —preguntó Kesuk sabiendo o intuyendo lo que me proponía a hacer por despistar a los demás, en los que no terminaba de confiar.

Era su único defecto, quitando a su padre (su madre había fallecido de cáncer cuando ella era un bebé y su padre aún no tenía las habilidades de la magia curativa), a mis padres y a mí, no se fiaba de nadie.

—¿A la vida? ¿La nuestra? —contesté a Kesuk.

—La vida es el tesoro más precioso que tenemos. Y la mayor aventura.

Me gustó una barbaridad su respuesta.

Me apeé del trineo y solté a los perros. Me separé de mis amigos cincuenta metros. Sentía la arena ardiente, que no me lastimaba. La magia que me otorgaba el planeta Memento me resguardaba del clima. Observé la línea del horizonte, las dunas, las arenas ocres que los rayos de los soles gemelos lamían, un paisaje hermoso y solitario como mi alma.

Les indiqué a los perros que se tumbasen de lado, uno encima de otro. Recordaba con claridad las palabras de la reina Urina: «Las armas son una prolongación de tu magia». Introduje el cabezal del arpón y parte de la vara en la arena con la mano izquierda mientras que con la derecha, de pie, tocaba el lomo de Pinga, el perro de arriba del montón.

Me concentré, el esfuerzo despegó de mi pelo, de mi frente, goterones de sudor. Resbalaban en mi rostro, terminaban en las comisuras de mi boca, sabían a sal. Tensé al máximo mis músculos y focalicé mi mente en un solo pensamiento: el calor. Mi magia se desató, comenzó a chupar el desierto a través del arpón. Mi piel se volvía roja, al igual que la de los perros, a los que transfería la energía. Le ocurría lo mismo al arpón. La arena, alrededor, temblaba como gelatina y se enfriaba. Estaba drenando el calor del desierto. Al cabo de unos minutos, cuando sentí que podía explotar y que el color del arpón, de los perros y el mío era similar al de un hierro fundido, detuve mi magia, saqué el arpón de la arena y me sentí revitalizado. El gigante, el general, el hada y mi amiga se aproximaron con el trineo. El enrojecimiento de mi cuerpo fue desvaneciéndose. Una buena porción de arena, a nuestro alrededor, se había transformado en hielo a causa de mi acción.

—Muy hábil —me halagó el gigante Karku.

Observaba a mis perros. Su color también se evaporaba, y el del arpón. El hada dijo:

—Tu temperatura corporal y la de tus perros han alcanzado los sesenta grados centígrados. Suficiente. Soportarás el frío de la cordillera Pirinaica. Un buen plan, señor Sonrisas.

Necesitaba el calor del desierto, me resguardaría del frío de la cordillera.

Sonreí y borré la sonrisa. Una estela de arena venía hacia nosotros a gran velocidad.

5

La cabeza de la estela expulsaba a ambos lados cataratas de arena, las que formaban la estela. ¡Y yo que estaba tan seguro en la Tierra! El pavor me paralizó, no sabía reaccionar; todavía peor, desconocía si sería capaz de hacerlo. La criatura se acercaba a cien kilómetros por hora. Los rayos de los soles gemelos rebotaban en Yocasta, señora del desierto Moer, y salían disparados en todas direcciones sin orden ni concierto. Gracias al efecto de la luz desértica, Yocasta parecía un borrón flotante que se hacía visible mientras se aproximaba. Ya estaba a trescientos metros. Redujo la velocidad.

¡Estaba pasmado!

Kesuk, sin embargo —su nueva costumbre en Memento—, sonreía ante la amenaza.

La dama del desierto montaba un camello de piel color de aceituna, de unos cuarenta metros de altura. Corpulento y musculoso, del tamaño y consistencia de un edificio, el camello expulsaba por los orificios de la nariz humo de color ceniza. Con cada una de sus tremendas zancadas la arena soltaba un gemido, o así me lo parecía, al saltar en cascadas.

Yocasta cabalgaba entre las jorobas del camello. Era una hembra de proporciones armoniosas, de diez metros de altura. El pelo le llegaba a la cintura y vestía una blusa blanca con botones de marfil, de manga corta, y unos pantalones de bombacho, también blancos, semejantes a los de los piratas. Iba descalza. Colgaba de la silla de montar una cimitarra monumental, espada curva de un filo brillante. Yocasta resplandecía como una diosa árabe bajo los soles. Carecía de carne y estaba compuesta de diamante puro, pulido, semitransparente, impenetrable, incluido el pelo, largo, de cabellos diamantinos que bailaban al aire caluroso. Tenía un rostro rectangular y los brazos delgados y fibrosos. La única nota de color eran dos grandes esmeraldas de un verde deslumbrante, sus ojos, que se clavaban en mí.

De repente, desenvainó la cimitarra; creí que pretendía decapitarnos y llevarse nuestras cabezas como trofeos de caza. Perawan, empuñando las dos espadas, dio instrucciones con las manos. Karku agitó la porra de acero mementiano a mi izquierda. A mi derecha, el hada Magüa se mantuvo quieta, aleando, mientras Kesuk adelantaba la lanza, arqueada sobre la tabla, que flotaba a la altura de la cabeza del gigante.

¡Un bellezón temible!

Nos había costado ganar a los vasallos de la señora de Moer, los tornados asesinos. Con Yocasta, la mujer de diamante, no tendríamos ni una oportunidad. Los cinco lo sabíamos, pero le plantaríamos cara. El recuerdo de mis padres me infundió coraje, el de su condición de prisioneros sin posibilidad de escapar. ¿O no? ¿O urdían una estrategia para huir?

Se me ocurrió una idea y se la susurré a mis perros. Deduje que la magia hacía que me entendieran mejor que en la Tierra.

Sila, Nuna, Tukik y Pinga corrieron en formación cerrada, directos a Yocasta, que no detuvo la galopada; le parecerían insectos. Antes de chocar con el camello, Sila y Nuna abandonaron la formación. Tukik y Pinga se lanzaron de cabeza contra las pezuñas de las patas delanteras del camello, Sila y Nula actuaron del mismo modo con las pezuñas traseras. Los perros rebotaron en las pezuñas, saliendo ilesos, aunque mareados. El camello se desequilibró, se derrumbó en la arena del desierto con un estruendo que me recordaba a las tormentas polares. Yocasta cayó rodando, empaquetada en una nube de arena, con cara de perplejidad. Los perros volvieron con nosotros, moviendo las colas satisfechos.

El camello comenzaba a erguirse y Yocasta a incorporarse. A pasos lentos como los de un enterrador, mirándonos de refilón, dibujando media sonrisa de amenaza, se dirigió al camello, le apaciguó con una caricia. Seguro que aquella ternura dedicada a su montura no se repetiría con nosotros. Desenvainó la cimitarra, forjada de acero mementiano mezclado con diamante, y se acercó empuñándola.

Se agachó hasta que su cabezota, de mayor estatura que yo, me rozó. Su aliento olía a brisa veraniega. Me dijo con una voz aguda, divertida y maliciosa, clavándome los ojos de esmeraldas:

—Lo he visto, no ha estado mal, pequeñajo. Tu equipo y tú os habéis enfrentado a mis tornados con osadía. Lo hubiera podido dejar pasar. No debiste robar el calor de mis dominios ni pedirles a los perros que atacasen a mi camello. Hora de morir. ¿Lo pillas?

De pequeñajo nada, ¿quién se creía que era la señora del desierto Moer? Estaba harto de que me persiguiesen, enfadadísimo. Mi misión, encontrar a mis padres, topaba con impedimentos. En la Tierra, cuando algún adulto o un niño desaparecían, la gente se organizaba, se solidarizaba a fin de dar con su paradero. La fotografía del desaparecido se distribuía en los medios de comunicación. En Memento, el planeta mágico, solo encontraba dificultades.

Sonreí a modo de respuesta, lo que la enojó. Lo noté en el gesto de su cara.

Recordé un documental que había visto en televisión. Los elefantes, los animales terrestres más grandes, contaban con un punto flaco, los tendones de los tobillos, en la parte trasera. Los tendones, parecidos a cuerdas tensas, hacían que los elefantes se mantuvieran erguidos.

Desenvainé el arpón, salté entre las piernas de Yocasta, giré en el aire. De espaldas, mientras caía, le rajé la parte trasera de un tobillo, seccionándole los tendones. En vez de sangre, brotaron hilos de diamante líquido, brillante. Yocasta, pillada desprevenida, cayó de rodillas, posando las manos en la arena. No soltaba la espada curva, la cimitarra. Salté encendiendo la segunda bengala, aterricé de pie en uno de sus hombros, le puse la bengala en los ojos y la deslumbré unos instantes.

Me aparté.

El hada Magüa escupió una amplia llamarada en el rostro de Yocasta. Después, intentó herirla con el tridente. El fuego ni la chamuscó, las puntas del tridente no arañaron la piel diamantina. Karku la emprendió a porrazos agarrando su arma con ambas manos; era como golpear a un muro con regaliz. Perawan le propinó varios espadazos, puñetazos y patadas que le hicieron el mismo daño que la caricia de un bebé. Kesuk venía volando en su tabla a gran celeridad, apuntando con la lanza a la cabeza del enemigo.

De improviso, la herida de los tendones se cerró. Yocasta arrojó a Karku a cien metros de un manotazo. El gigante se levantó y volvió al ataque. La señora del desierto Moer sopló al hada Magüa un viento ardiente que la obligó a volar desorientada, girando en el aire. El hada se recompuso. A Perawan, de otro golpe, lo lanzó a cincuenta metros. A Kesuk, con un latigazo de su melena, la arrojó hasta enterrarla en un montículo, del que salía presta a la batalla. Yocasta se dispuso a atacar de nuevo y, aún arrodillada, me propinó una patada. La esquivé por centímetros. Perawan ya volvía envalentonado al ataque.

Me reuní con mis amigos frente a la mujer de diamante. El gigante y yo nos retirábamos a palmetazos la arena del cuerpo.

Yocasta dijo indiferente:

—Buen intento.

Se levantó, no imaginé que podría moverse tan rápido. Izó el puño izquierdo, lo bajó al tiempo que mis perros retornaban en mi auxilio. Los mandó lejos de un rodillazo. Me dio tiempo a cubrirme con mis brazos, el derecho sobre el izquierdo. El puño me hundió en la arena hasta la cintura. Yocasta no utilizó todo su brío, de lo contrario estaría muerto. Las mangas de mi cazadora hiperdura absorbieron la mayoría del impacto. Noté un dolor agudo, el golpe me había fisurado los huesos del brazo derecho.

¡Me dolía una barbaridad!

Karku se acercó. Yocasta empuñó la espada con la mano libre. El filo, al descender, partiendo la brisa desértica, sonaba a un cuchillo que cortase bizcocho. Karku se movió rápido, el filo se clavó en la duna a escasos centímetros de su cuerpo. Yocasta no le concedió una segunda oportunidad, usó el lateral de la espada como un palo de golf y, como si se tratase de una bola, de un golpe, mandó al gigante a doscientos metros de distancia.

Magüa hizo brillar sus alas, una virtud que desconocía del hada, a la altura de los ojos de Yocasta, con una intensidad similar al de un faro en la noche. Yocasta apartó la cabeza, eludiendo el resplandor, la adelantó; de un cabezazo certero, seco, tumbó al hada. Magüa cayó a mi lado.

Perawan, de un salto, se pegó a su cuello e intentó cortarlo con las espadas. Nada, con un simple movimiento de cabeza, la dueña del desierto Moer se deshizo del general.

Kesuk, abandonando su tabla, a la carrera, intentó imitarme con los tendones, pero la señora del desierto Moer la esquivó y su camello, a una mirada de ella, de un pezuñazo, terminó con la perseverancia de mi amiga.

Yocasta me miró. Despacio, sin prisa pero sin pausa, con el puño, siguió sepultándome en la arena. Yocasta jugaba conmigo, saboreando los segundos antes de liquidarme. Cuando la arena estaba a la altura de mi cuello, grité:

—¡Busco a mis padres!

Yocasta se detuvo. Sorprendida, dijo:

—¿Tus padres?

—Les han raptado, creemos que Wendigo, me hace falta el calor de tu desierto para soportar las temperaturas de la cordillera Pirinaica.

Yocasta realizó una mueca de desprecio, de asco. Dijo:

—Maldito Wendigo. Hace años atacó a mi amigo Tron, el dragón. El día que se acerque a mi desierto le sacaré las tripas.

El hada se recobraba, comenzaba a alear a mi lado, dispuesta, como de costumbre, a reemprender el combate. Karku llegaba veloz, se anclaba delante de nosotras alzando la porra. Mis perros ya gruñían delante de mí, pegados al general, que blandía las espadas atento, lo mismo que Kesuk con la lanza.

—Hablemos —dijo Yocasta.

Pacifiqué a mis perros con un gesto, se sentaron; mis amigos bajaron las armas. Yocasta, con delicadeza, retiró el puño, ahuecó la arena, me cogió del torso y me extrajo del agujero que había creado al asestarme el golpe. Me sentó en una duna.

—Cuéntame, renacuajo —agregó.

Pensé que Yocasta, señora del desierto Moer, habría tenido padres, que alguna vez se habría perdido de pequeña y que habría pasado miedo esperando que sus padres la encontrasen. Mi grito, mentando que buscaba a los míos, había alentado su indulgencia.

Le relaté lo sucedido desde que emprendí el viaje en la Tierra, sin reservarme un solo dato. Yocasta me escuchaba frunciendo el ceño, preocupada. Terminé la narración. Yocasta estuvo un par de minutos en silencio. Dijo:

—Ahora comprendo cómo has conseguido dañar mis tendones, con la magia de la reina Urina de tu arpón. Solo me pueden herir las garras de mi amigo el dragón, las zarpas de Wendigo y las armas de los monarcas de los continentes.

Dragones, lo que me faltaba.

—Hay maldad en el ambiente. ¿Tiene relación con mis padres? —pregunté.

—¿Magüa, Karku, Perawan, le habéis contado lo que sospechamos? —preguntó Yocasta cruzando con ellos otra de aquellas miradas enigmáticas que empezaban a cansarme.

Karku negó sacudiendo la cabeza de izquierda a derecha.

No sé qué me fastidiaba más, que se conociesen sin advertírmelo antes, o que mantuvieran el secreto sobre el extraño mal que percibíamos. Dije:

—¿De qué os conocéis? ¿Qué significan las miradas?

—Yocasta y nosotros fuimos aliados en el pasado, combatimos juntos a la bruja Magala. Otra cosa son sus dominios. Le robas y te mata, seas amigo o enemigo. Me está prohibido contarte más de momento. Son las reglas de Memento. Debes descubrir los secretos del viaje por ti mismo, Smile. Eso hace que cada hora que avanza tu magia sea más fuerte, el conocimiento, el adquirido, no el enseñado —contestó el general.

Al fin me aclaraban por qué no podían desvelarme nada de mi magia. Debía descubrirla por mí mismo. En aquel planeta, había tantas reglas como en el mío, un fastidio total.

—No sabíamos lo que planeaba el chico, y no me ha parecido mal, la verdad. Arriesgado, cierto. Eficaz, también —dijo el hada Magüa mirando a Yocasta—. Ha estado a la altura de lo que se esperaba de él. Memento ya ha hablado, está reconociendo su valor al concederle músculo. Tampoco podemos oponernos a nuestra madre, las viejas leyes, amiga mía, leyes sagradas.

Su padre sería el planeta Memento, de manera figurada. ¿A quién considerarían su madre?

Agradecí las palabras del hada refiriéndose a mí, o a mi coraje, del cual todos estaban seguros, menos yo, por lo menos del todo.

—Lo comprendo, querida Magüa —respondió la señora del desierto Moer acariciándose el pelo.

—Yocasta, te has pasado tres pueblos con Smile —dijo Kesuk.

—¿Y qué? —dijo la gigante diamantina.

—Nunca rechazo una buena pelea —la desafió Kesuk.

—Tengamos la fiesta en paz —dije enfriando los ánimos.

La mujer diamantina y mi amiga cruzaron una mirada hostil pero no se movieron.

Supuse que la cara de preocupación que ponía Yocasta mientras había escuchado mi relato estaba relacionada con la amenaza de maldad que vibraba en el ambiente. También notaba otra cosa diferente al mal, algo mágico que me inquietaba.

No lo preguntaría de momento.

Moví el brazo derecho con la intención de comprobar su estado. Me dolió, lo reflejó la mueca de mi cara. Yocasta me miró interrogativa.

—Me has fisurado los huesos del brazo derecho, o me los has roto —dije.

—Quítate la cazadora y hazte un pequeño corte en el brazo —ordenó Yocasta.

Pregunté a mis amigos con los ojos. Asintieron. Obedecí a Yocasta. Me despojé de la cazadora, desenvainé el cuchillo, me efectué un corte en el antebrazo, poco profundo aunque largo. No dibujé el mínimo gesto de sufrimiento, había que mantener el tipo, claro. Yocasta sonrió alabando mi aguante y le devolví la sonrisa. Un mundo extraño. Hacía unos minutos nos quería liquidar y ahora nos trataba con cariño.

—Magüa, separa el corte unos centímetros. Niño, aguanta, esto va a doler.

Que doliese me resultaba indiferente, me molestaba que me llamara «niño», era un adolescente que no hacía más que combatir en otro planeta con mi amiga del alma.

La sangre de Yocasta derramada por el filo de mi arpón se mezclaba con la arena. Yocasta la recogió de la duna y se la metió en la boca. El hada abrió mi herida del antebrazo, sus dedos se comportaron con dulzura. Yocasta cerró la boca, componiendo un redondel. La aproximó a mi antebrazo. El líquido diamantino, con saliva y arena, manó de su boca y se coló en mi antebrazo.

Primero sentí alivió, luego el dolor parecido al que padecería un animal cuando le marcaban con un hierro. Apreté la mandíbula, soporté la oleada de suplicio. Mis perros observaban la operación con cara de preocupación, aunque no intervinieron. Lo habrían hecho a un gesto mío. Notaba cómo la sustancia, la sangre diamantina, recorría los huesos de mi hombro, mi brazo, mi antebrazo, la muñeca y la mano derecha. Los cubría de una capa que se solidificó al cabo de unos segundos.

El hada retiró los dedos de mi herida. Yocasta le hizo una seña al hada. Magüa juntó los labios, lanzó una llamarada fina, recta como un rayo láser, de un rojo escarlata, que curó y cerró la herida. La cicatriz resultante, de quince centímetros de largo, parecía antigua, realizada por un cirujano experto. El dolor se marchó con la misma velocidad que había llegado. Las fisuras y roturas estaban por completo sanadas. Con la mano izquierda me palpé el brazo derecho. La magia de Yocasta lo había modificado. Presioné sobre los músculos y la piel y aprecié la extraordinaria dureza de los huesos, recubiertos de diamante, imaginé, pero del que había en el planeta Memento, más duro y resistente que el acero. Me puse la cazadora.

—Pruébalo, apartémonos —me invitó Yocasta.

Se alejaron unos metros. Karku llamó a los perros con un silbido. Tras una indicación mía, trotaron en su dirección. Reuní mi vigor en el puño y golpeé la duna. La arena saltó creando círculos concéntricos, igual que la onda expansiva de una explosión. Un pequeño terremoto sacudió parte del desierto, levantando la arena. Estaba anonadado, la potencia de mi brazo derecho se había multiplicado.

¡Mi brazo tenía la fuerza de cien osos polares!

Yocasta, sin previo aviso, me besó en la boca, llenando mis pulmones de aire.

—El diamante que cubre tus huesos le proporciona a tu brazo una fortaleza casi tan potente como la mía —había acertado sobre mi brazo—. Te he pasado oxígeno con el beso. Lo necesitarás en las montañas. Buena suerte.

¿Cómo soportarían la falta de oxígeno mis amigos y Kesuk en la cordillera? El futuro me concedería la respuesta, una pauta en Memento.

Yocasta me guiñó el ojo, amistosa, montó en el camello y partió al interior de sus dominios. Las cataratas de arena se alejaban rápidas como centellas.

Perawan comentó:

—Señor Sonrisas, con tu brazo derecho quizás tengamos una ventaja.

—¿Con quién?

—Con más de uno, eso seguro —dijo. Y calló de repente, pensativo.

Los desafíos acababan de comenzar, me dije.

Mis amigos enfilaron el trineo, todos menos Kesuk.

—¿Smile, saldremos de esta?

—Hay respuestas que uno debe responderse solo.

—Necesito saberlo.

La luz de sus ojos se había apagado y en su lugar vislumbraba la profundidad de una tristeza de las que hunden a cualquiera.

—Aunque yo muera, Kesuk, regresarás a la Tierra.

—No voy a permitir que te maten... Solo quiero estar con mis padres.

Y se marchó cabizbaja, con el recuerdo de sus padres enredándose en su cuerpo como una culebra.

6

Cruzamos en el trineo unos riscos altos, deslizándonos en un camino de tierra que los perros seguían sin que yo sostuviese las riendas. Los rayos de los soles gemelos eran pálidos y nos envolvía una neblina. Los perros estaban habituados a las nebulosas de Alaska, así que no les molestaba.

La temperatura descendía.

Karku, a la carrera, cerraba la marcha, hasta que se aburrió y subió al trineo de un salto ligero con tal de no desequilibrarlo. Yo viajaba de pie sobre el trineo, encantado con mi brazo derecho, mirando hacia delante e intentando descubrir indicios de mis padres en el horizonte blanquecino. Magüa cruzaba las piernas, sentada en el trineo, reflexiva, lo mismo que Perawan, ubicado a su lado, y que Kesuk. Me agaché y pregunté al hada:

—Creía que Yocasta te mataría.

—Tengo cuatro veces la fuerza de un humano adulto —contestó—. Mis armaduras y mis armas están compuestas del mismo material que tu traje. Al generar tanto calor, no hay fuego que me afecte, menos el de los dragones Tron y Dona. A veces me baño dentro de un volcán en erupción, de los pocos que hay en Memento, si descontamos los de Morbum, un continente que no conozco. El tacto de la lava resbalando en mi cuerpo es muy agradable. La lava alimenta mis llamas, incrementa su poder. Y aumenta mi tamaño.

Al decir «Morbun» su expresión pareció asustada. Sería un reino continente de magia negra.

Magüa bajó la cabeza y volvió a meditar. La imaginé desnuda, en el interior del volcán cuyas paredes iluminaban sus alas, con la lava ardiente burbujeando como espuma en una bañera y una sonrisa en los labios. Me pareció una escena bonita. No las había disfrutado en ese planeta mágico plagado de preguntas, secretos y la maldad de una víbora.

—¿Perawan? —pregunté.

—No puedo volar igual que la buena de Magüa, lo que no me hace menos dañino.

Lo había demostrado con creces. Cambié de conversación:

—Creo que pensamos lo mismo, algo que me inquieta desde que salimos del palacio Ciencielos.

—Adelante —dijo el general—. Esta vez te lo aclararemos.

—Además del mal que percibimos ha ocurrido otra cosa. Me cuesta explicarlo.

—¿Parecido a tu robo de calor en el desierto? —preguntó el general.

—Me consta que la magia de Memento, unida a la mía, ha afinado mis sentidos. Lo que noto está en el viento, en los árboles. Alguien o algo se ha dedicado a robar la magia de Júbilo, pero ya ha parado, hace un par de horas.

—Magüa calcula que se han apropiado de un veinticinco por ciento de la magia de Júbilo. Desconocemos quién o qué es el ladrón —aclaró Perawan.

—¿La maldad nueva que respiramos?

—Puede que sí o puede que no. Terminaremos averiguándolo.

Y selló los labios en uno de sus silencios. Pensé en mi responsabilidad, mantenerme vivo, y también a Kesuk —que había estado atenta a las palabras del militar—, por mucho que se valiese por sí misma. Al parecer, de mí dependía el futuro inmediato del planeta mágico. Encima debía encontrar a mis padres y ayudar a rescatar a la hermana de la reina Urina, una princesa, Mariel.

Yo solito, con Kesuk, aventurándonos en la cueva del iceberg, me había metido en un lío tremendo. Empecé a practicar con el arco, el arpón y el cuchillo con la mano derecha, midiendo su efecto en mis armas.

El general Perawan dijo:

—Primero la destreza, luego la velocidad; como mis alumnos en la academia militar. Empecemos.

Vaya, aparte de dirigir a los ejércitos, le daba tiempo a entrenar a sus pupilos. Comenzamos con movimientos a velocidad de tortuga, durante un par de horas, acelerando minuto a minuto, hasta que fuimos dos torbellinos. Magüa, Karku y Kesuk nos observaban y los perros se internaban con el trineo en un bosque de robles altísimos, antiguos y frondosos.

Nos detuvimos sudando.

—Señor Sonrisas, has aprendido a pelear en dos horas lo mismo que mis alumnos en dos años terrestres. Está claro que Memento te adora.

—¿Por qué, general?

Se calló.

—Las reglas de Memento, me conozco la canción —dije enojado.

Perawan se acomodó en el trineo dedicándome una sonrisa irónica, la misma que el hada y el gigante. Sin embargo, Kesuk, por primera vez, estaba seria; la animaría.

Irritarse no merecía la pena, no serviría de nada. Me guiaba por uno de los consejos de mi madre: «Smile, hay que ser práctico, no molestarse por una broma o no enfurecerte si suspendes una asignatura. La vida se reduce a prueba y error. Prueba mil veces, falla mil veces y al final acertarás en lo que te propongas. Con los estudios ocurre lo mismo. Concéntrate al máximo y conseguirás una buena nota; incluso en mates». Odiaba las mates, claro, solo al principio. Luego, con los codos hincados en la mesa de estudio, aprendí y me gustaron. Los números, la verdad, se me daban de maravilla.

El recuerdo de mi madre, y el de mi padre, ocuparon mi estómago, subieron a mi garganta y se convirtieron en una piedra que no me dejaba respirar. Los echaba tanto de menos.

Las antenas de Magüa brillaron y con una señal me pidió que detuviese el trineo; tiré de las riendas.

—Las gemelas, a un cuarto de jornada —dijo el hada, preocupada.

Seis horas, calculé. ¿Quién diantres serían las gemelas?

—Id despacio. Me adelantaré; si no logró apresarlas, que no toquen sus armas, Smile y Kesuk. Los demás atacadlas como si os fuera la vida en ello.

—Nos va —respondió el hada.

El general, de un bote, se encaramó a un roble y, con sus ocho extremidades, a una rapidez increíble, se alejó balanceándose de árbol en árbol.

Reduje la velocidad del trineo y solté las riendas. Magüa guiaba a los perros volando delante, haciendo eses entre los robles, que permitían pasar algunos rayos de los dos soles, con lo que el paisaje de cortezas marrones, anchos robles, hojas verdes y luz, resultaba hermoso. Kesuk lo contemplaba y comenzaba a recobrar la alegría. Me senté a su lado y le eché el brazo al hombro. Karku salió del trineo y corrió detrás, sabiendo que precisábamos de espacio, el de la intimidad. Kesuk agradeció mi compañía con una mirada.

¡Qué ojazos!

En los míos percibió el entusiasmo.

—Smile, no puedes ocultar que estás enamorándote de mí. Puede que me plantease una relación contigo. Un imposible en Memento.

—¿Por qué?

—La muerte acecha en cada rincón, nos faltaría tiempo para conocernos a fondo, y mira que nos conocemos bien. Sin olvidar el detalle de nuestros padres, los tuyos apresados y los míos a millones de kilómetros luz. Lo veas como lo veas, no somos adultos del todo. Sin nuestros padres no conseguiremos escapar de este mundo.

—Los que tú llamas adultos no saben divertirse. Se pasan todo el día pensando en sus problemas.

—Y en los nuestros, Smile.

—Tenemos edad para apañárnoslas. No lo estamos haciendo tan mal en Memento.

—Calla, tonto, y abrázame, lo necesito. Afecto, del humano.

La rodeé con mis brazos y apoyé su cabeza en mi hombro, le acaricié el pelo a la altura de la frente. Mi amiga del alma se hallaba perdida, ausente de nuestros padres y nuestras costumbres. Yo sentía lo mismo por ella, amor o algo parecido, y sobre todo la separación de nuestros padres, pero no se lo confesaría. Uno de los dos debía permanecer entero. En ciertos momentos ella notaba mi pena, aunque yo la encubriese, y nos mantenía erguidos. Era una mujer moldeada de coraje y de cariño.

Pasamos un rato largo abrazados, sumergidos en nuestros sentimientos. Ignoraba los de ella, acaso anclados en la memoria de sus padres, en imaginar los riesgos que afrontaríamos, y, tal vez, en mí, lo que bombeaba sangre a mi corazón con renovada felicidad. Quererse es bueno, el que diga lo contrario es tonto. Y quererse no rebaja el valor de cada uno de cada una, a ver si nos enteramos de una maldita vez.

Los seres humanos —me dije— somos una especie capaz de lo peor y de lo mejor. Lo mejor con el amor y lo peor con el odio.

El hada se detuvo en el aire y abrió la boca preparada para expulsar una llamarada. Delante, en un claro del bosque, de pie sobre las patas traseras, había dos gatas idénticas, del doble del tamaño de las de la Tierra. La de la izquierda portaba a la espalda una vaina de cuero con un sable, sujeto a su tórax con una correa también de cuero, y llevaba a la cabeza un pañuelo negro de pirata en cuyo frente veía una calavera y un par de huesos cruzados. La de la derecha tenía otro sable, pero se tocaba la cabeza con una gorra de color verde, puesta con la visera hacia atrás, a la manera de los chavales de la Tierra, y llevaba, atada con un cinto a la cadera, una bolsa de cuero.

Las gemelas, sin duda.

—¿La vida o la bolsaaa? —dijo la de la izquierda.

—Pinky, es la bolsa o la vida —la contradijo su hermana.

—O nooo, Piwy.

—O sí.

La del pañuelo se llamaba Pinky y la de la gorra Piwy. No se me antojaron peligrosas; parecían un par de bufones, sobre todo Pinky, con esa extravagancia de hablar alargando las vocales.

—Qué más da, somos bandoleras —aclaró Piwy.

—Salteadoras deee caminooos.

—Pues eso, bandoleras.

—¿Oyyyyye, madre no teee enseñó a hablaaar? —interrogó Pinky.

—A ti se te da de maravilla. Como a un asno.

Y, sin más, comenzaron a desternillarse. Su risa nos contagió, y Kesuk y yo nos reímos de lo lindo. Karku se había situado al lado del hada y blandía la porra, desafiante; ambos estaban quietos y muy serios.

Pinky comenzó, sin parar de reír, a aproximar la mano al acero de la empuñadura de su sable Nos pusimos en guardia, advertencia del militar, saliendo del trineo, posicionándonos con el hada y el gigante y agitando nuestras armas. Los perros estaban expectantes, aguardando un gesto mío para luchar con las grandes gatas.

De repente, Perawan saltó de lo alto de un roble. Se aposentó en el suelo separando a las gemelas y sujetándolas con cuatro extremidades a cada una, impidiendo que tocasen sus aceros.

—Ereees un aracne malooooo, generaaal —se choteó Pinky.

Se conocían, claro.

—Perawan, que guapo eres, y que fuerte, muy fuerte, y un tontorrón —añadió Piwy con un tono parejo.

Acto seguido, las dos besaron los brazos del general. De inmediato, sus anatomías se transformaron en músculos naranjas exactamente iguales a los de Perawan.

¡Casi me desmayo por la sorpresa!

Poseían la facultad de la metamorfosis, se convertían en lo que tocaban; de ahí que Perawan nos hubiera avisado sobre sus aceros, mementianos, me dije. De haber empuñado los sables, transformadas en mineral, serían enemigas prodigiosas, con la agilidad consustancial de los felinos, y, por las caras de mis amigos, descubrí que peleaban con destreza.

En un visto y no visto se desligaron del general, con la velocidad característica de los gatos, desenfundaron los sables y modificaron su estructura; eran de acero maleable. La batalla se planteaba terrible, pero las gemelas no contaban con la astucia de Kesuk, que, con tres pasos, se había adelantado y apuntaba con la punta de su lanza al cuello de Pinky, a un centímetro de distancia entre ambos metales, el del cuello y el de la lanza.

¡Cada día me gustaba más!

—Qué animaaal tan extrañoooo —dijo Pinky divertida.

—De animal nada, soy de otra especie. Nos llamamos humanos y venimos de un planeta de nombre Tierra. Te mueves y estás muerta.

—Tu historia me conmueve —dijo Piwy sonriente y sarcástica, desconociendo que el vibranio de la lanza cortaba el acero.

—¿Dónde eeestá la Tierraaa? —preguntó Pinky.

—¿En vuestro culo?

Las gemelas se miraron el trasero, palpándoselo y desplazando las caderas en plan payaso. Piwy contestó:

—Qué interesante, falté a esa clase.

Pinky, sin decir esta boca es mía, procuró pegarle un tajo a la lanza y el filo de su sable se partió por la mitad. Se quedaron perplejas, sin mover un párpado, temiendo por sus vidas. Me aproximé.

—No nos hemos convertido en el metal de tu lanza —dijo Piwy sorprendida.

—La he recubierto con un hechizo de mi planeta —contestó Kesuk.

—Una magaaaa, mal asuntooo —se lamentó Pinky sin un resto de ironía.

—Bien, gemelas, ¿os apetece una buena aventura? —las interrogué.

—¿¿Gratis?? —preguntó Piwy.

—Nuncaaa —contestó su hermana.

Perawan puntualizó:

—A la vuelta de la aventura, la reina Urina os pagará vuestro peso en oro.

—La misión es proteger al humano —dijo el hada.

Qué maldita manía les había entrado desde el principio con cuidarme. Una cosa es que el planeta dependiera de mí y otra distinta que me tratasen como a un renacuajo. No lo toleraría más.

Las gemelas se miraron, midiendo los pros y los contras. Lo parecían, pero no tenían un pelo de tontas. Meditarían sobre seguir asaltando caminos o unirse a un grupo peculiar, como mínimo, que les abriría las puertas a reyertas, lugares y especies desconocidas. Los gatos eran curiosos por naturaleza, en las grandes ciudades buscaban lugares novedosos. Las gemelas se guiñaron un ojo y Pinky contestó:

—Valeee, tenéis nuestraaa palabraaa.

—Habrá que comer, hermanita.

—Solo eeeres mayor que yooo por un minutooo —se quejó Pinky.

—¿Te parece poco?

Y se marcharon a la carrera, a cuatro patas, volviendo a su ser natural.

El bosque permaneció en silencio.

—No me fío —dijo Kesuk al cabo de un rato, rompiéndolo.

—Dar la palabra es sagrado en Memento, una de las reglas de nuestro planeta. Regresarán —aclaró Karku.

—Kesuk, nos has librado de una pelea de final incierto. Te lo agradezco en nombre del grupo.

—De nada, Perawan.

Comenzaba a refrescar y tocaba descansar. Karku arrancó unas ramas gruesas de los robles y peló las cortezas con sus uñas. Las despedazó como a palillos y apiló la leña, rodeándola con piedras, evitando que no se extendieran las futuras brasas y provocasen un incendió. Magüa prendió la madera con una llamarada. Nos calentamos en la hoguera. Perawan nos narró la historia de las gemelas.

Hacía seiscientas lunas (cincuenta años, calculé, un mes por cada luna llena), las gemelas se habían presentado en Umbral, la capital, en calidad de comerciantes, en principio. Siendo Perawan un niño, el ejército de su padre de la ciudad, se había batido con ellas, convertidas en acero. No asesinaban, se limitaban a herir a los soldados ansiando el botín. Iban ganando la batalla. Tres primas de la dinastía Tador las habían reducido con su magia. Al ser interrogadas, no sabían ni su edad (sospeché que las gatas en este punto no dijeron la verdad), pero recordaban a su madre, una gata especial que les había enseñado el arte del robo, y a su padre, que les había entrenado en el manejo del sable y en la pelea cuerpo a cuerpo. Los padres las habían abandonado de jóvenes en los bosques y, en vez de atemorizarse, conscientes de su potencial, se habían convertido en forajidas.

No habían matado a ninguna especie, de las honestas, del planeta que recorrían transmutadas en agua, a través de las corrientes marinas, lo que hablaba de su bondad. Las encerraron en las mazmorras, en los sótanos del castillo Ciencielos, y se fugaron en un pispás.

Perawan había combatido con ellas codo con codo cuando atacó la bruja Magala; las gemelas amaban Memento. Seguían jóvenes como en el asalto a Umbral, aunque podrían tener cientos de años. Su procedencia y las de sus padres representaban una incógnita que solo conocía un ente —Perawan recalcó *ente*—, la denominada Pétalo. Pero Pétalo no revelaría el secreto de las gemelas.

La segunda vez que escuchaba nombrarla, con respeto reverencial y con timidez extrema. Kesuk y yo intercambiamos una mirada; la tal Pétalo nos intrigaba.

Las gemelas regresaron, cumpliendo su palabra, con la bolsa de cuero repleta de pescado, que sobresalía de ella, y Pinky con un nuevo sable. Cenamos en silencio. Las gatas, sin embargo, eran unas parlanchinas incorregibles. Al final nos dormimos. A la jornada siguiente nos aguardaban inconvenientes, una felicidad menor y aventuras.

7

Atravesamos el bosque veloces. Magüa volaba con sus alas y Kesuk con su tabla; las gatas iban a la carrera, a cuatro patas, cercanas a mi amiga. Las gemelas y Kesuk charlaban y se reían, se estaban haciendo buenas amigas, pese a la eterna desconfianza de Kesuk, justo lo que necesitaba mi querida hechicera, descomprimirse, desahogarse, estar menos afligida ante la ausencia de sus padres. En la Tierra había gatos y a mi amiga le gustaban los animales; en consecuencia, no le había costado amistarse con Pinky y Piwy.

Karku, Perawan y yo viajábamos en el trineo.

Habíamos pasado de ser cinco a siete, con dos poderosísimas aliadas. Me imaginé un mañana amable. Todavía no sabía cuánto me equivocaba.

Comenzamos a descender el risco, que terminaba en un lago helado de unos treinta kilómetros de ancho y cincuenta de largo. Rodeándolo tardaríamos. Delante se levantaba la cordillera, dominio del temible Wendigo. La cordillera resultaba impresionante por sus proporciones. No había en la Tierra ninguna de aquella magnitud.

¡Una maravilla!

Mirando a izquierda y derecha no veía los lados. Las montañas tenían once kilómetros de altura, con cumbres nevadas que atravesaban un cielo repleto de nubes. Destacaba enfrente un macizo, una montaña de quince kilómetros en vertical, calculé. La señalé y Magüa dijo:

—La montaña más antigua de la Pirinaica, Hilor, la casa de Wendigo. Vive en la cumbre, en una cueva. Su piel es de mayor dureza que el acero mementiano. Y es un ser muy astuto.

—¿La criatura que ha secuestrado a mis padres?

—Eso parece, Smile, el ser más malvado de Júbilo. Fracasaremos atacándolo de frente. Tus padres seguirán con él, podrían salir malparados —aclaró el general Perawan.

—¿El plan de acción? —interrogué.

—Te corresponde a ti diseñarlo, enriquecerá tu magia. Nosotros te defenderemos sea el que sea —dijo Karku.

—Subamos e improvisemos —dije confiando en mis padres, que al verme reaccionarían aunque estuviesen atados con cadenas.

—Poco profesional —se quejó el general.

—Complicado —dijo el hada.

—¿Y qué no lo es? —respondí, repitiendo una frase de mi madre.

Piwy agregó con una de sus carcajadas:

—Fácil, nos hacemos unos filetes con su cuerpo, riquísimos.

Nos adentramos en el lago. El hielo grueso aguantaba nuestro peso sobre el trineo y los perros, habituados a los lagos de la Tierra, estaban contentos creyendo que se encontraban en su hábitat. Yo esbocé otra sonrisa. Mi padre me había enseñado a desenvolverme en este paisaje, clavado al de mi hogar. Deseaba que no nos acechasen peligros hasta alcanzar la cúspide de la montaña Hilor. Cada vez que pensaba en algo positivo, sucedía lo contrario.

Escuchamos a nuestra espalda una orquesta de gruñidos hambrientos, el sonido en el hielo de decenas de patas que sonaban como la carga de una caballería. Viramos la cabeza. A cinco kilómetros, acelerando, nos perseguía una manada de diez osos polares, los animales más furiosos del Polo Norte, de pelaje blanco, garras y colmillos homicidas. Medían el doble que los de la Tierra, lo normal en Memento con los animales, me dije. Estaban de caza, nosotros seríamos su presa. Grité a mis perros, aceleraron.

Pinky se transmutó en acero, desenvainó el sable y dijo:

—¡A las armas, gueeerreros! Ositos de cooostillas a la brasaaa.

—Pinky, no es hora de bromear —la reprendió Perawan.

Pinky, pensando en su peso, el pago por ayudarnos, se guardó el sable frustrada y retornó a su aspecto de gata.

Karku y Magüa se dispusieron a apearse del trineo. La porra del gigante y el fuego del hada les darían una buena tunda.

Les detuve:

—No los matéis, solo tienen hambre.

—Pues somos su merienda. O ellos o nosotros. Vamos, Magüa —dijo Karku.

—Quiero probar algo —dije.

—Lo apoyo —me secundó Kesuk.

Con un movimiento de la mano, haciéndome caso, el general detuvo al hada y al gigante.

Frené el trineo, bajé, me arrodillé. Los osos ya estaban a dos kilómetros. Desenfundé el cuchillo, lo blandí con la derecha, levanté el brazo, lo bajé administrándole mi potencia. Partí el hielo. Desde el punto de impacto surgió una brecha haciendo eses, se encaminó a los osos. El hielo se resquebrajaba como la cáscara de una nuez. Los enormes pedazos se sumergían y emergían con un ruido tremendo, batiendo las frías aguas. Mi brazo derecho funcionaba tal y como me había contado Yocasta. La brecha prosiguió camino; los rayos de los soles rebotaban en los hielos, de frente, en perpendicular o de plano, componiendo un telar de luces amarillas a veces oscurecidas por las salpicaduras del agua.

La brecha alcanzó a la manada. Algunos osos se apartaron, otros se aferraron a los laterales de hielo con las garras, y la mayoría se hundió en el lago.

El gigante Karku dijo irónico:

—El que no quería herirlos... Los estás ah

Karku desconocía a las especies de los hiel tamiento. Pregunté:

—¿Has estado por aquí?

—La primera vez.

—He sobrevolado el lago en uno —dijo Magüa.

—Observad —sugerí.

Los osos comenzaron a subir a la superficie dad, a los lados de la brecha. Eran nadadores ex desplazaban con facilidad en la nieve, el hielo y el marcharon por donde habían venido. A pesar del h prefirieron esperar a que apareciesen presas de captura Mis amigos me preguntaron cómo lo sabía y les respondí qu había animales iguales en la Tierra y que conocía su comportamiento.

Un rato después los perros nos depositaron en la base de la montaña Hilor, un bosque de árboles extrañísimos, sin hojas, bajos, de color blanco oscuro, cuyas ramas estaban dobladas y afiladas hacia abajo. Trenzaban en el suelo una valla de espinos de diez metros de anchura y dos de alto y cercaban la montaña.

—Se llaman rubus —dijo Magüa—. Protegen la montaña. Las ramas están envenenadas, el mínimo corte nos matará. Wendigo, el dragón Tron, la dragona Dona y Yocasta son inmunes al veneno. Que sepamos, ninguna especie de Júbilo, de las normales, se ha acercado tanto a la montaña Hilor como nosotros.

¡Un dragón femenino! Aquí no faltaba de nada.

Reprimí una sonrisa. Hadas, elfos, gatas que se transmutaban, aracnes como Perawan y gigantes no me parecían precisamente normales.

—Tú puedes volar. ¿Mi traje y la piel de Karku aguantarán? —interrogué.

eres arriesgarte? —preguntó Magüa, burlona.

ımigo puedes cargar —dije, recordando que el hada a fuerza de cuatro adultos.

gatas, con una mirada, se contaron la manera de atrave- espinas. ¿Cómo?

gigante tomó la iniciativa. Flexionó los muslos y de un o salvó los diez metros de anchura de las púas venenosas. eguntó:

—¿A qué esperáis?

Perawan, con la potencia de sus cuatro piernas, aterrizó a la izquierda de Karku. Era un magnífico saltador y sería un extraordinario equilibrista. Debí imaginarlo, teniendo en cuenta su anatomía y viéndolo volar de árbol en árbol anticipándose a la aparición de las gemelas.

Me agaché a darles indicaciones a los perros. El hada dijo:

—Déjame a mí. Conozco el lenguaje de los animales, me entenderán mejor que a vosotros pese a que la magia del planeta os haya concedido el don de aprender algunas palabras. Me enseñó Pétalo, la reina ninfa de Iris; pero esa es otra historia.

Al nombrar a Pétalo, su rostro se desencajó un poco, como si le produjese pavor, de nuevo. Al menos me desveló quién era: la reina de un continente denominado Iris. Pero... ¿qué practicaba?: ¿magia negra o magia blanca?

Ninfas, entes conectados con la Naturaleza. ¿Cuántas especies descubriría en Memento?

El hada aleó frenada en el aire delante de mis perros y habló con ellos a base de ladridos de baja intensidad.

—Les he pedido que nos esperen dos jornadas. Si no aparecemos, retornarán al castillo Ciencielos. La reina Urina sabrá qué hacer.

—Regresaremos —aclaré.

—O nos matará Wendigo —contestó fúnebre.

Acto seguido, el hada me cogió del cuello de la cazadora. Volamos hasta la posición del gigante y el general.

Kesuk se deslizó en la tabla sobre el aire y aterrizó a nuestra vera.

Las gemelas se transformaron en acero y, a sablazos, abrieron un ancho sendero entre las espinas que no lograron rasgarlas.

Kesuk me preguntó:

—¿Qué hay arriba?

Afiné la vista.

—Vientos polares, diez veces más intensos que en Alaska.

Las gemelas no sabrían qué era Alaska, pero no lo preguntaron. Sospeché que los demás sí, pues en la cámara de la reina Urina me habían comentado que a veces iban a visitar a mis padres, los Vigilantes.

Kesuk se echó a la espalda la tabla y la lanza, se quedaron pegadas a su traje; una especie de imán. De sus manos enguantadas con el mono surgieron diez garras de vibranio, compactas y afiladísimas, una por cada dedo, y de sus botas otras diez. Aquel traje no dejaba de impresionarme, nada comparado con las curvas de mi amiga.

Kesuk comenzó a trepar, hincaba con fuerza las garras; se cargaban de energía y al próximo trecho, soltándola, las hundía en la hierba con mayor ahínco. Después de cuatro metros, el mono se extendió sobre su cabeza creando una máscara con orejas de pantera que la cubría; sospeché que contendría oxígeno y que podría respirar en lo alto de la montaña Hilor. La seguí utilizando dos flechas de hierro que imaginé a modo de piolets, los martillos con punta de los escaladores.

No evité quedarme absorto en sus glúteos con forma de pera madura, perfecta, y en sus muslos fabulosos. Viró la cabeza; había dos medias lunas de vibranio trasparente a través de las que veía sus ojos negros y relucientes.

—Deja de mirarme el culo, no seas golfo, Smile —me dijo medio en broma medio en serio.

—Veo lo que tengo delante, encanto.

Debajo de mí, ayudándose con las espadas y las extremidades, emprendió la escalada Perawan. A continuación le seguían las gemelas, ahora de acero, que clavaban sus garras igual que Kesuk; pensé que sus pulmones se adaptarían a la falta de oxígeno; a mí me permitiría respirar el oxígeno que me había trasferido Yocasta. El gigante, debajo, con sus manazas, se izaba agarrando los salientes rocosos. Cerraba la escalada Magüa al vuelo. La potencia del viento ardiente que había expulsado Yocasta en el desierto la había desequilibrado, pillándola desprevenida. Sin embargo, con la fuerza de cuatro varones terráqueos adultos, sus alas y su cuerpo resistirían los vientos violentos de la cumbre.

Se terminó la vegetación y comenzaron las manchas de hielo y nieve. Continuamos unos tres kilómetros. Nos detuvimos donde la escalada se hacía empinada y contemplamos las alturas. Yo observaba las rugosidades, procurando elegir el camino menos arduo.

Karku se nos adelantó. Era ágil, lo cierto, y atrevido, demasiado. Clavaba las manazas en la nieve sin desprenderse de su porra y subía veloz; marcaba el camino. Cuatrocientos metros encima de nosotros, gritó a pleno pulmón:

—¡¿A qué estáis esperando, holgazanes?!

«¡Oh, no!», exclamé. Perawan me entendió al instante y se aferró a las rocas. El eco del gigante resonó en la montaña. Empezó con un silbido suave, siguió con un sonido de aguas turbulentas, acabó en un fragor que retumbó en el espacio y zarandeó el viento. El grito del gigante provocaba un alud de nieve. El hada reaccionó, pero ya era tarde y no alzó el vuelo. Toneladas de nieve se desprendían de las rocas, arrastraban al gigante, al hada, al general. A las gatas no las veía, lo que me extrañó. La nieve nos enterraba y empujaba hacia abajo. Me dio tiempo a agarrar al hada.

Kesuk, en el último instante, había saltado hacia atrás, dado una pirueta en el aire después de desprenderse de la tabla, agarrando la lanza y, poniéndose en pie sobre la tabla, se deslizaba sobre el alud persiguiéndonos, haciendo *snowboard.*

El gigante, a causa de su peso, rodaba como una canica saltarina más rápido que yo. Le vi, con cara despavorida, rebotando cerca de mí y aterrizando metros después para volver a rebotar. Logré sacar de la avalancha la mitad del cuerpo y un brazo, el que sostenía a Magüa. Perawan se soltó de la roca a la que se acaba de agarrar y, a grandes saltos, nos alcanzó en un santiamén y me extrajo de la nieve. El gigante se aproximaba, impulsado por la gravedad, a las púas venenosas de los rubus. Dije:

—Rápido, Magüa.

Adelantamos a Karku volando. Calculé su trayectoria.

—Suéltame —le pedí al hada.

Caí de pie, a cuatro metros de los rubus, y clavé el arpón en el suelo con la mano izquierda. El gigante se precipitaba sobre mí, seguido de la lengua de nieve. Le cogí de la mano, con mi derecha, en el último instante. La nieve arrasaba a los rubus, enterrando parte de ellos. Kesuk derrapó levantando una lluvia de copos, clavó la lanza en la blancura y estrechó con su mano libre el arpón. Percibí su energía, cargada con la tabla, y la nueva fuerza que le otorgaba el planeta. La fortaleza de ambos impediría que el gigante nos arrastrase con el impulso de la avalancha y lo detuviésemos antes de que alcanzase el veneno de las púas de rubus; o eso imaginábamos, un nuevo error.

La tromba de nieve cesó. La siguió un silencio desolador.

Karku y yo estábamos sepultados bajo la avalancha, pensé que bajo cientos de kilos debido a la presión que la nieve ejercía sobre nuestros cuerpos. El alud de nieve me había soltado la mano del arpón. Imaginé que Kesuk se habría salvado volando en su tabla. Yo respiraba gracias al oxígeno de Yocasta. Karku me apretó la mano, estaba vivo. La cavidad de sus pulmones albergaría un buen puñado de oxígeno. Tocaba quitar la nieve, subir hacia la luz, empresa digna de un titán. Por fortuna, el fuego de Magüa fundió las nieves mientras Perawan apartaba el resto con sus extremidades y Kesuk nos ayudaban a salir a la superficie.

En la charca resultante me mantenía de rodillas. Solté la mano de mi amiga con un gesto de agradecimiento. Karku estaba tumbado, con la mano del brazo izquierdo alargado, unida a mi mano. Echó la vista atrás, el dedo gordo de su pie izquierdo distaba cinco centímetros de la púa letal de una rama de rubus. Encogió la pierna y se levantó, bromeando:

—A este paso pareceré un enano a tu lado. Te debo dos. Me has salvado la vida dos veces, del tornado y de las plantas venenosas rubus.

¿Habría enanos en Memento?, me pregunté.

—Ha sido culpa mía. Tenía que haberte avisado. El mínimo ruido produce un alud, una avalancha de nieve —me disculpé.

Con los brazos en jarras, malhumorado, Perawan dijo:

—Parecéis un par de parvularios. Magüa nos guía volando. Nos señalará los salientes seguros desde el aire.

—¿Las gemelas? —preguntó abrumada Kesuk.

A nuestro lado la nieve se elevó adoptando la silueta de dos gatas y se transformó en ellas.

—¡Tachán! —exclamó Piwy.

No evitamos reírnos. Parlanchinas y burlescas, las gemelas eran una compañía agradable y divertida.

Recordé alarmado a los perros, miré en dirección al lago, me ladraron contentos. Habían huido de la avalancha y estaban vivos, cubiertos en parte por los copos del alud.

Magüa me observó y se lo pensó. Se ofreció a llevarme volando.

Perawan dijo:

—Ninguna ventaja, señor Sonrisas. Aprenderás por ti mismo, siguiendo las reglas de Memento. Nosotros te cubriremos las espaldas.

Callé. Le acompañaba la razón, o al menos la de Memento, en ocasiones incomprensible.

Comenzamos a escalar de nuevo la montaña Hilor, el territorio de Wendigo. Anhelaba estrechar a mis padres, que sus brazos protectores me rodeasen. Mi madre me diría: «No te preocupes, no pasa nada». Mi padre reiría de puro contento. Ansiaba el reencuentro, narrarles mis aventuras en el planeta mágico. Las escucharían interesados, respetuosos. A continuación me darían consejos sobre mi magia y me detallarían en qué consistía la suya. Representaba un honor ser hijo de los

Vigilantes de la Vía Láctea, nuestra galaxia. Siempre me había sentido muy orgulloso de ellos, de su bondad natural, de sus mimos; de su habilidad con la que sobrellevar el entorno agresivo que habitábamos. Vivir en el Polo Norte no resultaba sencillo.

Mi memoria hervía de imágenes.

Mi madre, cada día, me despedía en la puerta del colegio, dándome la tartera con la merienda y un beso cariñosísimo. Mi padre me recogía por la tarde, me contaba cómo se había desarrollado la mañana de caza. Imitaba a los animales con mucha gracia. Comentaba de pasada, como quien no quiere la cosa, los peligros de los que escapa. Sus músculos y su altura, los pelos siempre despeinados, la mirada profunda y la voz ronca, podían producir miedo, pero cuando hablaba se notaba que era un hombre bueno. Solía enseñarme una cicatriz de la pierna izquierda, en la pantorrilla; la mordedura de un lobo al que se enfrentó con las manos desnudas. Luego, durante la cena, yo les hablaba del colegio, de mis amigos y de mis sueños; y a veces de Kesuk.

Después tocaba deberes, baño e irse a la cama.

Mi rutina, mis horarios invariables, la seguridad de la escuela y el hogar, mientras trepaba la montaña, se habían evaporado del calendario. Haría lo imposible por reunirme con mis padres. No sobreviviría sin ellos: su afecto y su amor constituían mi alimento.

Magüa nos guiaba al vuelo, indicándonos con antelación las rocas ocultas en la nieve que no se desprenderían cuando las agarrásemos y los salientes donde podíamos descansar unos segundos.

Ya habíamos escalado el kilómetro once de Hilor. Los vientos nos azotaban de lado y la nieve y el hielo picaban en las manos y en la cara quemando igual que fuego. El oxígeno se había largado a otro paraje. Mis reservas de calor y oxígeno no se agotaban; pensé que aún conservaría una fracción en caso de vencer a Wendigo. A veces perdía el pie, me quedaba colgando del abismo. Una caída desde semejante altura me mataría. Karku subía detrás de mí, muy atento; volvía a colocar mis pies en la pared escarpada de la montaña. Continuábamos con el ascenso. Su deuda estaba más que saldada. Yo me comportaba de una manera torpe, la escalada no se contaba entre mis virtudes, y Karku tuvo que auxiliarme demasiadas veces.

Las nubes del cielo besaron la montaña, un nuevo escollo. Su vapor, húmedo y espeso, cegaba el ascenso. No podíamos ver a qué agarrarnos. Magüa hizo brillar sus alas e iluminó el camino correcto con una luz rosa; la luz se expandía a lo largo de las nubes.

En el kilómetro catorce las dejamos atrás; parecía que con las yemas de los dedos tocaríamos el cielo, de un azul impoluto. Estaríamos a cuarenta grados bajo cero. El viento ya no soplaba con demasiada virulencia, como antes. Nos sentamos en un saliente para recobrar energías y estudiar nuestro próximo movimiento. Magüa nos indicó con un gesto que mirásemos sobre nuestras cabezas. A doscientos metros, cerca de la cumbre, brotaba de la montaña otro saliente, el mayor que habíamos encontrado hasta el momento. El hada dijo:

—Detrás del saliente está la cueva de Wendigo. Mis antenas no detectan actividad.

—Puede que haya salido y esté abajo, en la falda de la montaña —dije.

—Mis antenas me hubieran avisado.

—A lo mejor duerme —insistí.

—Imposible. A esta distancia escucharíamos los ronquidos de Wendigo. Pasa algo allá arriba.

—La única forma de averiguarlo es entrar en la cueva por delante, con tranquilidad —afirmé.

—Con Wendigo no se puede razonar. Te comerá antes de que abras la boca —avisó Perawan.

—Ya veremos.

Las caras de Perawan, Magüa y Karku expresaban que les

desagradaba mi decisión. Kesuk me secundaba, y a las gatas les resultaba indiferente. Perawan dijo impotente:

—Su turno, amigos míos.

—Si se equivoca morimos —contestó Karku—. Dijiste que solo es un niño.

—Por eso es su turno, gigante, porque su inocencia le puede conceder el poder necesario para enfrentarse a Wendigo; y eso que sabe que se juega la vida de todos nosotros —terminó el general, dirigiéndome una mirada que traslucía que actuase con precaución.

La reina Urina y el general Perawan habían mentado mi inocencia. El general añadía que me concedería poder. ¿Por qué? «La incógnita se despejará más adelante», pensé.

El hada y el gigante dijeron sí con la cabeza. El general unas veces me echaba la bronca y otras, casi al instante, me concedía la razón. Me di cuenta de que no era una contradicción. Durante el camino se había dedicado a enseñarme permitiendo que me equivocase y, en el momento definitivo, me permitía actuar. Prueba y error, así se aprende. El general lo había aplicado con sabiduría, y ahora esperaba recoger los frutos de sus enseñanzas. De todas maneras, seguro que tenía pensado un segundo plan por si el mío fallaba.

Escalamos el último tramo de la montaña.

Karku, Perawan, Kesuk, Pinky, Piwy, Magüa detenida en el aire a mi derecha, y yo, observábamos la entrada de la cueva. Anduve desenvainando el arpón, que blandí con la derecha, y el cuchillo, que empuñé con la izquierda. Mis amigos alzaron las armas.

La cueva alcanzaría los treinta metros de alto por veinte de ancho. De las paredes curvas, húmedas, colgaban estalactitas afiladas. La cueva se internaba en la montaña varias decenas de metros. Hubo un trecho en que la luz del exterior no la penetraba y empezaba una oscuridad densa. Magüa brilló a medio gas; su luminosidad abarcaba una porción pequeña; no pretendía despertar, si permanecía en su morada, al terrible Wendigo. Avanzábamos con las miradas y los sentidos aguzados. Divisé algo un poco adelantado a nuestra izquierda y salí de la burbuja de luz. Palpé lo que, en la oscuridad, parecía una roca redonda más alta que yo.

Entonces la bestia despertó, le había tocado la cabeza. Su rugido se escuchó en el interior de la montaña y se me antojó un aullido de dolor.

Pinky se subió a la espalda de Piwy, le tapó los ojos y gritó:

—¡Aaahhhhh!

Piwy se removió hasta quitársela de encima y lanzarla lejos. No evité sonreír. Incluso en las situaciones de peligro aquellas dos se dedicaban a bromear.

Retrocedimos y nos pusimos en guardia. Magüa intensificó la luz, la extendió, llenando la cueva de la luminosidad rosa. Abría la boca dispuesta a escupir una llamarada; Karku sostenía la porra de acero con las dos manos, como un bate de béisbol; Perawan envainó las espadas. El famoso monstruo, en su estado actual, al parecer, no representaba una amenaza en opinión del general.

La visión de Wendigo me asombró. El monstruo, tendido en el suelo, se levantaba maltrecho, se arrastraba hacia una de las paredes de la cueva y se sentaba apoyando la espalda en la piedra. Estaba fatigado; se agarraba las tripas, donde veía una herida profunda. La sangre roja manaba y encharcaba el suelo. Las miradas de los demás también eran de asombro. Les costaba entender la herida de un ser que era un titán. Mis padres no estaban con él, y Wendigo me provocaba más lástima que miedo.

¿Quién o qué habría herido a un monstruo con una piel impenetrable?

Hasta los más fuertes caen, por exceso de orgullo normalmente.

Había creído que encontraría a mis padres con Wendigo. Me angustié de nuevo, y sonreí. La sonrisa desterró el acartonamiento de mis sentimientos.

Wendigo, un depredador listo y musculoso, era un humanoide de doce metros de altura, recubierto de un espeso pelaje blanco. Tenía colmillos de jabalí y cabeza similar a la de un perro. Los ojos grisáceos y redondos nos observaban asustados. La nariz chata y las orejas puntiagudas estaban desarrolladas en el arte del rastreo. Contaba con brazos y piernas gigantescos y zarpas en las manos y los pies. Pesaba seis toneladas. Levantaba peñascos y derribaba árboles con la misma facilidad que un bebé cogía un lápiz.

—Me golpeaste en el túnel mágico y te llevaste a los padres del chico —dijo Karku.

—Me obligó ella —respondió Wendigo con un vozarrón que sonaba asustadizo.

Ella sería una criatura de un poder inimaginable, me dije.

—¿Te refieres a ella? —preguntó Magüa, temerosa.

—¿Conoces a otra? —dijo Wendigo.

—Nuestras peores sospechas se confirman —afirmó Karku con cara de preocupación mayúscula.

—¿Mis padres? —pregunté.

—Se los entregué en la cueva. Los Vigilantes no opusieron resistencia cuando los apresé, como si lo esperasen. Ella los ató y los dejó conmigo unos momentos. Estaban ilesos. Ella se acercó al saliente y contempló Júbilo desde lo alto de mi montaña, desafiante.

Entonces, después de cumplir por miedo el encargo de secuestrar a tus padres, creyendo que mi entorno me concedería ventaja, la ataqué. Tardó en vencerme lo que un parpadeo. Me rajó la tripa con la espada y luego me aseguró que incendiaría Memento hasta reducirlo a cenizas.

—Ninguna espada, hasta hoy, ha atravesado la piel de Wendigo —me advirtió el general.

—¿Dónde están mis padres?

—¿Smile, verdad?

—Verdad, Wendigo.

—Antes de atacarla, tus padres me entregaron algo. Me pidieron que te lo diera.

Abrió la manaza y me mostró una punta de flecha morada. La cogí y la guardé en un bolsillo. Luego la estudiaría y pensaría en la conversación con el monstruo.

Wendigo añadió:

—Se dirigió con tus padres hacia el saliente. Los Vigilantes, atados, caminaban con la cabeza baja, pero sin miedo. No lo entendía. Saltó con tus padres del saliente y desaparecieron. Supongo que ella abrió un portal mágico.

—¿Quién es ella? —preguntamos al unísono Kesuk y yo, desconcertados.

Wendigo, Magüa. Perawan, Karku y las gemelas, por primera vez muy serias, me contemplaron un buen rato. Yo tenía los datos, debía deducirlo; las reglas de Memento, pensé. El nombre apareció en mi mente y temblé al recordar lo que me habían contado.

—La bruja Magala ha regresado de entre los muertos —dije.

Magüa comentó enfurecida, con un tono funesto:

—Se lo comunicaremos a los continentes de Memento. Dentro de poco es la fiesta de la primavera, en honor a la Naturaleza, nuestra madre. No la celebraremos, ni la fiesta ni nada. La muerte nos rodea, señor Sonrisas.

Ahora conocía a qué se había referido Magüa al mentar a «nuestra madre». Me preocupaba cómo enfrentarme a una bruja, Magala, que había apaleado a Wendigo, al que era improbable herir o matar. Entonces planteé una pregunta que me había reservado:

—¿Cuánta magia tienen los Vigilantes de la Vía Láctea, mis padres?

Magüa contestó:

—Juntos, el veinticinco por ciento de un monarca mementiano, aunque sus conocimientos de tu planeta les ayudan a pelear en el nuestro. Añádele las armas mementianas, su destreza en el cuerpo a cuerpo y su experiencia de la caza en los hielos polares. Tus padres son unos combatientes formidables, Smile.

Me sentí orgulloso.

—¿Kesuk, tu magia podría avisar a mi reina? Ella se ocupará de dar la noticia.

Mi amiga, a una velocidad sin par, hizo girar la lanza sobre sus dos manos, creando un remolino de viento del que surgió ceniza negra. La ceniza salió disparada como un misil y se desvaneció. Mi amiga cerró los ojos unos instantes, reconcentrada en su hechizo, los abrió y dijo con una tranquilidad pasmosa:

—Urina ha recibido la noticia. La he oído dentro de mi cabeza.

¡Telepatía!

Perawan debió adivinar mis pensamientos en mi boca abierta de asombro y explicó:

—La telepatía es uno de los dones de los monarcas de Memento. Es la primera vez que un ser de otro planeta puede escuchar a nuestros reyes. Kesuk, creo que solo nos has mostrado una mínima porción de tu magia. ¿Qué más escondes?

—Al tiempo —contestó mi amiga con tono seco y bravo.

Y yo que me creía el más chulo, ¡pues vaya!

8

Kesuk extendió el halo de luz blanca curativa sobre el cuerpo de Wendigo sin causar efecto.

—No lo entiendo —dijo Kesuk, un punto desconcertada.

—La excepción a la regla, creo. Tu único encantamiento que no funciona con los habitantes de Memento, aunque sí con los terráqueos —explicó Perawan.

—Tenemos un problema —dije.

—Quizás no —dijo el gigante.

Karku untó en la herida de Wendigo pomada mágica, de un bote que sacó de su zurrón. Que cantidad de cosas cabían allí. Imaginé que un hechizo de la reina Urina, antes de nuestro viaje, obraba el milagro de la capacidad del zurrón. Se lo pregunté y contestó que la reina había recitado un conjuro a su zurrón. Nos despedimos de Wendigo y descendimos la montaña Hilor; el hada me transportó volando. Disponía de poco tiempo y de muchas preguntas. Karku y Perawan bajaron saltando de saliente en saliente, lo mismo que las gemelas, y Kesuk practicando *snowboard,* deporte en el que resultaba una experta, lo que habían comprobado mis compañeros de viaje al verla descender a lomos de un alud como quien cabalga sobre un león.

Nos reunimos con los perros en el lago helado.

Interrogué:

—¿Magala ha robado el veinticinco por ciento de la magia de Júbilo?

—No lo creo. No se ha podido hacer tan fuerte en tan poco tiempo —dijo Magüa.

—¿Cómo ha vuelto de entre los muertos? —pregunté.

—Encontraremos más respuestas en Tantibus, el continente y reino de los elfos oscuros —puntualizó Perawan.

—¿Por? —interrogó Kesuk.

—Es la pista que dejaron los padres de Smile. Los elfos oscuros disparan flechas moradas. La punta de flecha morada nos indica que debemos viajar a Tantibus. Lo que me extraña es cómo la han conseguido los Vigilantes —contestó el general Perawan con el único ojo bien abierto.

Conocía la respuesta y la solté:

—Mis padres tienen en el garaje de casa un arcón. No me permiten ver su contenido. Puede que guarden en el arcón cosas de sus viajes a Memento y que hayan traído la punta de la flecha de la Tierra. La habrán escondido en su ropa sin que Magala lo haya descubierto.

—Siempre que tu hipótesis sea cierta, Smile, antes de salir de la Tierra tus padres habrán urdido un plan. Tú, al dejarte la punta de la flecha, serás por necesidad la clave de ese plan —dijo Perawan.

Me sobrepasaba la situación. Solo tenía trece años e ignoraba cómo rescatar a mis padres. Medité, y entonces se me ocurrió algo.

—¿Karku, viniste a por mis padres igual que siempre o fue por algo diferente?

—Tus padres nos mandaron un mensaje mágico. Dijeron que querían vernos con urgencia, que fuéramos a buscarlos.

—¿Mis padres podían haber abierto un portal mágico y viajado a Memento? —pregunté.

—En efecto. Nos pareció raro, pero les hicimos caso. Los túneles se utilizan en casos especiales, cuando un enemigo vigila con su magia la aparición de los portales. De ahí, descartando otras muchas y tras meditarlo a fondo, dedujimos que existía la posibilidad del regreso de Magala. La confirmación de Wendigo pone a todo Memento en peligro.

Comencé a formarme una idea de lo que estaba sucediendo. La repensé y la deseché.

—Vale. Sabemos algunas cosas: que mis padres no están heridos, que no tienen miedo y que no se han enfrentado a la bruja —dije.

—¿A Tantibus? —preguntó el gigante.

—Viajemos al reino de los elfos oscuros. ¿Abrís un portal mágico? —dije.

—Solo los reyes de Memento, la bruja Magala y los Vigilantes pueden hacerlo. Viajaremos a Tantibus por mar.

—¿Puedo abrir un portal mágico? —preguntó Kesuk.

—No, me lo contó la reina antes de partir —contestó Perawan.

—Antes has dicho la «única» excepción refiriéndote a mi magia curativa. Dos excepciones son un patrón. ¿Habrá más?

—Lo dudo, Kesuk.

Kesuk frunció el entrecejo enojada.

—Viajaremos en barco al continente de los elfos oscuros —dijo el hada.

—¿La hermana de la reina, Mariel? Seguís estando conmigo —preguntó el general.

—Iremos a buscarla cerca del final —dije, y añadí—: ¿Su magia?

—Intacta. No participó en la muerte de su hermana mayor, la reina Casilda.

—Cerca del final porque mi magia habrá crecido y con la de la princesa Mariel contaremos con más posibilidades, Perawan.

—Aprendes rápido, Smile.

—Mientras no tenga que matar a nadie —dije en broma.

Las caras de los otros se congelaron en un gesto de seriedad, y también la de las gemelas. No lo entendí, lo descubriría más adelante. Estaba hasta la coronilla de las reglas de Memento, había más que en el colegio.

Con una señal, el hada me pidió que la acompañase en un aparte. Lo hice y dijo:

—Nosotros vamos a la guerra con otros continentes. No somos puros, no somos inocentes. Magala es la maldad pura, solo puede derrotarla su opuesto, la inocencia pura, la que hace crecer tu magia. Tú eres el único capaz de vencerla. Si matas a alguien o a algo en Memento, perderás tu inocencia y parte de tu magia. Son las reglas del planeta, tenlo en cuenta.

Se aclaraba al fin lo de mi inocencia; aunque dudaba que fuese pura.

—¿Y los asesinos de la arena?

—No los matamos. Los redujimos.

—Si combato con Magala debo matarla. De lo contrario, no ganaré. Perderé mi magia.

La idea de matar a alguien, aunque fuera al ser más malvado, me asqueaba.

—No la matarás, no está viva como cualquier ser que camina en nuestros planetas. La harás desaparecer, que es diferente.

—¿Cómo?

—Es algo que no sabe nadie, ni siquiera la reina Pétalo.

De nuevo la mentaba con aquel aire reverencial pero precavido.

Volvimos con nuestros amigos, yo perdido, confuso, desconociendo qué me depararía el mañana, cómo habría de actuar.

—¿Lo has entendido, señor Sonrisas? —preguntó Perawan.

—A medias, la verdad.

—De momento es más que suficiente.

Sus palabras no me aliviaron. De repente, las gemelas comenzaron a cantar:

—La bruja, la brujaaa, la mala de la bruja, la madre que la p...

Y bailaron, usando los sables a modo de bastones, y Piwy su gorra como una chistera que se ponía y quitaba. Dos pasos adelante rítmicas, una delante de la otra, coordinadas. Dos pasos atrás, una voltereta, un salto de bailarinas con un brazo extendido y una pierna doblada. Y vuelta a empezar.

Nuestra risa sepultó unos instantes las angustias de futuro, encantados con la danza grácil y divertida de las gatas bufonas.

El hada Magüa nos guiaba al vuelo en dirección al océano, Karku nos seguía a la carrera y los demás montábamos apretados en el trineo; yo le contaba a Kesuk lo de mi inocencia. Al final del día eterno de Tantibus llegamos a un palmeral y lo atravesamos; salimos a una playa de arena fina.

Karku se internó de nuevo en el palmeral y retornó con un venado al hombro, del doble de volumen que un terráqueo, al que habría cazado de un porrazo certero. Hice leña de una palmera con mi cuchillo, Magüa lanzó una bocanada de fuego y encendió la hoguera. Asamos un muslo del venado, teníamos hambre y comenzamos a cenar. Bebíamos agua de coco de las palmeras; a mis perros les gustaba la carne de venado y el jugo de coco.

Kesuk, con uno de los filos de la punta de la lanza, cortaba una rodaja delgada y se la llevaba a la boca. Masticaba con una lentitud de bueyes y con una suavidad de terciopelo.

La quería, y ella a mí. Superados los obstáculos, quizá comenzásemos una relación entre pares, de corajudo a corajudo. El valor le sobraba para regalar, si le daba la santa gana.

Se limpió la boca con una hoja de palmera, bebió un sorbo y se acercó.

—Smile, he disfrutado bajando quince kilómetros en la tabla.

—Lo del *snowboard* en la avalancha ha sido alucinante. Y que me agarrases en el último segundo.

—Tú sí que eres alucinante; bueno con tus amigos, audaz con tus enemigos. Eso lo había visto, en el colegio, cuando cazábamos en la Tierra, y en nuestra lucha con los tornados de arena. En Memento he averiguado que aunque vayas de tipo duro, Smile, rebosas ternura y dulzura.

—¡¿Yo?!

—Sí, tú, mi adorable bocazas.

—De bocazas nada, que…

Me cortó yéndose por donde había venido.

Me cabreaba que jugase conmigo, aunque también me producía gracia, la mínima.

Contemplé la orilla de la playa; olas ligeras, de crestas de espuma blanca; la besaban y se replegaban una y otra vez. El mar estaba en calma, una plancha de azul verdoso que se extendía en el horizonte. Los soles gemelos reflejaban sus rayos en las aguas, puntos parecidos a miles de diamantes. Las surcaríamos en breve. Pensé en mis padres y en la bruja Magala. Me uní al grupo y pregunté:

—¿Cómo os venció una sola bruja?

—Tenía a su servicio a las criaturas malignas de Memento y a miles de lizores; son mercenarios, soldados que cobran por pelear. Los traía de otro planeta, les pagaba con oro. Eran una especie de orangutanes con armaduras y armas negras —pensé que en Memento había simios—. También se ganó la confianza de los tres Duendes Oscuros —dijo Karku.

—¿Duendes oscuros?

—Formaban el consejo real de los reyes del continente de Tantibus, reyes de la dinastía de los Fiordo. Muerto el último rey, se unieron a la bruja. Vencimos a los Duendes Oscuros. La reina anterior, Casilda, la hermana de Urina y de Mariel, cerró el portal mágico de Magala. No traería más lizores —respondió el general Perawan.

—¿Quedan lizores?

—Matamos a la mayoría. Perdonamos a unos cuantos miles. Se han integrado en los continentes de Memento, de manera pacífica —dijo Magüa.

—No me trago el pacifismo de los mercenarios —agregó Perawan.

La dinastía de los elfos plateados se llamaba Tador y la dinastía de elfos oscuros Fiordo. Las respuestas llegaban a cuentagotas, pero llegaban.

Quería conocer la historia completa, así que pregunté:

—¿Qué ocurrió?

El hada Magüa suspiró, bebió agua de coco y lo narró. Lo almacené en mi memoria.

La bruja Magala, maestra de la magia negra, peleó contra el último rey Fiordo, le ganó, se coronó reina de Tantibus. Hubo un puñado de elfos oscuros que no lo aceptaron y se rebelaron, escondiéndose en los bosques del continente Tantibus.

Atacaban a las huestes de la bruja de cuando en cuando. Magala, en cuatrocientas ochenta lunas de reinado (cuarenta años), se había comportado como sus predecesores, los reyes Fiordo, salvo con el ejército. Mes a mes, había ido sustituyendo a los elfos oscuros, menos los leales a ella, por lizores mercenarios. Se producían escaramuzas, batallas y entierros. Se organizaban las fiestas de cuatro jornadas en honor a cada estación de la Naturaleza, primavera, verano, otoño e invierno, con una tregua pactada. Durante las fiestas los elfos oscuros y los plateados no batallaban.

No había indicios de que Magala se saltaría las normas.

El amanecer de la cuarta jornada de la fiesta de la primavera, durante la luna cuatrocientos ochenta y cuatro desde la coronación de Magala, el continente de Júbilo sucumbió. Los jubilianos descansaba tras haber bebido, bailado y reído en las horas naturales de descanso, las correspondientes a la noche terráquea. Les sorprendieron felices, dormidos, abrazados en las camas o tendidos en las praderas. Los pocos que continuaban de fiesta fueron los primeros en morir. Magala urdió un conjuro de silencio y velocidad; sus tropas de lizores, en un cuarto de jornada, sin emitir un sonido, aparecieron en las ciudades y pueblos de Júbilo. Mataron a gran parte de la población.

La Guardia personal de la reina Casilda consiguió escapar de Umbral, la capital de Júbilo. Intentarían reagrupar al resto de las tropas y buscar a la reina. Ignoraban que Magala había capturado a Casilda horas antes de la conquista.

Tras el silencio, Magala permitió a su ejército hablar. Lanzó la segunda oleada de lizores, a rematar a los supervivientes.

Los lizores saquearon e incendiaron poblaciones enteras, gritando, gruñendo de satisfacción.

Los tres Duendes Oscuros sobrevolaron Júbilo montados en sus escarabajos gigantes, localizaron a la Guardia de Casilda en un bosque, les rodearon con dos mil lizores. Les prometieron la frialdad de una celda o la profundidad de una tumba.

La Guardia Real se rindió; les inquietaban más las capacidades de los Duendes Oscuros que los lizores. Sobreviviendo, quizá tuvieran ocasión de liberar a la reina Casilda y de recuperar Júbilo. Les condujeron, desarmados, al castillo de Perfidia, el castillo de los reyes Fiordo, en Tantibus, donde habían encerrado a Casilda.

Los tres Duendes Oscuros reorganizaron a las tropas de lizores, asignándoles nuevos puestos en ciudades y pueblos.

La bruja Magala, sus criaturas malignas y los elfos oscuros traidores permanecieron en Perfidia, defendiéndolo de un posible contraataque. O de un asalto de los elfos oscuros rebeldes, apegados a las tradiciones. Fue imposible. La mayoría de las tropas jubilianas habían perecido mientras dormían. Los elfos oscuros rebeldes, muy pocos, comprobando la crueldad de Magala, decidieron esperar a una oportunidad más provechosa.

Después de varias batallas, seres de Júbilo y Tantibus rescataron a Casilda del castillo Perfidia. Estaba herida de gravedad; Pétalo creó un portal mágico y desapareció ocho jornadas con la reina Casilda. Mis amigos no averiguaron dónde se la llevó, pero el caso es que Pétalo regresó con la reina curada. Al final mataron a la bruja Magala. O eso parecía, pues ahora está de vuelta.

¡Una asesina de masas!

Dormimos unas horas, despertamos y desayunamos. Las gemelas se mantenían apartadas, cariacontecidas, sentadas en el suelo, sin probar bocado. Me aproximé inquieto por su estado de ánimo.

—¿Puedo?

Se separaron un poco. Piwy palmeó la arena y me situé entre ambas con las piernas cruzadas. Mi intención, además de intentar menguar su tristeza, radicaba en conocerlas, fraguar otro nexo de amistad que nos ayudase en las peleas venideras e incrementar la simpatía que nos profesábamos.

—Gemelas, sois un misterio —dije.

—Dentro de cinco lunas cumpliremos mil ochocientas —dijo Piwy.

Tenían ciento cincuenta años, calculé.

Corroboró mi sospecha. Habían mentido diciendo que no conocían su edad en el ataque a Umbral, la capital de Júbilo

—Nuestros paaadres nos dejaron en looos bosques de Júbilo cuaaaando teníamos cuatrocientas ochenta lunas —aclaró Pinky—. Un reeecuerdo que dueeele.

Las abandonaron con cuarenta años, siendo jóvenes según el tiempo que alcanzaba su vida. Era el motivo de su tristeza, la que se presentaba a ratos y a escondidas.

—¿De dónde vienen vuestros padres?

—¿Nooos prometes no contárselo a nadieee?

—Tienes mi palabra, Pinky.

—En Memento, antes de que aparecieran los que corren sobre dos piernas, reinaban los animales. Cada especie tenía su dios. El dios de los gatos se enamoró de una antepasada nuestra y concibieron un hijo. Descendemos de él. De ahí provienen nuestros poderes. Vivimos hasta las treinta mil lunas. Nuestros hijos heredarán nuestros dones.

¡Gatas semidiosas! Morirían de ancianas a los dos mil quinientos años. ¡Una locura!

—¿Vuestros padres estarán vivos?

—Reeetirados en el teeemplo sagrado de los gatooos —contestó Pinky.

—¿No vais a buscarlos?

—Nadie conoce dónde está el templo; salvo Pétalo, pero no nos lo dirá —dijo Piwy sin el menor atisbo de pavor.

—¿Sois los seres más antiguos de Memento?

—Pétalo nació al mismo tiempo que el planeta. Lo cree la mayoría —añadió Piwy.

—¿Cómo es?

Sonrieron. Piwy extrajo de la bolsa un trozo de una especie de plastilina roja, Pinky la tocó y se transformó en la sustancia del trozo. Se puso de rodillas con las manos en la espalda, con el torso y la cabeza doblados y rectos. Piwy, de un sablazo, pareció cortarle la cabeza, cuyo cuello, delgado como una vara, se hundió en la arena. A Pinky se le salieron los ojos de las cuencas, lo mismo que a un dibujo animado. Comenzaron a reírse.

Me contagiaron y me tronché de risa. Mis carcajadas se oían por doquier. Kesuk se acercó y preguntó sonriente:

—¿Gemelas, qué le habéis enseñado con lo de la cabeza?

—Lo que le hará Pétalo —respondió Piwy.

Kesuk se dirigió a mí con cara de malas pulgas.

—¿Te hace gracia que la tal Pétalo te rebane el cuello? A veces te comportas como un crío.

Enmudecí, tenía razón. Y se marchó.

A veces no nos damos cuenta del peligro hasta que está delante de nuestras narices.

Luego pensé en las gemelas. De los que estábamos allí, eran las más poderosas, aunque carecieran de magia. Resultaba arriesgado que yo guardase la pista, la punta de flecha morada de los elfos oscuros. Si alguien o algo me la arrebataba, nuestras ilusiones de victoria se esfumarían. Pinky y Piwy me habían revelado su mayor secreto, una muestra de amistad y de respeto. Le entregué la punta a Pinky y dije:

—Os la confío. Sin la punta no podré encontrar a mis padres.

Lo comprendían mejor que nadie, los suyos las habían abandonado.

—La proteeegeremos con nuestras vidaaas, Smile. Un honoooor —dijo Pinky guardándola en la vaina del sable.

—El honor es mío. Mil gracias, gemelas.

El gigante Karku, antes de guerrero profesor, pescador, artesano y constructor de barcos, se puso a trabajar. Magüa alzó el vuelo y se marchó sin desvelar adónde.

El gigante arrancaba de cuajo una serie de palmeras. Me pidió el cuchillo y se lo alcancé. Recordando su antiguo oficio de artesano, preciso y hábil, cortó las raíces y las copas. Luego hizo tiras de las cortezas de las palmeras. Realizó una serie de muescas en los troncos y puso unos troncos sobre otros, insertándolos en las muescas. Obtuvo un rectángulo ancho de dos metros de altura, compuesto por los troncos, de treinta metros cuadrados. Confeccionó cuerdas con las tiras de corteza y aseguró los troncos con ellas. Ató con cuerdas, en vertical, en el centro del cuadrado, una palmera joven y estrecha: el mástil de la vela. Fabricó el timón, la pala, un medio círculo que se hundiría en el agua y el palo con el que moverla. Los juntó. Sujetó el timón a la parte trasera de la balsa.

No había tiempo para construir un barco en condiciones.

El hada Magüa retornó con un conjunto de sábanas gruesas. Karku sacó del zurrón, donde guardaba de todo, hilo y aguja. Recortó las sábanas con mi cuchillo y las cosió; obtuvo la vela del mástil. Los unió y me devolvió el cuchillo.

La balsa estaba terminada.

Montamos con los perros y el trineo. Solté a los perros. Até el trineo a la balsa con cuerdas de corteza, un golpe de las olas podría arrojarla al agua. Nos echamos a la mar, rodeando el continente de Júbilo.

Según nos alejábamos de la costa los vientos marinos comenzaban a soplar con renovado afán. El mar seguía en calma, plano. Karku manejaba el timón mientras la balsa, con el aire que inflaba la vela, avanzaba a una velocidad de cuarenta millas náuticas, unos setenta y cuatro kilómetros por hora. Dada la altísima velocidad, la naturaleza mágica del planeta nos ayudaba. Sentiría la presencia de Magala. ¿Sabía acaso que la combatiríamos?

Cinco horas después oteamos a lo lejos la costa del continente Tantibus, dominio de los elfos oscuros. La geografía y la atmósfera me maravillaron. Supuse que en Memento cada continente contaba con su propia naturaleza.

A la sorpresa de Tantibus siguió una desagradable. Sin aviso, algo sacudió la balsa por debajo. Estuvo a punto de lanzarnos al mar, empapándonos con una tromba de agua. Karku y los perros se habían aferrado a la balsa; Magüa había alzado el vuelo; Perawan, con sus dedos adhesivos de los pies, no se había desplazado ni un milímetro; yo me había agarrado al mástil y las gemelas, transmutadas en acero, hincaban las garras de los pies en los troncos, y Kesuk las de su traje. Transcurrieron unos instantes. De repente, una cola de serpiente, gigantesca, emergió de las aguas para sumergirse a continuación. Pelearíamos con la bestia marina, no quedaba otra.

Encaré mi súbito temor con una sonrisa y miré a los perros. Combatirían con nosotros.

—¿Qué ha sido eso? —pregunté.

—Murdo, señor de los mares —dijo Karku esgrimiendo la porra mientras arriaba la vela, bajándola, y detenía la balsa.

—Mi fuego no quemará su piel —apuntó Magüa.

Encararíamos a una de las criaturas forzudas de Júbilo, que había nadado bajo las aguas hasta encontrarnos. La criatura emergió despacio frente a la balsa. Murdo era una anaconda constrictor, con un cuerpo de dos metros de diámetro y veinte de largo. Finalizaba en una cabeza del tamaño de la de un toro, compuesta de cuatro colmillos, cinco dientes de presión, dos ojos sin párpados de color azul turquesa y pupilas verticales negras. Mostraba escamas de color verde musgo, rasposas como la lija, y tenía en los flancos marcas ovaladas de un dorado deslucido. Sacó la larguísima y bífida lengua.

Dijo con un siniestro silbido:

—Magala me ha pedido que os mate. O me matará ella a mí.

—Magala todavía no es tan peligrosa. Le falta fuerza —contestó Magüa desde el cielo.

—Con la antigua reina bruja nunca se sabe —cerró Murdo la conversación.

Utilizando la cabeza de ariete, se abalanzó sobre el mástil. Lo rompió. Murdo se movía demasiado rápido, no nos dio tiempo a responder. Se enroscó en la balsa, apretándola con los anillos de su cuerpo. Con un crujido, la partió por la mitad. Volcamos. Caímos al agua en distintas direcciones. Por fortuna, aunque boca abajo, el trineo continuaba sujeto a una de las dos mitades de la balsa.

El ruido fue tremendo. La espuma creada por la ferocidad del ataque nos salpicó. Los soles mezclaban el amarillo de sus rayos con el blanco de la espuma, el verde de la serpiente, el azul del mar y nosotros. Todo era confusión, el anuncio de una muerte cierta. El enfrentamiento con los asesinos del desierto y con Yocasta nos había enseñado a combatir en grupo. El general dedicó al hada unas palabras rápidas que no escuché a causa del fragor de las olas creadas por el monstruo marino. Magüa se dirigió a los perros en su lenguaje. Luego dijo:

—Murdo no es tan fuerte como Yocasta. Les he dicho a los perros que se ocupen de la cola. Karku, a la mitad del cuerpo. Smile, al cuello. Gemelas y Kesuk, con Smile. Yo me encargo de la cabeza con Perawan.

«Será complicado», pensé. La serpiente Murdo nadaba haciendo eses hacia mí. Yo flotaba en el agua abrazado a un tronco de la balsa. Murdo abrió la bocaza y sus afilados colmillos me asustaron. Permanecí quieto, ignorando qué hacer, paralizado de miedo. En el último momento me moví, pero fue tarde. La serpiente me convirtió en su presa, cerrando la boca en mi cintura. El plan del general se iba al traste. En ese momento Perawan saltó al cuello de la bestia y cerró alrededor de su cuerpo sus cuatro brazos y sus cuatro piernas. Murdo, la serpiente, sacó la cola del agua, le golpeó y le lanzó lejos. Kesuk atravesó con su lanza el cuerpo del monstruo, que aulló de dolor, y las gemelas se liaron a sablazos sin causarle el mínimo daño.

Murdo se libró de las gemelas y mi amiga de un coletazo. Las gatas cayeron al agua y la tabla voló en dirección a Kesuk, que se adhirió a ella boca abajo; botas que se imantaban con la tabla, me dije. Kesuk estaba mareada y tardaría un poco en recobrarse.

Mis vestimentas de anqun, el material más resistente de Memento, menos el del castillo de los elfos plateados, soportaron la presión de la boca. Los colmillos de la bestia no me perforaron, aunque sentí los pinchazos bajo la ropa. Se elevó sobre el agua. Me engulliría en breves instantes. Tomé una decisión y di media vuelta, agarrándome a los colmillos de la zona alta de la boca. Empujé de rodillas y me levanté con un esfuerzo sobrehumano.

De pie, de frente, con los brazos extendidos, abría la boca de Murdo. Mi brazo derecho, el curado por Yocasta, soportaba la mayoría de la presión. La bestia intentaba cerrar la boca y me agitaba como a una veleta en un huracán, con la intención de tragarme. Notaba que sus ojos me contemplaban malignos, imaginando su triunfo; el agua saltaba enloquecida a nuestro alrededor.

Los momentos me parecían horas y resistía forzando los límites de mi aguante. Flaqueé y Murdo comenzó a cerrar la boca. Mi brazo izquierdo se dobló. El derecho aguantaba; la cuestión era cuánto tiempo. Moriría. Estaba seguro.

9

Los soles gemelos, a causa de mi fatiga, parecían borrones amarillos.

Antes de desfallecer, les dediqué un último pensamiento a mis padres. No los salvaría, iba a morir sin conseguirlo. Sentía vergüenza al tiempo que me arrodillaba y exhalaba el último aliento.

La anaconda Murdo paró de agitarse y minimizó la presión de las fauces. Miré el mar, mis perros buceaban en las aguas, sus dientes se hincaban en la cola de la bestia. Murdo era incapaz de soltarse. Karku estaba en la mitad del cuerpo, a unos metros de mí, con el viento resbalando en sus músculos de piedra. Estrangulaba uno de los anillos de Murdo, debilitándola, ayudada por las gatas, y Kesuk, que había recuperado su lanza. En el anillo de abajo hacía otro tanto Perawan. Mis amigos habían acudido al rescate y el hada Magüa aleaba a mi altura.

—¡Salta! —dijo.

El fuego del hada no dañaba la acerada piel de Murdo; otra cosa era el interior de su cuerpo, de órganos blandos. Me lancé de cabeza al agua y, antes de que la serpiente cerrase la boca, el hada Magüa expulsó una llamarada estrecha, entusiasta y alargada. Abrasó el interior de la boca, la lengua bífida, la glándula venenosa y el músculo mandibular, el principio de la garganta.

El hada se retiró. Yo veía desde el mar las llamas en la boca de Murdo, que gritó y cerró la boca, de donde surgió humo. Cayó como un árbol talado y, con lentitud, bajo las aguas, herida de gravedad, la serpiente se recuperó y comenzó a alejarse.

¡¡Victoria!!

Indignado, desenvainé el arpón; pretendía perseguirla a nado para rematarla. Karku, con una mano, me cogió del brazo. Pataleábamos en el agua y nos manteníamos en la superficie. Los perros se aproximaban nadando, con Kesuk. Las siluetas de las gemelas, transformadas en agua, se confundían con la mar.

El hada se posó en la vara del arpón. Me preguntó:

—¿Qué buscas?

—Venganza.

—¿Por qué?

La amenaza de mi expresión se trasladó a mis palabras:

—Murdo casi me mata, odio a esa serpiente.

El hada, el gigante y el militar cruzaron una de sus famosas miradas que hablaban entre sí. Menearon las cabezas y a continuación, tras reflexionarlo, asintieron.

Perawan dijo:

—Me voy a saltar la regla de nuestro planeta una sola vez, la que nos obliga a que no te contemos nada relacionado con tus dones renovados; la que hace que los descubras por ti mismo. Tu magia crece gracias a tu bondad y coraje, aptitudes positivas. Eso ya lo conoces. Pero en especial gracias a tu amor sumado a la inocencia, señor Sonrisas. Hace años, cuando nos atacó por primera vez la bruja Magala, nos despojó de nuestro amor, a las hadas, los gigantes y otras especies de Júbilo y Tantibus. Perdimos valores preciosos. La magia de Memento, antes que el valor y la bondad, multiplica las habilidades de los seres de galaxias que nos visitan cuando esos seres albergan amor a la Naturaleza y a su familia. También la inocencia que nos recuerda que alguna vez fuimos niños; como tú, Smile, niños sin maldad, niños buenos. Ahí radica la esencia de la magia blanca de nuestro planeta, en el altar sagrado del amor y de la inocencia. Si posees sentimientos como el odio y la venganza, opuestos al amor y la inocencia, Memento te arrebata los bienes que te ha concedido. Siempre que provengas de otro mundo Memento da y quita en la misma medida que tú te das y te quitas. Al abrazar el rencor, la venganza, te resta amor. Entonces Memento te privará de tus dones, los que necesitamos para rescatar a tus padres. Puedes rabiar y enfurecer, lo lógico en los adolescentes y los adultos, pero el resentimiento, el ansia de venganza, el odio, nos enseñan tu lado oscuro, lo peor de ti. Lo que no le gusta a nuestro planeta, a Memento.

Medité unos momentos abrazado a un tronco de palmera a la deriva, y dije:

—Deja de llamarme niño de una puñetera vez... Me contasteis que en Memento hay continentes de magia negra: maldad, odio, venganza... No lo entiendo.

—Va siendo hora de que nos proporcionéis más información —me respaldó Kesuk sentada en su tabla, en el aire, con el mono por completo seco, otro de sus muchos trucos.

Karku explicó:

—El negro y el blanco, el anverso y el reverso, los lados de la misma moneda, conviven en Memento. Compensan el bien y el mal de la Naturaleza, la magia que impregna el universo. Memento representa el equilibrio, un equilibrio que tiende al bien. Cuando alguien de otro mundo aterriza aquí, según lo que lleve en su interior puede inclinar la balanza. Con lo malo la inclina hacia las tinieblas, así que el planeta se protege y preserva el bien, el que debe reinar en el universo, concediendo vigor a otro visitante bueno que trae y ayudándonos a vencer al visitante malvado. Al regresar Magala, Memento te ha escogido a ti. Memento está vivo, señor Sonrisas, como las plantas, las criaturas y los animales. Hasta las rocas y las montañas están vivas. Los gigantes somos la prueba.

¡¡Un planeta viviente y pensante!!

Me ponía a prueba. Hay que fastidiarse, me dije.

La corriente marina nos acercaba al continente de Tantibus y el gigante flotaba en el extremo de mi tronco al tiempo que usábamos los brazos a modo de remos. Los perros nadaban a favor de la corriente, empujando la mitad de la balsa con el trineo sumergido. El hada volaba y Perawan se deslizaba a buen ritmo con el empuje de sus ocho extremidades; a su lado, Kesuk viajaba en la tabla, en la brisa. Las gemelas, transmutadas de agua densa, braceaban.

¡Un equipo olímpico de natación! De los raros.

Extraje de las lecciones algunas conclusiones. Memento, el planeta viviente, representaba el equilibrio del universo. Al parecer, de vez en cuando permitía que alguien de fuera lo visitara. Supuse que tomaba el pulso a las galaxias, las investigaba más allá de lo que le hubiesen contado los Vigilantes, buscaba otro punto de vista con el fin de adquirir mayor conocimiento. Era un planeta viejísimo, tanto como el universo que protegía. Con eso y con todo, seguía aprendiendo, haciéndose más sabio, escogiendo la mejor de las decisiones en cada situación de peligro.

Me percaté de lo importantes que eran mis estudios en la Tierra. El conocimiento, la sabiduría, con un buen corazón, te facilitaban las soluciones correctas; te guiaban en los senderos de la bondad, la honradez, el amor y la libertad.

Me prometí no volver a sentir odio ni rencor. Memento suprimiría mis nuevos talentos y me alejaría de mis padres. Y, lo fundamental, me convertiría en un bicho malo que no alcanzaría la sabiduría.

Todavía me quedaba una duda, por el momento. La verbalicé:

—Mis padres son adultos. No conozco a adultos inocentes.

El hada Magüa sonrió y dijo:

—El enemigo de la inocencia es hacer el mal contra las reglas que hemos establecido libremente, además de las de Memento y, sobre todo, hacer el mal por el mal, disfrutar del mal, un acto perverso. Tus padres, como cualquiera de los Vigilantes de las galaxias, jamás han hecho el mal.

Estaríamos a unos tres kilómetros de Tantibus, el reino de los elfos oscuros, uno con seis millas náuticas según Perawan.

La naturaleza de Memento no dejaba de maravillarme. Doscientos metros más adelante el cielo y la atmósfera se dividían. Aparecía un muro de luz que subía de las aguas hasta el firmamento, un muro de oscuridad que envolvía Tantibus. En la Tierra la noche desaparecía lentamente, cambiando a malvas, rojos y rosas que daban paso a la luz del día, pero en Memento lo hacía de golpe. El muro dividía el día y la noche. Miré el cielo y las nubes blancas atravesaban el muro y se transformaban en nubes pardas y negras.

Cruzamos el muro de luz, estrecho como un papel.

Nos encontrábamos en la noche de Tantibus. La alumbraba una luna que no orbitaba y que permanecía quieta. Su luminiscencia resultaba mayor que la de la luna terráquea, y los rayos lunares, de una blancura opaca aunque brillante, sumían al continente de Tantibus y al mar que lo rodeaba en una penumbra parecida a un gris perla que no impedía la visión. La temperatura descendía unos grados y no resultaba agresiva. Sobre la noche lucían miles de estrellas. Había una diferente, más pálida que las demás. Aquello me extrañó, y mucho.

Mis sentidos me advirtieron: la magia de Tantibus no era negra, era magia blanca. Pregunté:

—Estamos en el territorio de los elfos oscuros. La palabra oscuro remite a algo malvado. Siento que la magia blanca late en este continente. ¿Por qué?

—La magia de Memento está afilando tus sentidos, señor Sonrisas; una buena noticia. Te lo contará el rey de Tantibus, en caso de que lo encontremos. En Júbilo el día es eterno, en Tantibus siempre es de noche. Alégrate, amigo mío, rescataremos a tus padres —dijo el general Perawan.

La noche, aunque no fuese cerrada, me inquietaba como en la Tierra. La imaginaba llena de monstruos, solo que aquí eran reales.

Le comenté a Magüa:

—Un poco de tu luz nos vendría bien.

El hada, en el aire, viró la cabeza y aclaró:

—Avisaríamos de nuestra llegada a las criaturas malignas de Tantibus.

Comencé a reducir mis nervios con una sonrisa. Pese a la maldad que percibíamos de la bruja Magala, en Tantibus, como en Júbilo, flotaba la serenidad, el orden natural de las cosas que alteraba la bruja.

Desembarcamos en una playa de piedras diminutas. Tras ella había una pradera, y luego un bosque frondoso de hayas y otros árboles.

Magüa, en vez de lanzar la bocanada de fuego, expulsó un chorro de aire caliente, como el de un secador. Al cabo de unos minutos, Karku, Perawan, los perros, nuestras ropas y yo estábamos secos.

—¿Me subes? —pregunté al hada.

—Voy yo, monta en la tabla, Smile —dijo Kesuk.

Nos elevamos un kilómetro, seguidos de Magüa. Hasta donde alcanzaba mi vista, Tantibus era un continente plano, repleto de una vegetación exuberante. Con una excepción; a bastantes kilómetros había una montaña de tres kilómetros de altura, calculé. En la cima destacaba un castillo imponente, de color negro, iluminado con antorchas. El castillo Perfidia, supuse. En los cuatro lados del castillo divisaba torretas, torres bajas. Iluminadas por antorchas, parecían faros en la noche, y vi una bóveda gigantesca. A los pies del castillo había una aldea.

Interrogué:

—¿La montaña y el castillo?

—La montaña Moncado. Del castillo te he hablado, es Perfidia, hogar del rey de Tantibus —contestó el hada.

—¿Perfidia, de pérfido, de maldad? ¿No era un continente de magia blanca? —apuntó Kesuk.

—Lo sigue siendo. El rey de Tantibus te lo detallará.

—¿Por qué no me ahorras la pérdida de tiempo? —contesté indignado.

—Smile, despejará tus dudas el rey, siempre que Magala no lo haya matado. Ten paciencia, no te preocupes. La impaciencia de tu edad resulta una leve enfermedad que curan los años —respondió con ironía.

No estaba preocupado, no demasiado, pero la respuesta del hada me sulfuró. Me estaba tratando como a un niño pequeño. Tenía trece años, edad suficiente para que me hablase en un tono educado. Dije:

—No soy un bebé, no me hables así.

—De acuerdo, no eres un bebé. Eres un adolescente, y tú, Kesuk, una adolescente. Respetad a vuestros mayores y hacednos caso aunque no lo comprendáis. Lo entenderéis cuando crezcáis y tengáis experiencia.

La típica respuesta de los adultos, unos tocanarices. Lo dejé correr, no quería discutir con el hada. Arriba, mientras observaba Tantibus, la única estrella pálida volvió a turbarme. Se situaba justo encima de una cúpula de vidrio que sobresalía del castillo. Las demás estrellas se alejaban de la primera. Sentí que las asustaba, que concentraba una maldad descomunal. Otro nuevo misterio. Me lo aclararía el rey, en caso de continuar vivo, como había anticipado el hada. El gigante era optimista y a veces bromeaba, el hada resultaba pesimista. Blanco y negro, lo uno y su contrario, características del planeta Memento. Perawan, en cambio, no mostraba sus sentimientos y nunca se sabía por dónde iba a salir o cuáles serían sus órdenes. Las gemelas representaban la diversión, un aire fresco que nos relajaba en los momentos de tensión.

A Kesuk nunca le había agradado recibir, como a mí, órdenes ni consejos de nadie que no fuesen sus padres, y menos aún que la tildasen de niña cuando tenía cuerpo de mujer, así que contestó al hada:

—Mencionó la anciana.

Al hada no le hizo maldita gracia y regresó al suelo.

—Smile, no pierdas la cabeza, te quedarás sin poderes y pondrás en peligro al grupo. Prométemelo.

—Te lo prometo. Y te prometo que te acompañaré hasta que seamos viejos y relatemos nuestras aventuras a nuestros nietos.

—Primero, ¿quién te ha contado que tendremos hijos? Segundo, ¿quién te ha contado que saldremos vivos de Memento?

—Te gusto un poco, Kesuk —dije guiñándole un ojo e intentando robarle un beso.

Esquivé su bofetada, salté en el aire, caí en la tabla y la abracé por detrás. Se resistió, hasta que me tocó los codos, cariñosa.

—Quééé romááántico —escuchamos la voz de Pinky.

Nos desabrazamos y nos giramos. Las gemelas, convertidas en aire compacto, se abrazaban alegres y se besaban en las frentes y las mejillas diciendo:

—Muaaac, muac.

¡Eran divertidísimas!

Las muy gamberras habían roto nuestro momento de intimidad. No las culpé, era su forma de ser. Cada uno tenía una actitud diferente ante la vida, y había que respetarla, siempre que no fuera violenta contra sus vecinos. Kesuk y yo, una pauta ya, nos reímos de lo lindo con la chanza de las gatas.

Descendimos. Las gemelas se posaron en la arena con su aspecto normal.

Mis sentidos desarrollados me perturbaron. Me agaché y posé las manos en la playa. Me concentré, lo percibí. Estaba ocurriendo de nuevo. Dije:

—El ladrón vuelve a robar energía mágica, ahora de Tantibus. Lo está haciendo en estos momentos, igual que en Júbilo.

Por un momento me replanteé la hipótesis sobre el posible ladrón, la que me formulé después de visitar a Wendigo, mientras hablábamos de mis padres. La descarté de nuevo.

Magüa tocó la arena, lo sintió, dijo:

—La bruja Magala debe tener un aliado, puede que un mago o una maga, el que está robando la magia de la Tierra.

—¿Algún rey de Memento? —interrogó Kesuk.

—Ni siquiera el rey de los muertos. Ningún rey sería tan tonto de arrebatar a su tierra la magia. Será un mago de otra galaxia —contestó Karku.

¡Un rey de los muertos, uf!

Imaginé miles de calaveras atacándonos.

Que existiese un rey de los muertos no me gustó, y sospeché que más pronto que tarde nos toparíamos con su reino.

—La situación se complica. Espero que averigüemos quién es el aliado de la bruja Magala y la manera de vencerlo. En marcha, nos dirigimos al castillo Perfidia —cerró la conversación el general.

Até los perros al trineo y monté. Magüa volaba delante y el gigante corría detrás, defendiendo la retaguardia. Perawan se sentaba a mi lado, con Kesuk y las gemelas.

En el castillo Perfidia me revelarían misterios que me encogerían el alma, y al cabo, pensaba, se presentaría la amenaza sobre la que me había advertido Kesuk: la que pretendería arrebatarme el control.

10

Sorteábamos con el trineo hayas, robles y cedros, a velocidad invariable, en silencio, recelosos ante los posibles peligros.

Los rayos de la luna rebotaban en las correas plateadas del trineo y mis armas y la lanza de mi amiga. La luz, de la textura de la plata, brillaba audaz entre la penumbra gris. Corría un aire templado tirando a frío. Percibíamos la maldad de la bruja Magala, una especie de respiración entrecortada del ambiente. Sin embargo, la naturaleza emanaba bondad y un oxígeno limpio y sedante. Parecía invitarnos a admirarla. Crecían flores de diferentes tamaños y colores, bonitas, coloridas, similares a rosas, orquídeas, crisantemos, claveles y petunias. En la Tierra, sin la luz del día, sería imposible que germinasen. La noche de Tantibus las nutría.

Nos detuvimos a orillas de un riachuelo de aguas cristalinas y bebimos. Recordé el enfrentamiento con la serpiente Murdo en el mar. Pregunté:

—¿Magala obliga a una criatura como Murdo a atacarnos y obedece sin más?

—Cuando reinaba sometía a las criaturas más fuertes de Júbilo y Tantibus, menos a los dragones. El simple recuerdo de su antigua esclavitud atemorizó a Murdo —dijo Magüa.

—A lo mejor sentía la presencia del aliado de Magala, lo que aumentó su miedo —apuntó Kesuk.

—Coincido contigo, hechicera —dijo Perawan.

A mi amiga le brillaron los ojos de orgullo contenido al escuchar «hechicera». Mi padre me había enseñado que un orgullo exagerado hacía que algunas personas mirasen a los demás por encima del hombro, tratándoles como a inferiores. Mi madre había añadido que «nadie es más que nadie» y que todos teníamos los mismos derechos y obligaciones.

Kesuk y yo no sucumbiríamos a semejante defecto.

Pero ya no podía oír sus consejos ni recibir sus mimos; me embargó de nuevo una tristeza repentina que combatí con una sonrisa.

Visualicé los momentos en los que arribamos a Tantibus, la manera en la que nos habíamos agachado a comprobar el estado del continente y la disminución de su magia. Cada vez que me adentraba en los secretos de Memento, en vez de obtener respuestas, aparecían nuevos misterios que dibujaban un jeroglífico que no descifraba. Mis padres, estaba seguro, tendrían la mayoría de las respuestas. Formulé otra pregunta:

—¿La magia de Memento afecta a todas las especies?

—Concede magia a los reyes y a sus familiares.

—Y a mí, claro.

—Vienes de otro planeta. Memento te ha bendecido. Contrarresta contigo a la bruja, te lo contó el general. Eres un pozo de sorpresas; un pozo enano, pero un pozo —dijo bromista el gigante.

—El enano te ha salvado el pellejo dos veces —me reafirmé sonriendo.

—El enano de las sonrisas gigantes, como yo —dijo Karku arqueando la sonrisa.

—Un enano que cuando se enfada es más feo que un calcetín sudado —añadió Piwy.

La sonrisa de su hermana Pinky emitió un ruido hasta ser una carcajada en toda regla. Me puse a hacer el tonto, imitando los gestos y las muecas de los seres con los que habíamos combatido. Karku redobló la risa. Se le unió Magüa, soltando presión; su risa recordaba a la de las niñas en el circo, escuchando y mirando a los payasos. Mi risa estalló como una medicina que se llevó el malestar de la pérdida de mis padres. Perawan se desternillaba igual que el resto, y mi amada Kesuk, y las gemelas. El bosque pareció contagiarse, y también la brisa, que orquestó una risa sugerente. Una alegría instantánea nos envolvía, ensanchaba, ascendía en el cielo.

Se debía escuchar en bastantes kilómetros a la redonda.

La naturaleza viva de Memento lo agradecía, incluso los rayos de la luna incrementaron sus destellos. El hada, el gigante, el militar, las gemelas, Kesuk y yo estábamos en el suelo, con retortijones en el estómago, pateando eufóricos. Nos merecíamos, tras tanto pelear, el derecho a la alegría.

A las carcajadas le sucedió el silencio, y al silencio el pensamiento. Pregunté:

—General, la hermana pequeña de la reina Urina no ha perdido parte de su magia como la reina. O es lo que habéis dicho.

—Exacto, pero estará encadenada por la magia de la bruja Magala. Tú eres el único capaz de romperla. Desconocemos cómo la ha capturado, ni siquiera sabemos dónde está. La necesitamos siempre que Magala plantee la pelea en cierto sitio.

—¿En qué sitio, Perawan?

No contestó. Las reglas testarudas de Memento, me dije.

Debería descubrirlo o me lo revelarían cuando tocase.

El ruido de una nueva amenaza nos acalló. Con las carcajadas nos habíamos delatado, descubriendo nuestra posición al enemigo. Escuchábamos un batir de alas furioso que se acercaba a gran velocidad, seguido de gritos agudos que hacían temblar al viento.

Solté a los perros del trineo.

—Los vampiros han vuelto. En círculo. Kesuk y yo pelearemos en el cielo —dijo Magüa.

¿Vampiros?

Los perros, Karku, Perawan, las gemelas y yo, espalda contra espalda, avanzamos y nos anclamos en el riachuelo. Kesuk con la tabla y Magüa se elevaron, la última con las alas arrojando una luz que nos permitiría ver en la contienda. Los vampiros, acostumbrados a la oscuridad, se manejarían mejor que nosotros en la penumbra. La oscuridad les concedería ventaja. La luz rosa del hada inundó el riachuelo, la noche y los árboles; los dejaría sin esa ventaja.

—¿Chupan la sangre? —pregunté.

—No son como los vampiros de los cuentos terráqueos. No chupan la sangre ni te convierten en vampiro. No aparecían desde que vencimos a la bruja. Son soldados de Magala —aclaró Perawan blandiendo las espadas.

Monstruos en la noche rosada, monstruos en mi mente, y monstruos en la Tierra, los dictadores que provocaban guerras civiles o dejaban morir de hambre a sus pueblos, llenando sus bolsillos de dinero con el trabajo y el sufrimiento ajeno.

Se presentaron y se detuvieron en el aire, rodeándonos a la altura de Magüa y Kesuk. Eran veinte, portaban jabalinas y hachas, y mostraban sin pudor cuerpos desnudos, masculinos y femeninos, similares a los terráqueos, de pieles marrones y rugosas, de brazos y piernas musculados. Los torsos terminaban en cabezas de murciélago de bocas con dientes parecidos a los de los tiburones, triangulares y afiladísimos. Las alas de murciélago, de tres metros de envergadura, les nacían en la espalda y tenían garfios en los extremos de las alas.

Magüa inició la pelea, lanzó una bocanada de fuego. El vampiro destinatario de las llamas se cubrió con las alas. Las chamuscó, pero no las quemó; poseían pieles resistentes. El hada voló rápido hacia el vampiro en cuestión y, con el pequeño tridente, le cortó los tendones de las alas y de las piernas. El vampiro cayó en un árbol con un grito de dolor. Magüa voló camino del firmamento; cuatro vampiros la persiguieron.

Los otros quince vampiros se lanzaron contra nosotros, arrojándonos las jabalinas. Mis perros las esquivaron por centímetros. Perawan, Karku y yo las desviamos con las espadas, el arpón y la porra.

Magüa se dirigía a gran velocidad hacia nuestra posición con los cuatro vampiros, dos hembras y dos machos, persiguiéndola. Karku y Perawan se miraron y la entendieron. Yo no.

—¡Agáchate, Smile! —gritó el general.
Obedecí.

Antes de que nos alcanzasen, Karku pegó un salto de tres metros y, de un porrazo, destrozó la cabeza de un vampiro, matándolo. Al mismo tiempo, el que estaba detrás le asestó un hachazo en la espalda. La piel de piedra del gigante aguantó, el hachazo le produjo un pequeño corte. En el momento en que nos iban a alcanzar los persecutores del hada, ahora tres, Perawan flexionó las cuatro piernas y se sentó sobre la espalda de un vampiro, clavándole en la espalda el comienzo de una espada, con lo que controlaba su vuelo y le obligaba a ascender de nuevo. Dos seguían a Magüa. El hada le hincó el tridente a uno en la yugular y lo liquidó.

Sangre de vampiro nos regaba mientras la violencia se apoderaba del lugar y las sombras de Tantibus parecían sonreír con malicia.

Entre tanto, Perawan hizo girar a su vampiro y volar de frente hacia el que iba en auxilio de su compañero. En el momento en el que el segundo se elevó sobre el de Perawan y blandió el hacha a fin de dañarle, el general acabó de penetrarle con la espada, atravesando el corazón de su montura, que se desplomó muerta. Cogió un ala del vampiro de encima y de un giró, aterrizó de rodillas en su espalda. Se puso la otra espada en uno de los pies, similares a sus manos, y con los cuatro brazos cerró la boca del vampiro tirando hacia abajo. Mientras descendía descolocado, Perawan, con la espada del pie, le cortó el cuello y se posó a nuestro lado barnizado de sangre.

Aún faltaban quince enemigos que noquear.

Imaginé flechas boleadoras. Una boleadora era un instrumento de caza compuesto de dos bolas de piedra, sujetas con una cuerda. Se arrojaba a las patas de los animales, las enredaba, los derribaba. Al instante de imaginarlas aparecieron, cargué las tres flechas en el arco, las disparé. Acertaron, envolvieron los pies de tres vampiros, dos machos y una hembra. Los desorientaron y alteraron el rumbo de su vuelo. Se estrellaron contra los árboles, perdieron la conciencia. Aún nos quedaban doce. No los había matado, no extraviaría mi amor ni mi inocencia, ni en consecuencia mi magia.

Sila y Nuna saltaron. La emprendieron a mordiscos violentos con un vampiro en el aire. Se liberó en el último instante y escapó lastimándoles. Tukik y Pinga hicieron lo mismo con otro vampiro. Los perros resultaron heridos. Bocados de vampiro, tajos de hacha y puntadas de garfios de alas volvieron a abrir sus heridas, las del desierto Moer. Estaban sin fuerzas y sangraban.

Faltaban diez. Las gemelas, de acero, treparon a un roble, saltaron de rama en rama y desde las alturas se arrojaron sobre dos vampiros, uno cada una; les rebanaron las alas con los sables y regresaron al riachuelo. Los ocho restantes, con la amenaza en el cielo, persiguieron a Kesuk. Tras unos cuantos metros, mi amiga giró con la tabla y se enfrentó a ellos (los garfios de las alas del enemigo no penetraban su traje) esquivándoles, mientras despachaba a ocho con lanzadas, las garras de vibranio y a golpes de artes marciales, con su fuerza y su velocidad acrecentadas por Memento, tal y como ya había comprobado a los pies de la montaña Hilor y nos había avisado la reina Urina en el palacio Ciencielos, solo que ahora, a causa del paso del tiempo en el planeta, su celeridad y fortaleza se habían incrementado, y mucho. ¡Qué magnífica luchadora!

Estábamos absortos en el baile aéreo y mortal de Kesuk, así que no vimos a los dos vampiros que se avecinaron a nuestra espalda. Golpearon con fuerza a las gemelas, que chocaron cabeza con cabeza, desmayándose. Acto seguido, las agarraron al tiempo que Kesuk vencía a sus últimos adversarios y se las llevaron volando, a la altura de los árboles, rompiendo hojas o pequeñas ramas, pues apenas podían con los pesados cuerpos acerados de las gatas.

Magüa siguió su estela y retornó después de unos minutos.

—Los he perdido —anunció impotente y con expresión derrotada.

Kesuk restañó las heridas de mis perros con un hechizo y se incorporaron, dándole lametazos de agradecimiento.

—¿Lo has notado en tu interior? —pregunté tras sondearla con mi magia.

—La reina Urina no me mintió —respondió Kesuk restando importancia a sus habilidades aumentadas.

El general Perawan envainó las espadas y se pellizcó el mentón pensativo. Dijo:

—Seguimos el camino, las gatas se las arreglarán o morirán, la misión es lo primero.

—Un oficial que no cura a sus heridos o no rescata a sus soldados no merece el cargo —le desafió Kesuk.

—Tú qué sabrás, niñita.

—Ni se te ocurra insultarme —contestó furibunda mi amiga, aproximándose con la lanza alzada.

De producirse una pelea, el resto de nuestra compañía no tomaría partido; yo sí.

—General, les he entregado a las gemelas la punta de flecha. Está mejor en sus manos, son las más poderosas del grupo, hay que recuperarla —dije.

Perawan pegó su rostro al mío y dijo:

—¿Sin consultármelo? ¿La primera pista que salvará a Júbilo?... ¡¡Mocoso!!

Había ofendido a mi amada y me despreciaba a mí. Habíamos acordado que yo dirigía y el general, en un parpadeo, extraviando los modales, se dedicaba a meterse con nosotros. Estaba harto de su conducta, del abandono de las gatas y, sobre todo, del tono en el que se había dirigido a mi amada, que me encendía.

Estallé de rabia.

Le propiné, con el brazo derecho, el de huesos diamantinos, un puñetazo en el pecho que lo arrojó a treinta metros de distancia. Se incorporó en un santiamén, desenvainó las espadas y corrió hacia mí con un grito de guerra. Empuñé el arpón y el puñal y fui a su encuentro mordiéndome el labio inferior de pura furia.

El gigante, súbitamente, saltó en la mitad de la línea imaginaria sobre la que trotábamos y, cuando estábamos a punto de entrechocar armas y cuerpos, con los puños cerrados y juntos, pegó un golpetazo a la tierra que provocó que esta saltase, con lo que nos derribó.

—Es lo que pretende el enemigo, una fisura en el grupo que nos debilite —dijo Magüa, acercándose.

La razón la acompañaba. Nos levantamos tranquilos, asumiendo nuestra equivocación y guardando las armas. Tras aproximarnos, el general dijo, tendiéndome una de sus manos:

—Me he pasado. ¿Aceptas mis disculpas, Smile?

—Primero se las debes a Kesuk.

La observó y dijo:

—Lo siento, Kesuk.

—Yo no me preocuparía, Perawan. Con los nervios de varias jornadas peleando, algo parecido debía ocurrir más temprano que tarde.

¡Encima era comprensiva, estando en una guerra y todo!

Estreché la mano del aracne y dije:

—Acepto tus disculpas, general.

—¿Tus órdenes, terráqueo?

Cuánto tiempo había esperado aquella pregunta del militar.

—Yo les di la punta de flecha, es mi responsabilidad. Iré a buscar solo a las gemelas.

Magüa intervino:

—Eres la clave del puzle, Smile. Exponerte representa un riesgo inaceptable, sin contar que desconocemos en qué cueva duermen los vampiros.

—No te lo niego, Magüa, pero es hora de que el terráqueo mida su valor y su habilidad. Si lo consigue, el planeta multiplicará sus talentos —dijo Perawan.

—Si no lo logra, muere —replicó el hada.

—Yo voy con Smile —se ofreció el gigante.

El resto se miró y asintió. Kesuk envolvió la tabla en un humo negro que surgió de sus muñecas y dijo:

—Ahora te obedece a ti. Se te da bien el *snowboard*, Smile, deslízate en el aire igual que en la nieve. A un pensamiento tuyo la tabla ganará velocidad, pero no te pongas boca abajo, tu traje no se pegará a la tabla. Para ascender presiona con el pie derecho, y para descender con el izquierdo.

Monté en la tabla, en la parte delantera, con los pies en paralelo, el izquierdo delante y el derecho detrás. Karku lo hizo juntando los pies, que sobresalían.

—Os aguardamos ocultos en la maleza. Recuerda, Smile, la sorpresa y el sigilo son tus aliados cuando el enemigo te supera en número —me aconsejó Perawan.

Asentí y le lancé un beso con la mano a Kesuk, que sonrió. Le di una instrucción a la tabla con un pensamiento y la presioné con el pie derecho.

El gigante y yo ascendimos.

11

Otra de mis conjeturas se cumplía. Había simios en Memento. Monos del doble de tamaño que los terráqueos viajando de árbol en árbol.

Había rastreado huellas con Kesuk siguiéndome, en la Tierra, localizando los restos que habían tapado la nieve cernida sobre nuestras cabezas o los vientos gélidos. También, después de escampar, era capaz de descubrirlas por un ligero hundimiento del terreno, reconociendo a qué especie pertenecían, y continuábamos con la caza.

En el aire, con mi vista agudizada con la magia mementiana, me detenía ante una rama minúscula quebrada o una hoja doblada; según la dirección en que se torcían, averiguaba la que habían tomado los vampiros con las gatas, un ejercicio lento pero efectivo.

—Smile, tu brazo derecho es un prodigio. Lo he apretado para no caerme y no te has percatado.

Se aferraba con tal de sentirse seguro; no posar los pies en el suelo le producía pánico. Lo sabía por su mirada, aunque ladease la cabeza evitando la mía y, por una cuestión de respeto y amistad, no se lo reproché. No había por qué, cada uno teníamos nuestros miedos, algo normal.

—Yocasta casi me mata —dije.

—Celosa de sus dominios, claro, pero en el fondo una hembra de buen corazón.

—¿De dónde proviene?

—Los entes benignos y malignos, la serpiente Murdo sin ir más lejos, defienden el ecosistema del planeta viviente. Los sabios de Júbilo, tras cientos de lunas de estudio, dedujeron que Memento los creó, salvo a los dragones. Las primeras especies inteligentes escriben sobre los dragones en pergaminos que datan del principio de nuestra historia, pero nadie sabe dónde nacieron.

—¿Son de otra galaxia?

—Ni idea.

Descendí a la copa de un roble, estudié el pliegue de una hoja y retomamos el vuelo.

—Kesuk y tú os gustáis. Lo hemos comentado —dijo de repente el que era mi mejor amigo de Memento.

—¡A mí un mogollón!

Me salió del alma.

—¿Eso qué significa?

—Muchísimoooo.

El gigante rio mi imitación de Pinky.

—Y tú a ella, Smile.

—Va a ser ya veremos lo que ocurre entre nosotros.

—Va a ser que sí, maestro de la sonrisa. A veces, cuando estás pensativo, sin que te des cuenta, te observa con ojos de enamorada.

Mi magia me advertía que alguien me contemplaba con curiosidad, pero yo ni siquiera giraba la cabeza, pensando que se trataba de un mementiano de nuestro grupo. ¡Y era Kesuk!

—Me cuesta entablar una relación, Karku.

—Es lo normal. El enamoramiento hace que te ruborices y no te atrevas, pensando que no lo lograrás.

—¿Alguna idea?

—Hablar más con ella, interesarte por sus sentimientos.

—La conozco de sobra.

—¿Su intimidad, lo que en realidad le ronda la cabeza?

—No, eso no. Kesuk es una chica reservada.

—Atraviesa su coraza. Tienes labia e inteligencia, Smile. Y eres divertido. Utilízalo, lo que más les gusta a las hembras es reírse.

No lo había pensado, le haría caso. Denominar hembra a una chica o a una mujer en la Tierra estaría mal visto, pero en Memento, con la cantidad de especies inteligentes que existían, resultaba algo normal.

—Se reirááá hasta paaartirse.

Mi nueva copia del tono de Pinky no arqueó una sonrisa en la boca del gigante. Estaba metiendo la pata, y hasta el fondo, me dije. Nuestra misión consistía en rescatarlas, no en emular su manera de hablar. Eran compañeras leales, y me habían contado un secreto, el del templo sagrado de los gatos que pocos conocerían en Memento. A los amigos se les apoya con razón y sin ella, solo que en este caso nos sobraban los argumentos para salvarlas.

Tardamos un par de horas en avistar, a doscientos metros, la cueva de los vampiros, un monte en el bosque con una abertura en la que cabrían dos vampiros y Karku de lado. Descendimos, caminaríamos el trecho en silencio. Antes de comenzar a andar Karku me detuvo con una mano y echó un vistazo alrededor. Lo comprendí, con mis sentidos escruté el paisaje; no había vigilantes apostados fuera de la cueva.

Los vampiros se creían demasiado listos, un sentimiento de vanidad que solía conducir a la derrota, según mis padres. «La vanidad desmesurada es la manifestación de un complejo de inferioridad», me aleccionaban siempre.

Pensaba en ellos y mi corazón se encogía.

Karku, atento, blandía la porra, y yo el puñal y el arpón, enfilando la cueva con una cautela de intrusos. Nos aventuramos en una oscuridad sin final, tan cerrada que no veíamos lo que había a un palmo de nuestras narices. Kesuk sacó de su zurrón mágico una larga cerilla que rasco en la roca y al encenderse iluminaba lo justo, una cerilla mágica cuyo fuego rodeaba la punta del palillo sin tocarla; tampoco se apagaba con la brisa húmeda del interior de la cueva. Avanzamos cientos de metros por un pasillo rugoso, estrecho y bajo, en donde Kesuk caminaba con la cabeza gacha a fin de no rozar el techo y producir ruido, lo que significaba que los vampiros, en el túnel, no podían desplegar sus alas y se limitarían a replegarlas y a surcarlo a pie. Lo que parecía en principio una desventaja no lo era, el pasillo impedía la entrada de las criaturas más grandes de Júbilo; los vampiros se sentirían inexpugnables en su morada.

Un cuarto de hora más adelante hallamos una cavidad de dimensiones enormes: el nido vampírico. Cientos de vampiros, hembras y machos, dormían cabeza abajo, con las alas tapando sus anatomías, colgados de los pies que se enganchaban a las estalactitas del techo.

En un extremo, boca abajo, agarradas a una travesera de cobre con unas cuerdas, colgaban inconscientes las gatas, recubiertas de una especie de baba.

¡Era asqueroso!

La sustancia las mantendría sedadas, igual que la anestesia de un quirófano terráqueo. Estaban en medio de una decena de crías de vampiro; serían su cena. Karku, de un salto portentoso, las cogió y, con su peso, al descender, rompió las cuerdas. Pero el problema fue el aterrizaje. El eco de la caverna multiplicó el sonido de sus pies con la roca y los vampiros comenzaron a despertar, y a contemplarnos contrariados. Me eché a Piwy al hombro y dije:

—Corre.

Karku, con Pinky a cuestas, emprendió el trote con una velocidad similar a la que seguía al trineo, sosteniendo la cerilla; yo le iba a la zaga en el estrecho túnel. Nos perseguían, mis sentidos los captaban, tres vampiros a bastante distancia, aunque gateando a un ritmo de caracol. De salida no me agobié, no causarían un conflicto inmediato.

¿Pero por qué a gatas?

Fuera de la cueva, a cincuenta metros, tumbamos a las gemelas en la hierba. Con un pensamiento llamé a la tabla, que acudió. Karku se impregnó el dedo con aquella especie de baba y se lo chupó para comprobar qué sucedía.

¡Repugnante!

A continuación, la lengua le colgaba de la boca totalmente dormida. Agitó la cabeza produciendo un ruido: «Bluuuuuuu». No evité reírme de mi amigo, que me miró serio. Corté la risa en seco, me concentré al máximo. Escuché un manantial que fluía oculto en la espesura a decenas de metros y me esforcé en un nuevo conjuro. Segundos después el agua del manantial llegó reptando en el suelo, envolvió a nuestras gatas. Las limpiaba mientras Karku se aguaba la lengua. Pasaron unos segundos, parpadearon, se levantaron e hicieron ejercicios gimnásticos en broma. El gigante y yo sonreímos. Pinky abrazó a Karku y Piwy a mí.

—Graaacias —dijo Pinky.

—Mil gracias. Es la segunda vez que nos capturan, y la última —dijo su hermana.

La primera había sido durante su asalto a Umbral.

Me toqué el brazo izquierdo y los muslos. En efecto, Perawan daba en la diana; al tomar la iniciativa y partir solo con el gigante, el planeta había multiplicado la energía de mi físico, y la de mi magia, como había corroborado al traer el agua del manantial. Pensé en algo a fin de detener la persecución de los vampiros y le dije a mi amigo:

—¿Una bola rápida?

Entendió mis intenciones, desenvainé el arpón, lo sostuve con ambas manos. El gigante me izó, me lanzó con fuerza quince metros por encima de la abertura de la cueva. En el aire, cerré con fuerza las manos en la vara del arpón. Al clavar el arpón en el monte con tanto entusiasmo, exhalando un grito, toneladas de rocas se desprendieron y taparon la abertura de la cueva.

De un salto descendí y saludé a mis amigos con la mano.

¡Oh, no!

Apenas las vi, dada su extrema velocidad. Tres lanzas de dos metros y medio de longitud cada una, arrojadas con la pre-

La mujer del trono
arecía una elfa
e los cuentos que
ne leía mi madre».

«Wendigo estaba fatigado;
se agarraba las tripas,
donde se veía una herida profunda».

«Al hada no le hizo
maldita gracia y
regresó al suelo».

«La violencia se apoderaba del lugar y Tantibus parecía sonreír con malicia»

«El rey elfo oscuro unió la punta a la varilla usando un brillo violeta, con su hija, la princesa Altea, detrás».

«Los dragones comenzaron el vuelo suborbital bordeando el planeta, con nosotros encima».

«El gigante Karku la emprendía a porrazos y guantazos».

«Veía un pivón de aventura».

cisión de un cirujano, se clavaban en el ombligo del gigante, derribándole y haciéndole sangrar a borbotones. Lo imposible había ocurrido, herir a Karku. Miré arriba y vi a tres monstruos que portaban hachas, tres vampiras de cinco metros cada una de largo, anchas, con músculos como nudos marineros y alas de quince metros de envergadura. Por eso gateaban nuestras perseguidoras, debido a su tamaño iban encogidas en el túnel. Habían logrado salir antes de que lo sellase y, por su aspecto, serían las reinas de la colmena de vampiros.

Mi tabla acudió, desenvainé el puñal, fui al combate mientras las gatas, aire compacto, volaban hacia el enemigo. Pinky, transformada ahora en acero mementiano, y aferrándose al cuerpo de una vampira con las garras, intercambiaba con ella golpes de sable y hacha. Su hermana hacía lo mismo y yo me enfrentaba a la tercera sostenido en la tabla.

Había que terminar pronto, de ello dependía la vida de Karku, pero las pieles de las reinas vampíricas apenas acusaban los cortes de las gatas ni los de mis armas. Nos encontrábamos en tablas, en una pelea que se eternizaría hasta que el gigante muriese. Recordé al hada con la serpiente Murdo y pensé que el interior de las vampiras sería más blando que el exterior.

—¡Gemelas, no hay nada que hacer, dejad de pelear! —grité.

Pinky me guiñó un ojo, me había comprendido, y Piwy sonrió.

Volvieron a su ser natural.

¡Benditas gemelas!

Las vampiras, viéndonos inmóviles, abrieron las fauces a fin de devorarnos, momentos que usaron las gemelas en insertar los sables hasta el fondo de sus gargantas, seccionándoles las venas interiores, y yo, con tal de no liquidarlas, rebané nervios y cuerdas vocales, con lo que cayeron muertas del cielo, menos la mía (huyó al vuelo), y nosotros con ellas, aunque vivos, de pie y triunfantes. No lo celebramos.

Corrimos hacia nuestro amigo desmayado, extraje de su zurrón la pomada mágica, la expandí en la sangre, que se coaguló un poco. Por lo menos paraba de manar.

Le toqué la frente, ardía, y me fijé en las lanzas. Tenían restos de moho adheridos, lo que significaba que las partículas del moho de las puntas estaban infectando los intestinos de Karku y la infección expandiéndose a los demás órganos. Estábamos ante una situación crítica. Recordé a mi padre cuando cazaba a un animal. Al herirlo en vez de matarlo, a continuación, por haber fallado, siendo un hombre justo, lo curaba. Llevaba sus armas impolutas, con lo que no infectaba a sus presas.

—Piwy, dame los sables. Pinky, llamas de alta temperatura.

Piwy me los entregó y los empuñé. Pinky se transmutó en el fuego. Introduje los sables hasta la mitad de los filos en el fuego. Al cabo de tres minutos, los sables estaban rojos de calor.

—Sacad las lanzas.

Las gatas las extrajeron al unísono y la sangre brotó a mares. Yo apliqué los filos, de plano, en la herida. Debido a la temperatura, la piel se quemó y la herida se cerró; pero la fiebre seguía subiendo.

Me quedaba sin recursos. Hora de volver con mis amigos en busca de soluciones.

—Hay que regresar. Karku. En su estado no puede viajar en la tabla.

—Nooo te preocupeees —dijo Piky.

Se internaron en el bosque; regresaron enseguida con una especie de camilla fabricada de gruesos troncos entrelazados con ramas flexibles de árboles jóvenes.

¡¿En que sé habían transformado?!

Toqué a Piwy en el hombro y pregunté:

—¿Qué es?

—Ni idea, pero podremos transportar al gigante en esta forma.

Se me había olvidado y lo pregunté. Pinky me mostró la punta de flecha que me había entregado Wendigo.

La repasé de arriba abajo observando el metal, de color blanco, recordando la tabla de los elementos, las clases de ciencias. Di con ello: iridio, el material más pesado de la Tierra, también presente en Memento, me dije. Las gemelas cargaron al gigante en la camilla, que ataron con las lianas a los hombros, y yo subí a la tabla. Partimos como centellas, angustiados, con un pensamiento en la cabeza: salvar la vida de nuestro amigo.

12

El resto aguardaba oculto en la vegetación próxima al riachuelo. Al vernos con el gigante herido salió y nos interrogó consternado. Le contamos lo sucedido; Magüa besó en la frente a su compañero de batallas. Perawan pataleó la hierba enfurecido y Kesuk me besó en la mejilla procurando aliviarme, lo que no consiguió.

Pregunté al hada:

—¿Cómo curamos a Karku?

—Con la magia de los reyes de Memento y de sus familiares próximos, poseen magia sanadora.

Recordaba que ya me lo habían contado. Lo había olvidado debido a la angustia que me acuciaba al ver a mi amigo malherido.

—¿A cuánto estamos del castillo?

—A una jornada, dudo que Karku aguante, vamos —contestó Perawan.

Até los perros al trineo. Las gatas, Perawan y yo subimos al gigante. Perawan se sentó de rodillas y apoyó en ellas la cabeza de muestro amigo. Magüa habló con mis perros en su lenguaje, habían congeniado con Karku. A pesar de la batalla y del cansancio prometieron que se esforzarían al máximo. Las gemelas, transformadas en dos torbellinos, aventaban piedras pequeñas que nos retrasarían al imposibilitar que el trineo se deslizase con suavidad.

¡Mis amados perros!

¡Mis amados compañeros de armas!

Mis amigos me cubrían. Un amigo te cubre las espaldas o no es un amigo, sino un aprovechado que intenta sacarte algo, en caso de procurar ganar tu confianza antes de tantear el terreno, a las bravas, por las malas.

Tras ocho horas, gracias a la voluntad y la magia de mis perros, dejamos atrás el bosque. Los perros tomaron un camino espacioso, el camino principal de Tantibus, una carretera de piedras planas y negras que atravesaba el continente. En el terreno, el trineo se deslizaba con mayor celeridad y los perros corrían a tope con las gatas en su estado aceroso. El gigante deliraba, hablaba de su mujer y sus hijos muertos, de luchas y lugares que no comprendía, de leyendas de Memento. La fiebre seguía subiendo. Luego, calló; le quedaban minutos de vida. Los perros frenaron; me agaché a comprobar el estado del gigante. Delante, a unos cien metros, se presentó en el camino la silueta de una sombra humana, negra como el interior de una caverna. Desenfundé mis armas, Magüa alzó el vuelo hacia la sombra amenazante. Cuando iba a hincarle el pequeño tridente, la sombra se disipó. Magüa dijo:

—Una sombra mágica de los elfos oscuros. No he percibido maldad.

La sombra se materializó enfrente del trineo, un ser de carne y hueso, una elfa oscura, bellísima. Su anatomía era igual a la de los elfos plateados. Cambiaba la piel, en los elfos oscuros de color morado. Me hallaba ante una hembra joven, de poco más de veinte años y formas proporcionadas, vestida con una túnica marrón, un cinturón con una espada morada, una bolsa pequeña, una daga y botas; armas de anqun. A la altura del pecho derecho había bordaba una rosa negra, distintivo de la casa de los reyes Fiordo de Tantibus, imaginé. Alcanzaba el uno setenta y cinco de altura. Tenía el pelo de color azul, tupido y suelto, las orejas en punta, los ojos de un rojo suave, penetrante.

—Has crecido, princesa Altea —dijo Magüa sonriendo.

La elfa acarició con ternura al gigante y dijo:

—He llegado justo a tiempo. Mi viejo amigo se encuentra fatal. ¿Quién ha sido?

—Vampiros —contestó el hada.

—Maldita Magala. Os alcanzaron antes que yo. Mi padre me envió de ayuda. Nos comunicaron que estabais camino de nuestra costa y que Magala había despertado a sus vampiros para daros caza.

Miró a las gemelas con un gesto impenetrable y preguntó:

—¿Nos atacaréis?

—Nooo —respondió Pinky.

—La carne de los elfos oscuros sabe a pez podrido —contestó su hermana, ofendida.

La princesa las enfiló a cara de perro y Perawan la detuvo:

—¿Te vale mi palabra, Altea?

—Siempre.

—La tienes. Las gemelas no asaltarán vuestro reino.

Las gatas retornaron a su forma animal. La elfa oscura se serenó, lanzó un hechizo. Un halo violeta rodeó al gigante. Dijo:

—Le he estabilizado, mi padre terminará de curarlo.

El hada Magüa nos presentó:

—La princesa Altea, hija de Indocar el Bravo, rey de Tantibus. Smile, hijo de los Vigilantes de la Vía Láctea. Kesuk, su amiga, una maga terráquea.

Kesuk no se enorgulleció como antes al ser denominada hechicera o maga y me miró de refilón, advirtiéndome que no nos fiáramos de la princesa y menos, deduje, del que sería su padre. Conocer a la realeza de Memento no nos impresionaba lo más mínimo tras las recientes aventuras.

—Han llegado rumores sobre ti. Espero que sean ciertos —me dijo la elfa.

—Lo son. ¿Pretendes comprobarlo? —contesté chulo.

Al momento supe por qué Kesuk me había acusado de bocazas. Altea, sin responderme, se giró altiva. Su magia, unida a la de Kesuk, la de mis perros y la mía, intensificaba nuestra velocidad.

La herida y la fiebre del gigante Karku me habían sumido en la pena. Estaba aprendiendo a quererle, con sus virtudes y defectos. Me sentía impotente, mis nuevas cualidades habían sido incapaces de evitar su caída. Estaba herido de muerte por mi culpa. Si hubiese permanecido en la Tierra, Karku no habría viajado conmigo con el fin de protegerme. Permanecería en su aldea, Ginus, liderando a los gigantes, continuando con sus trabajos hasta que la reina Urina le requiriese a cumplir una misión.

Viendo a Karku tendido en el trineo, con la herida cerrada, el rostro desencajado, el cuerpo ardiente de fiebre, estuve cerca de estallar de tristeza, que amenazaba con adueñarse de mi corazón y convertirse en odio. Lo controlé. Sintiendo odio, extraviaría mis poderes, mi concentración.

Al cabo de una hora, habíamos atravesado el continente. Magüa me veía tumbado en el trineo, yo abrazaba al gigante y le proporcionaba calor. El hada leyó en mi expresión los sentimientos que me aturdían. Dijo:

—Habrá más heridos, señor Sonrisas. Y muertos, amigos o conocidos. La guerra está comenzando. Entiendo tus sentimientos sobre Karku, yo también le quiero. En las guerras, y recuérdalo en caso de pensar lo contrario, la culpa siempre es del agresor, del que inicia la pelea deseando ganar un trono sin la aprobación de los demás. Solo debes atribuir a Magala las heridas de Karku.

Los perros se detuvieron en la cumbre de la montaña Moncado, en la carretera, a doscientos metros del castillo Perfidia, saliendo de la aldea que se encontraba a sus pies.

Lo noté. Dije:

—Ha parado.

El general y la princesa intercambiaron una mirada. La princesa Altea dijo:

—El ladrón de magia nos ha arrebatado el veinticinco por ciento de la de Tantibus, como en tu tierra, en Júbilo. Un peligroso acertijo.

—Lo descifraremos, princesa —aseguró Perawan—. ¿Os lo han comunicado vuestros espías en Júbilo, igual que nuestra llegada?

No respondió y enmudeció. Como en la Tierra los distintos países contaban con servicios de inteligencia que espiaban a sus vecinos. Me fijé en los pobladores de la aldea: elfos y elfas oscuros de cuerpos espectaculares, caras amables, vestidos con túnicas. Portaban utensilios de labranza y de caza y los niños se congregaban en las hogueras escuchando de boca de los ancianos viejas leyendas tantibianas o jugaban persiguiéndose, y entraban en los hogares, casas de piedra con tejas grises de donde surgían chimeneas que calentaban el hogar.

Añoré mi casa, a mis padres. Miré al frente, el castillo Perfidia resultaba aterrador aunque no desprendiese maldad.

—Da miedo —dije.

—Esa es la idea. Debe producir pavor a los elfos plateados, con los que siempre estamos peleando. Hubo una salvedad. Combatimos juntos contra la bruja Magala, con Casilda, la anterior reina, al final una elfa malvada. Mi padre y Urina acaban de pactar una nueva tregua por el regreso de Magala, un documento que ha traído una de las desplazadas —dijo la princesa Altea.

Las palomas mensajeras que se teletransportaban.

—¿Cómo se ha enterado Urina del regreso de Magala?

Lo pregunté sabiendo la respuesta.

—Se lo ha contado Pétalo, la reina de Iris, mediante telepatía —contesté la princesa elfa oscura.

Kesuk y yo cruzamos una mirada rápida. El regreso de Magala se lo había comunicado primero a Urina mi amiga telepáticamente, así que, pese a la tregua, la monarca plateada seguía desconfiando del rey elfo oscuro.

—Oigo el nombre de Pétalo a menudo. ¿Quién es exactamente? —pregunté.

—Mejor que no la conozcas por mucha simpatía que le tenga. La llaman la Destructora, la mayor leyenda de nuestro sistema solar.

No indagué. Había dicho «Destructora» con ese aire entre reverencial y temeroso que me mosqueaba. El poder de Pétalo sería inmenso.

—¿Vuestro castillo contendría a Magala?

La princesa, a continuación, me sonrió y describió el castillo que yo veía.

El castillo, cuadrado, tendría el tamaño de cuatro campos de fútbol y las murallas, construidas con ladrillos negros, de acero mementiano, contaban con cuatro torres o torretas de flanqueo huecas, de vigilancia, con soldados, una por esquina. Estaban coronadas con grandes lámparas en cuyo interior ardían hogueras que proporcionaban una luz fabulosa a la fortaleza. En las torres ondeaban banderas moradas con el escudo de la dinastía de los Fiordo, la rosa negra. En el adarve, el camino que recorría el alto de la muralla, distinguía elfos oscuros armados, vigías con antorchas. Había escaleras que subían al adarve desde el interior.

De mitad de muralla hacia arriba, con sus respectivos elfos guerreros y antorchas, lucían cientos de troneras, aberturas en el muro donde los defensores se armaban de jabalinas, arcos y ballestas. Al fondo, a la izquierda, en la esquina del patio de armas, con cincuenta metros de altura sobre la planicie del patio de armas y doscientos metros de superficie, dividida en cinco plantas, regentaba Perfidia la torre del homenaje, la residencia del monarca Indocar el Bravo. El techo del último piso era una bóveda de vidrio parecida a la del palacio de los elfos plateados, luminosa, a rebosar de antorchas y candiles, me dije. La sostenía una estructura de acero y maderas nobles. Estaba a la altura de las torres de flanqueo, por eso la había visto con anterioridad desde una distancia mucho mayor.

Justo encima de la cúpula continuaba la estrella, menos pálida que antes, que emanaba maldad. Rodeaba la fortificación una empalizada de veinte metros de altura, cimentada en la empinada cuesta de la montaña. Detrás había un foso con cocodrilos, un puente levadizo y el portón del castillo, construido con madera de cedro y acero tantibiano. De la empalizada al portón se llegaba por un estrecho puente, retirado de la puerta levadiza cuando éste estaba levantado. En el puente principal había dos barbacanas, estructuras defensivas con forma de arco. Cerraba el final del puente, en el exterior de la empalizada, el portón. Alrededor había un foso de agua con cocodrilos del doble de las dimensiones de la Tierra, lo habitual en el planeta Memento.

La muralla del lateral opuesta, la trasera, se levantaba sobre un lado de la montaña, una pared recta de tres kilómetros de altura, ancha en la base y estrecha en la cúspide. Los reyes elfos oscuros, cada pocos meses, la recortaban, pulían y recubrían con una lámina de grasa. Era imposible asaltar el castillo por detrás.

Los perros corrieron y las puertas del castillo se abrieron. La princesa Altea, en el patio de armas, plagado de antorchas que iluminaban la penumbra gris perla, les pidió a unos soldados que alimentasen y lavasen a mis perros, y que les tratasen con cariño; de paso arreglarían los desperfectos del trineo. Magüa la tradujo y se los llevaron. Catorce soldados, al hombro, transportaron la camilla con el cuerpo estabilizado aunque inconsciente de Karku, y subieron los peldaños de la torre del homenaje. Desembocaron en el último piso, el de la cúpula, la cámara real de Perfidia. Les seguíamos a pie. Depositaron la camilla en el suelo y se largaron.

La cámara regia contaba con pocos elementos. Las paredes, de ladrillo negro, llegaban a la cintura y después comenzaba la cúpula en forma de bóveda. Había un espejo ovalado, una mesa con mapas militares, otra con comida y bebida, unas cuantas sillas de cuero, cuadros del rey actual, estatuas talladas de algún material negro que representaban a los antiguos reyes de Tantibus, armas negras de todo tipo, de anqun, colgadas de las paredes, y cuatro candiles gigantescos con antorchas. El suelo era un mosaico que componía un plano geográfico de

Tantibus en violetas y grises. El trono de Tantibus, pieza negra de azabache, brillaba gracias a los candiles y las estrellas sobre la cúpula, incluida la maligna, la lívida que comenzaba a brillar con un ligero fulgor.

En el trono se sentaba pensativo el rey Indocar el Bravo. Aparentaba unos cincuenta años, aunque podría ser más viejo. Medía dos metros y tenía una anatomía atlética; un rostro ovalado; ojos grandes y oscuros como la guarida de un topo; cejas abundantes; nariz recta; barbilla delgada con perilla; piel morada que tendía al negro. Vestía armadura de color violeta, de anqun, con el grabado de la rosa negra a la altura del pecho. El cabello, corto, peinado hacia atrás, era de color negro mate.

Portaba una vaina morada al cinto, un espadón cuya empuñadura era una calavera tallada de ónix negro, un mineral duro. Llevaba en la cabeza una corona simple y bonita, como la de la reina Urina, aunque de azabache. Se levantó con el gesto grave, se acercó a la camilla y posó las manos en el gigante. Surgió de sus manos un brillo violeta; el brillo se desvaneció. Al cabo de unos segundos las heridas se cerraron, la fiebre se esfumó. Karku levantó los párpados, sonrió. Se levantó totalmente recuperado, cogiendo su porra de la camilla. Estrechó la mano del rey y dijo:

—Gracias, viejo amigo.

El rey contestó con una voz profunda, cariñosa:

—Como en los viejos tiempos, jefe de los gigantes. Somos aliados de nuevo.

Se dirigió a las gemelas:

—Espero que cumpláis con la palabra dada a mi hija.

—De momento —contestó Piwy.

—Ereees altooo y guapooo y un pocooo quisquilloooso. No te comeeeremos. Te besaaaremos.

Pinky se encaramó al rey, lo besó en la mejilla y regresó. El rey sonrió satisfecho.

¡Y mis padres qué!

Lo pregunté:

—¿Y mis padres?

—Ven, pequeño amigo —dijo el rey sentándose en el trono y palmeándose las rodillas.

Me acerqué y me senté en sus piernas sin mentar que llamarme «pequeño» me ponía de malas pulgas. Indocar el Bravo no desprendía calor como los elfos plateados. Al contrario, lo rodeaba un frescor otoñal. Me rodeó afectuoso con el brazo y dijo:

—Tus padres han estado aquí con la bruja Magala. Iban atados. No tengo buenas noticias. Estaban débiles, parecían un poco enfermos.

—¿No les curaste? —pregunté preocupado.

Hasta entonces se encontraban sanos, o eso me contaron. ¿Qué diantres había cambiado? ¿Por qué antes estaban en perfectas condiciones y ahora no?

Debía salvarles, aunque me costase la vida.

—Lo intenté, no lo logré. La magia de la bruja lo impidió, por poco.

—Su permanencia en nuestro planeta la hace a cada jornada más fuerte —aclaró la princesa Altea.

—¿Qué te contó la bruja? —pregunté al rey.

Los demás escuchaban expectantes nuestra conversación.

—Se limitó a presentarse con tus padres saliendo de un portal mágico. Me miró a los ojos amenazante. Dejó a tus padres atados conmigo, se dirigió a un extremo de la sala y contempló mi reino como si le perteneciera. Mi hija Altea estaba presente.

—¿Por qué no peleasteis?

—La mayoría de los reyes de Memento poseemos la misma cantidad de magia. Algo o alguien ya había robado una cuarta parte de esa magia a mi reino. Mi hija y yo pensábamos que uniendo mi magia a la suya, menor que la mía, igualaríamos a la bruja Magala. Desataríamos en la lucha tanta energía que podríamos herir de muerte a cualquiera que se mantuviese cerca de nosotros, a tus padres estando enfermos. Decidimos no pelear, pensábamos en la integridad física de los Vigilantes.

Me planteé la hipótesis que me daba vueltas en la cabeza y que descartaba.

—Mis padres a lo mejor están robando la magia de Memento. Ganan fuerzas. Se enfrentarán a Magala.

El rey contestó:

—También se me ocurrió. Lo investigué con mi magia, no son ellos. Magala tiene un nuevo aliado. Lo he consultado con los demás reyes de Memento. No han pactado con Magala, que yo sepa —ese «que yo sepa» indicaba que al menos un rey o reina, o quizás dos, del planeta mágico, estaba del lado de la bruja—. Quizás el aliado sea otro Vigilante, un mago de otra galaxia. Lo que me extraña es por qué tus padres no plantaron cara a Magala cuando estaban sanos. Creo que la razón eres tú, la respuesta a nuestras dudas y preguntas, Smile. Mientras Magala estaba de espaldas, Alex y Nivi, tus padres, me entregaron una cosa. Me pidieron que te la diera. Les hice varias preguntas, pero no contestaron a ninguna, se mostraban indiferentes. Solo me rogaron que ocurriese lo que ocurriese no interviniese, ni yo ni los demás reyes. Le habían dicho lo mismo a la reina de los elfos plateados. Les respondí que sí. No intervenir es una apuesta arriesgada cuando el planeta Memento peligra, pero confío en tus padres. De todos modos, con Memento amenazado, dudo que la reina Pétalo se quede quieta. De momento no actuaré ni mandaré a mis tropas contra la bruja. Pese a estar enfermos, no parecían tener miedo. Los conozco de sobra, tus padres siempre tienen una estrategia. Y tú, me temo, eres la parte principal. Creo que el plan te pondrá en peligro pero salvará Memento. Lo peor del asunto es que la magia de la bruja cada hora que pasa se hace más fuerte, como te ha indicado mi hija. Lo demuestra su estrella. Cuanto antes encuentres a tus padres y te cuenten su estrategia, mejorará la situación… a nuestro favor.

¡Una estrella conectada a una bruja!

Kesuk y yo nos miramos, ambos estábamos extrañados y un poco nerviosos con la noticia, y también con la nueva mención de Pétalo, al ser dicha con la misma expresión de prevención que los demás, solo que por un rey, que en principio sería igual en poder a otro, lo que a todas luces no sucedía con Pétalo. Salí de las rodillas del rey. Kesuk y yo nos apartamos.

—¿Qué opinas? Ni siquiera en Memento imaginaría lo que nos acaban de contar.

—Smile, una bruja vinculada a una estrella y una reina de la que todos hablan con temor es más que raro, no te lo niego, incluso aquí. Me inquieta que Indocar no sea trigo limpio, no tiene la bondad de la reina Urina, es lo único que he visto, sus instintos, no sus pensamientos. Me he metido con un hechizo en su cabeza.

—¿No te ha descubierto? Podría atacarte, Kesuk —pregunté alarmado.

—Mi magia terráquea es inmune al sondeo de la suya. No me ha descubierto, fijo.

Un problema menos; mi muy pero que muy querida amiga no sufriría a manos del rey mementiano. Y una contrariedad añadida; Indocar el Bravo jugaría sucio.

Al comienzo de su respuesta, Kesuk se refería a la estrella pálida que a cada jornada lo era un poco menos. Nos habíamos dado cuenta y aún no lo habíamos discutido. Al menos averiguaba por qué ni la reina Urina ni el monarca oscuro Indocar el Bravo intercedieron en favor de mis padres.

¿Qué tramarían mis padres? ¿Cuál era la razón que les impulsaba a ponerme en una situación dañina? ¿A qué obedecía, estando cautivos, su falta de miedo? ¿A qué se debía su presunta indiferencia?

—Toma —dijo Indocar el Bravo.

Me alcanzó lo que me habían dejado mis padres: el astil de la flecha. Era la varilla que unía la flecha a la punta. Pertenecía a un tipo de madera ligera, resistente, que desconocía, de color rojo púrpura. La parte anterior con el culatín, la muesca en la varilla que se colocaba en la cuerda del arco antes de tensarla, carecía de plumas. En su lugar había hojas de árboles recortadas en forma de plumas, de color verde oscuro. Le tendí al rey la varilla de madera y la punta de flecha que me alcanzó Pinky.

—La punta se la entregaron mis padres a Wendigo. Fue la pista que nos condujo hasta aquí. No entiendo lo de la varilla de la flecha ni lo de las hojas en vez de plumas —dije.

Los demás se aproximaron a contemplar la varilla. El rey unió la punta a la varilla usando un brillo violeta que surgió de sus manos, murmurando un conjuro. Estaba montada. Dijo con voz severa:

—Guárdala. Es la segunda pista de tus padres, el sitio al que debes viajar.

Le tendí la flecha a Pinky, que la escondió en la vaina de su sable. Indocar asintió, habría notado que las gemelas y yo nos apreciábamos; pensaría que la flecha estaría a buen recaudo con una de las gatas. A continuación, el hada, el gigante, la princesa, el general, el rey y las gatas intercambiaban miradas que avisaban de un peligro mayor que los anteriores: uno inminente.

Perawan confesó:

—Son una vara de madera y unas hojas de secuoya, los árboles gigantes de Iris, el reino de las ninfas. Nadie que no sea un Vigilante o los dragones lo ha pisado jamás, y menos un varón. Pisarlo, un varón, según las reglas de Iris, condena a la pena de muerte. La reina Pétalo es amiga nuestra, nos ayudó a combatir a Magala en el pasado, pero no se saltará las leyes de su reino. Nos decapitará. A las hembras las castigará de otra manera, aunque ignoro cómo.

Ahora entendía la broma de las gemelas al imitar que les cortaban la cabeza.

—Una mala costumbre lo de matar si te presentas en un lugar… O si robas —dije alterado, recordando el desierto Moer.

—Pétalo es única, en lo bueno y en lo que no aparecería en la peor de tus pesadillas —dijo Indocar el Bravo, dejando en el aire un nuevo interrogante, de los fatales.

No me apetecía perder la cabeza ni creía en la pena de muerte, una ley inhumana aplicada en mi país. Mis padres me marcaban senderos tenebrosos. Los recorría con tal de rescatarles, aunque me jugase la vida, lo que ya estaba ocurriendo.

La muerte me rondaba como un pájaro de mal agüero. Perawan dijo:

—Nos vamos.

—General, se os ve fatigados. Cenemos, descansad unas horas —invitó la princesa Pétalo.

El general se lo repensó; al final respondió con un gesto afirmativo.

Durante la abundante cena Indocar el Bravo, de rato en rato, me dispensaba miradas malévolas que no vaticinaban nada bueno.

13

Dormía a pierna suelta, en una habitación con dos camas; en la anexa descansaba Kesuk. Mi magia me despertó. Escuché un rumor semejante a una composición de réquiem, la música que se toca en los funerales; provenía de los sótanos del castillo y, de alguna manera, estaba relacionada con mis peripecias. Decidí no levantar a mi amiga. Tras vestirme, sin que advirtieran mi presencia los guardias, bajé las escaleras de la torre del homenaje y busqué las que descendían a las entrañas de Perfidia. Las encontré. Bajé peldaño a peldaño, cauteloso, con la mano en la empuñadura del puñal.

Desemboqué en los calabozos, me guié por el murmullo, acabé en una celda de cien metros cuadrados, húmeda, con argollas y siete cadenas para los prisioneros. Una estaba forjada de anqun y diamante, lo mismo que mi ropa y mi brazo derecho, una pésima señal.

En el centro del calabozo, sentado en el suelo, con la armadura completa, incluido el yelmo, el casco protector de la cabeza, la espada y un escudo, se sentaba frente a una charca limpia y transparente, observándola, Indocar el Bravo. El murmullo, estridente, emergía de la charca. Me aproximé y me arrodillé.

El monarca salió de sus meditaciones y dijo:

—¿Lo ves, joven amigo?

—Nada aún.

—¿El humano que ha escogido Memento? —preguntó malicioso.

Aglutiné mi magia en las pupilas. Uno, dos, tres segundos. Entonces lo vi. En el charco, al fondo, se reflejaban las estrellas de la noche de Tantibus, y la pálida, con mayor vigor que hacía unas horas, destacaba luciente como una libélula. Sin embargo, el techado no permitiría el reflejo. Magia del elfo oscuro, seguro.

—¿Ves a Magala? —interrogó el rey.

—Su estrella.

—Mentira. No eres apto para liderar la misión. Me corresponde a mí.

Se cumplía la advertencia de Kesuk; alguien aspiraba a despojarme del control. El monarca me agarró del cuello con la fuerza de un atleta, levanté el brazo derecho y a un movimiento de su mano la cadena de anqun y diamante voló, se enroscó en mi brazo, lo aprisionó e inmovilizó clavando los eslabones finales en el pavimento. El monarca sumergió mi cabeza en la charca que no parecía tener fondo. Antes tomé aire y, con el que me quedaba de Yocasta, tardaría en ahogarme. Tranquilo, me dije. No se trataba de la primera ocasión de peligro, se me ocurriría cómo sortearla.

Aquella luminaria, el reflejo de la estrella principal, mi magia lo captaba, contenía una maldad superior. Sentía a sus filamentos alargarse, invisibles, y arañarme el rostro, provocándome un dolor agudo.

A continuación, la estrella se convirtió en una mujer de la Tierra que, por la magia, parecía de tamaño natural. Alcanzaba el metro setenta de altura. Ni gorda ni delgada, era gruesa, de pechos grandes y caderas rectas. Calzaba botas de montaña. Vestía vaqueros con un imperdible de adorno a la altura de la rodilla, una blusa estampada de flores y un cinturón de cuero con tachuelas, de los años setenta del pasado siglo. Llevaba el pelo suelto, moreno, ondulado lo justo, sobre hombros rectos. Tenía piel blanca, cara regordeta, cejas largas, nariz ancha, barbilla redondeada, pómulos sonrosados y una boca pequeña de labios enfermizos. Los ojos, separados, grandes, hundidos, de un castaño tirando a negro, irradiaban mal en estado puro.

La escuché en el interior de mi cabeza:

—Te mataré, Smile.

—O yo a ti —respondí abriendo la boca.

Un error. El agua inundó mis pulmones, me costaba respirar. En esas, el monarca me izó y me lanzó contra la pared. Giré en el aire, me empotré con el brazo derecho; no padecí desperfectos. La cadena voló de nuevo a un gesto del elfo oscuro y me ató a los gruesos ladrillos. Indocar se acercó lento pero seguro como un escorpión. De repente, apareciendo a su espalda y saltando sobre su casco, Kesuk, con su lanza, rompió la pared. La cadena cayó al suelo mientras ella aterrizaba a mi lado. Indocar intentó volver a apresarme; la magia de mi amiga unida a la mía consiguió que la cadena no se desplazase.

Indocar desenvainó el espadón, de cuya punta surgió un rayo violeta. El mono de vibranio de mi amiga, en el antebrazo izquierdo, desplegó un escudo rectangular que nos tapó a ambos, recibió el rayo y lo devolvió. Una nueva cualidad, la del escudo, de su vestimenta, que me asombró.

—Voy a probar algo, Smile.

Cerró los ojos, compuso un portal mágico, entró, lo materializó en el extremo opuesto del calabozo y emergió arrojando un rayo negro, como en el palacio de Ciencielos, con la mano izquierda, sin el escudo.

¡Impresionante!

Perawan había errado en su diagnóstico, mi amiga, emulando a los reyes de Memento, era capaz de abrir portales mágicos. Indocar se volvió y arrojó un nuevo rayo. Ambos se interceptaron. Ella sí y yo no, estaba quedando en ridículo delante de mi amada, porque ya la consideraba mi amada. Mi turno, me dije. Me ensimismé en mi magia, levanté el brazo derecho con la palma extendida de la mano; una chispa se encendió en mi interior, recorrió el brazo, brotó un rayo plateado de mi mano directo al monarca, que arrojó su escudo y con la mano libre lanzó otro. Indocar estaba en medio, con sus rayos a izquierda y derecha que chocaban con los nuestros.

Kesuk y yo no resistiríamos.

No lo vimos llegar. Karku, con su porra, a la espalda del monarca, le asestó un golpetazo en el yelmo que lo derribó. La porra tenía que haberse doblado a no ser que estuviese fraguada de anqun.

—¿Tu porra es de anqun, Karku?

—¿Qué esperabas?

La alzó de nuevo y se dispuso a rematar a Indocar, que yacía en el suelo. Se materializó al lado del gigante una sombra. Al instante, Altea hincaba la punta de su daga donde estaría la yugular de nuestro amigo.

—¡Quieto, gigante, o me llevo tu vida! —gritó Altea.

—Y yooo la tuyaaa —dijo Pinky.

Su silueta de aire compacto había retornado a su estado físico, le clavaba unos milímetros la punta del sable a Altea a la altura del corazón.

—Ni pestañees, hermana —dijo Piwy apareciendo, exhalando una carcajada y levantando la barbilla de Pinky con su sable.

Ni en las situaciones de riesgo dejaban de pitorrearse.

Frené la risa. Piwy avanzó un paso y puso el filo en el cuello de Altea. Magüa vino al vuelo, se posó en el pelo de la princesa y la amenazó con el tridente.

—Me rindo —dijo Altea soltando la daga.

Perawan se presentó blandiendo las espadas y preguntó:

—¿Qué ha ocurrido?

Le relaté al grupo los acontecimientos, añadiendo mi encuentro con la forma humana, o así lo creía, de Magala. Los demás cruzaron una de aquellas miradas que a Kesuk y a mí nos desconcertaban.

—Las reglas de Memento, general, me conozco el cuento.

—Esta vez no, Smile, te contaremos lo que has visto… Kesuk, que abras portales mágicos confirma el inmenso poder mágico que alberga tu planeta.

De repente, en tropel, aparecieron veinte guardas armados hasta los dientes. El que debía de ser el capitán dijo:

—Entregad las armas, extranjeros.

—¡Largo! —les gritó Altea.

Obedecieron a su princesa, se marcharon por donde habían venido. No comprendimos la actitud de la princesa. Mis amigos enfundaron las armas y Altea se agachó para cerciorarse del estado de su padre.

—Inconsciente —dijo incorporándose—. Te detengo o le matas —se dirigió al gigante con un tono entre afligido y firme.

—Está loco —respondió el gigante.

La princesa dio vueltas con las manos cruzadas tras la espalda, meditando. Se detuvo.

—Loco no, lo que tiene es un pronto terrible. Duda como yo que tú, Smile, venzas a Magala. Los dos forjamos la cadena.

—Lo he visto en acción, será él o no será nadie. ¿Tu inocencia, princesa? —preguntó Perawan.

A su edad estaría bajo mínimos. Bajó la cabeza un momento, se lo pensó, la levantó y dijo:

—De acuerdo, general. Smile se encargará de la bruja.

—No es suuuficiente —intervino Pinky.

—Tenéis mi palabra.

Se ceñiría a ella, siendo una norma sagrada del planeta.

Agregó:

—El problema es mi padre, el enfado tardará en pasársele, cuando despierte atacará. Hay una manera que no me gusta, no es la primera vez que lo hago, él lo acepta.

Con los codos separados del torso, las palmas de las manos hacia arriba, señaló a dos cadenas y las izó con su magia.

—¿Me ayudáis? —nos preguntó a Kesuk y a mí.

La imitamos. Seis cadenas atravesaron el aire, enlazaron al monarca y clavaron los eslabones de los extremos en el suelo.

—¿Quién lo vigila? —preguntó Perawan.

—Yo me encargo —dijo la princesa.

—Fabricaste la cadena de anqun y diamante con tu padre para capturar a mi amigo. No eres de fiar —dijo Kesuk.

—A partir de ahora sí, tienes mi palabra.

—Son las reglas de vuestro planeta. ¿Nadie se las ha saltado? Lo tendrás que demostrar —dije.

—De acuerdo —dijo la princesa.

—Smile y yo lo cuidaremos, Altea —dijo Kesuk.

—Vámonos —zanjó el debate la princesa.

Y se marcharon.

Kesuk se dirigió a un extremo de la celda y se sentó. Caminé, me ubiqué a su izquierda con las piernas extendidas. Se tumbó sobre mis muslos apoyando la cabeza. El tacto de su cara resultaba agradable; su conexión con mi magia vibró. Con delicadeza, acaricié su precioso pelo, y, segundo a segundo, con la placidez impresa en su rostro, fue durmiéndose.

¡Estaba radiante!

Recapitulé.

Kesuk y yo habíamos entrado en el túnel; nos habíamos trasladado a un doble sistema solar mágico que nos otorgaba dones; habíamos comenzado una aventura de final incierto con el auxilio de unos seres bondadosos y aguerridos; habíamos combatido con los asesinos del desierto y con su señora, Yocasta; nos habíamos topado con Wendigo, humillado; habíamos vencido al señor del mar, la serpiente Murdo, y a los vampiros; nos habíamos enfrentado al rey de los elfos oscuros y a su hija; apenas habíamos descubierto los secretos de Memento, el planeta terco; habíamos sangrado sudor y tristeza. El encuentro con mis padres todavía se hallaba lejano y sentía que Kesuk añoraba a su padre tanto como yo a los míos; y la calamidad, como un vendedor de veneno, nos aguardaba en cada estación del viaje, donde descansábamos para curar nuestras heridas y lamentos, que se abrían en la siguiente parada, un nuevo descanso repleto de imprevistos.

Nos dedicábamos a avanzar y sobrevivir sin saber, nunca, la mala jugada que nos deparaba el destino, una carta adversa o un dado circular que no aclaraba los puntos que ganábamos, ninguno con el que alcanzar la meta: rescatar a mis padres y regresar a la Tierra, al calor del hogar, al abrazo de la familia.

Kesuk se desperezó sacándome de mis oscuros pensamientos. Me sentí feliz por un instante. Era el momento de tantearla siguiendo el consejo del gigante, de intentar apresar los contornos de sus pensamientos íntimos, de provocar su risa.

—¿A qué aspiras en la vida, Kesuk? —interrogué acariciándola de nuevo.

—A encontrar a un hombre bueno que me quiera y al que adore, con el que compartir alegrías y penas; a que a ti y a mí nos nombren hechiceros supremos de nuestro planeta. Lo imposible.

—¿A cuenta de qué?

—El año pasado fueron coronados hechiceros supremos, en el consejo de los druidas, una mujer y un hombre, Allegra Herzog y Malanoche.

—¿Los conoces?

—Mi padre, de invitado junto con otros magos y magas, estuvo en el consejo druídico. Allegra Herzog y Malanoche son asesinos de las criaturas de la noche terrestres, las malvadas, hombres lobo, fantasmas, troles...

La interrumpí:

—Suena a los cuentos que me narra mi madre.

—¿Estás convencido, Smile?

Negué con la cabeza. Memento me desmentía. Lógico que hubiera en nuestro planeta mitos y leyendas vivientes. Detrás de una mentira, una ficción o un cuento, solía ocultarse una porción de verdad.

—Yo podría ser ese hombre.

—¿El que me haría reír?

—Y llorar al mismo tiempo.

Le hice cosquillas en los sobacos y no se resistió. Prorrumpió, ambos rodando en el suelo enzarzados, en unas carcajadas que la obligaron a llorar de risa. Acabamos abrazados, quietos, mientras las risas se retiraban y nuestros sentimientos afloraban como flores aturdidas. Nuestras bocas se aproximaron para besarse. Y, maldita costumbre, el mal despertó de su letargo. Indocar el Bravo se alzó quebrando las ataduras metálicas. Kesuk y yo, de sendos saltos, nos incorporamos blandiendo arpón, cuchillo y lanza. Nos miramos de refilón. Contaríamos con una oportunidad al atacar primero.

El monarca habló:

—Me he equivocado contigo, Smile.

Y se despidió lúgubre, recogiendo espada y escudo, a grandes zancadas. Kesuk y yo nos miramos patidifusos, extrañados y sorprendidos.

—¿Lo has sondeado?

—Ha dicho la verdad, Smile… Me encanta tu nueva arma.

Lo entendí. A un gesto, trayéndola en el aire, como un cinturón, enrollé y até en mi pantalón la cadena de anqun y diamante.

El beso debía esperar, eso sí que me puso de mala leche.

14

Nos reunimos en la sala regia con el resto del grupo, Altea y su padre, sentado en el trono, meditabundo. El rey alzó la barbilla y se dirigió a mí:

—Lo siento de veras, Smile. ¿Serás capaz de perdonarme?

—Un error lo comete cualquiera, estás perdonado.

—No por mi parte —dijo Kesuk.

—Lo comprendo, humana —dijo Indocar con expresión de arrepentimiento.

—Los demás también te perdonamos —habló Perawan.

—No, general, mi hermana y yo no le disculpamos —dijo Piwy, mirando rabiosa al rey.

—¿No asaltaréis mi castillo como al de los elfos plateados?

—preguntó Indocar el Bravo a cara de mastín.

—Desaaafíanos —le retó Pinky desenfundando el sable.

El rey salió del trono con la mano en la empuñadura del espadón, listo para la pelea.

—Gatas, padre, ¿haciendo el tonto de nuevo? —dijo Altea.

Las gemelas y el monarca se midieron con la mirada y, al cabo, se tranquilizaron.

Pinky sonrió envainando el acero:

—Looos reyes y las reinaaas a veces son buenooos y a veces son malooos e Indocaaar ha sido buenooo y malooo, y tiene mi perdóóón por guapíííísimo y porque está buenísimooo, para cooomérselo a besooos.

El canturreo de Pinky alentó nuestras risas y el ambiente se distendió.

Entraron en la sala los perros atados al trineo, reluciente tras ser lavado. Gracias a la magia de la reina Urina no había sufrido ningún abollón. Los perros ladraban contentos, recién bañados y alimentados. Les acaricié e Indocar el Bravo los halagó:

—Valientes al igual que tú, Smile. Siento la magia que les ha regalado Memento latiendo briosa en sus corazones.

Agradecí el comentario con un saludo de cabeza.

El general preguntó:

—Majestad, Smile dirige nuestra unidad. Al encontrarme en tu reino, por respeto a ti, tú decides.

—Sigue mandando con tu ayuda, Perawan, tu destreza se conoce en el planeta entero. Eso sí, cuida de mi hija. Os acompañará en el viaje. Es lo que decido por el momento.

«Por el momento», qué diablos.

—¿No intentarás cambiar de opinión sobre mi liderazgo, Indocar?

—Soy rey, Smile. Es mi derecho hacer lo que me venga en gana piensen lo que piensen los demás.

—Un rey injusto que no merece serlo —le acusó Kesuk.

¡Se enfrentaba a un monarca sin parpadear!

Supe en aquel momento que estaba enamorado de ella hasta los huesos y que no pararía hasta seducirla. Encima sería divertido, si me empleaba a fondo se liaría a puñetazos conmigo.

—¡No te pases de lista, humana!

—Padre, empezamos otra vez —dijo Altea, calmándolo.

El rey se limitó a asentir y a poner cara de perdón, semejante a la de un escolar que ha cometido una estupidez o una gamberrada. No le creímos, claro.

Kesuk reanudó la conversación anterior:

—¿Quién afirma que aceptamos a la princesa? —preguntó.

—Cualquiera se merece una segunda oportunidad. No son mis palabras, son las tuyas, me lo repites cuando me equivoco en la Tierra... La magia de Altea aumentará nuestras posibilidades.

Lo pensó y respondió:

—Vale, Smile.

La princesa intervino:

—No hace falte que Perawan me cuide. Sé defenderme, padre.

—Con la bruja nadie está a salvo, ni siquiera la heredera de los Fiordo.

Crucé la sala, me asomé a la bóveda, contemplé el reino de Tantibus, la vegetación espectacular bajo la noche. Miré la luna, de una blancura resplandeciente. Observé la estrella que, según me había sugerido el rey, pertenecía al enemigo, a la bruja Magala.

Me faltaban datos y los necesitaba. Quería formarme una idea clara de la situación. Ignoraba en qué consistía el trabajo de los reyes tantibianos. El de los jubilianos, entre otros, radicaba en cuidar los sueños humanos. Lo pregunté de espaldas:

—¿A qué se dedican los reyes de Tantibus?

La princesa Altea se acercó amistosa. Me echó el brazo al hombro e interrogó:

—¿Qué opinas de nuestro cielo?

—Las estrellas son bonitas, como en la Tierra; menos una —dije señalando la que estaba sobre nuestras cabezas, la de la bruja Magala, que ya brillaba con el resplandor de sus compañeras.

—Menos maravillosas de lo que piensas. Todas son malignas, la que señalas supera a las demás con creces.

Me quedé estupefacto. La princesa Altea añadió:

—Los reyes de Tantibus se dedican a varios trabajos relacionados con las especies inteligentes del universo. Uno de ellos, y no el menos importante, es vigilar las estrellas de nuestra noche, que funciona como una cárcel. Somos carceleros en lo que respecta a la Tierra, protectores del bien que encierran a los malos usando magia blanca. Cada estrella de la noche de Tantibus representa una pesadilla de un humano. No son soles como los del universo, aunque se comporten igual. Son luminarias, reflejos de las mentes de los humanos, de sus pesadillas. Cuanto más lucen, más macabras son las pesadillas que sufren los terráqueos. Las custodiamos, impedimos que vuelvan a la Tierra. Se repetirían en vuestras mentes, os sumergirían en un tormento perpetuo. Siempre tendríais pesadillas, no dormiríais; al final el cansancio os mataría. A veces se rebelan. Nuestra magia blanca las encadena al cielo. Las que brillan con energía surgieron de los dictadores crueles de tu planeta, de los muertos y los vivos, y de los asesinos. Nos cuesta controlarlas. Su intención es volverse materiales, regresar a vuestro planeta, transformarse en los humanos que las generaron y cometer las mismas atrocidades contra vuestra especie. La mujer que viste en la charca del calabozo es la que creó a su estrella y retornó, ahora la segunda vez, convertida en la bruja Magala.

¡Por todos los dioses esquimales!

Abrí los ojos como platos y contuve una exclamación. El alma se me achicó. La noche era un presidio atestado de criminales. Los jubilianos cuidaban de nuestros sueños y los tantibianos encarcelaban nuestras pesadillas. Resultaba normal que la luz alumbrase Júbilo y la noche fuese eterna en Tantibus. Padecíamos pesadillas de noche, en las horas normales de descanso. En cambio, de día se podía soñar o imaginar cosas bonitas, dejando volar el pensamiento, estando despiertos. Los reyes de Tantibus no obedecían al mal, velaban por los intereses de los humanos desde una bondad mágica.

¿Entonces, por qué peleaban con Júbilo?

Regresando al grupo con Altea, interrogué:

—¿Vuestras guerras con los elfos plateados? Los dos continentes defienden el bien.

Indocar el Bravo contestó:

—Los sueños y las pesadillas luchan entre sí. Funcionamos de la misma manera, batallando entre nosotros, los vigías de los sueños y los de las pesadillas. No es una contradicción. Mantiene el equilibrio entre el mal y el bien. Esa es la clave de Memento, copiar a la Tierra, al igual que a otras civilizaciones avanzadas, en algunos aspectos. Pero no eran ni son guerras con demasiadas bajas, salvo algunas —la que me relató Karku, por ejemplo, que le convirtió en el jefe de los gigantes—. Pactábamos y pactamos treguas y largos periodos de paz. Nos disgusta combatir entre nosotros, criaturas iguales, con los mismos derechos, a las que solo les diferencian el color de la piel y la luz y la oscuridad de sus reinos. Incluso hay matrimonios mixtos, de elfos plateados y elfos oscuros. Nos sacrificamos en pos de la balanza del mal y del bien. Uno sin el otro no existe. A veces ni siquiera oponemos resistencia. Permitimos a los elfos plateados alzarse con la victoria, sin derramamiento de sangre. Eso decanta la balanza del lado de los sueños, del bien. Nuestro planeta vivo, Memento, impone las reglas. A veces son injustas, como algunas decisiones de los jueces y los tribunales, o de los profesores con los alumnos. Acatamos las reglas, respiramos, seguimos viviendo lo mejor que podemos.

—¿Felices? —pregunté.

La princesa dudó. Sonrió y dijo:

—No tanto como los niños, como tu inocencia, Smile. La que adora nuestro planeta y enriquece tu físico y tu magia.

—De niño nada, soy un adolescente. Al próximo que me llame niño le retiro la palabra —puntualicé exasperado.

El resto asintió y Kesuk me obsequió con una de sus preciosas sonrisas. No volverían a llamarme «niño».

—¿Teee vale chicooo? —preguntó Pinky.

—¿O chiquito? —apuntó su hermana.

Y ambas se partieron de risa.

—Tampoco —contesté enojado.

Sus risas cesaron.

Altea había evadido la respuesta. La guerra, aunque a mínima escala, no les proporcionaba felicidad. Se movían en una especie de fatalidad; ese era el precio que pagaban por preservar el equilibrio del universo, me dije. Un precio demasiado alto.

—¿La estrella es Magala o es una representación de Magala? No acabo de entenderlo...

—Las dos cosas, Smile, y algo más. Que brille significa que la bruja está incrementando su poder —respondió la princesa.

Ese «algo más» me inquietó.

—¿Quién es la humana que forjó la estrella de Magala, la que vi en el calabozo?

Altea se giró y miró a su padre. La imité. Le tocaba hablar al rey.

—Es un secreto que conocen tus padres, los Vigilantes, y los monarcas de Memento. El nombre de la humana no se debe contar a nadie. Otra regla de nuestro planeta mágico. Con solo pronunciarlo crecería su magia.

—¿Por qué, Indocar?

—Supón que alguien con suficiente poder pudiese viajar al pasado a enfrentarse a la bruja, a la mujer que la creó, y fracasara. Magala estaría sobre aviso. Atacaría a nuestro planeta conociendo parte de nuestra magia y nuestras defensas. Una ventaja que no debemos concederle.

Lo reflexioné un instante:

—Lo que significa que la primera vez que apareció Magala alguien viajó al pasado, peleó con la mujer que provocó la creación de la estrella, que las cosas salieron mal y que tardasteis más de lo que pensabais en vencerla.

El rey me miró de arriba abajo serio y dijo:

—Has acertado, Smile. Tienes inteligencia y empuje, aunque no sé si serán virtudes suficientes.

Volvía a poner en entredicho mi liderazgo, una catástrofe en caso de arrebatármelo, pues solo mi presunta inocencia vencería a la bruja, de la que hablaban y con lo que no estaba de acuerdo.

Nadie era inocente por completo, todos contenían algo de maldad, que los honestos de corazón, acto y palabra combatían, a sí mismos, a sus intenciones oscuras. Luego estaban las buenas personas que se quedaban quietas cuando aparecía el mal, allanándole el camino sin percatarse.

Indocar el Bravo salió del trono, se encaminó despacio a una de las mesas, se sirvió un vaso de vino. Le dio un trago corto, se acarició la perilla de la barbilla, recortada, de pelos suaves, morados. Sus ojos oscuros se clavaron en los míos. Capté su magia deslizándose en mi interior; la investigaba, midiendo mis capacidades.

—¿Qué pensáis? —preguntó el rey a mis compañeros de viaje.

—Yocasta le perdonó la vida, le concedió un don —contestó el hada.

—Eso ya lo sé, lo acabo de ver —dijo el rey impaciente, algo impertinente.

—Su valor no ha flaqueado —agregó Magüa.

—Me ha salvado la vida en un par de ocasiones —dijo el gigante, contemplándome agradecido con los ojos del color de la arena oscura.

—La solidaridad le sobra —dijo Piwy.

—Y laaa honestidaaad —agregó Pinky.

—Tus padres son unos héroes, los mejores Vigilantes de las galaxias. Con que hayas heredado una porción de su inteligencia, como parece, quizás venzamos a Magala. O tal vez no. Eres un niño de trece años —dijo el rey altivo, ofensivo, cuando antes me había tratado bien y asegurado que no me llamaría niño de nuevo.

—Prefiero Smile, su agraciada y esbeltísima majestad —le devolví la pulla con una sonrisa.

—¡Te estás riendo de mí, el dueño y señor de Tantibus! —gritó enfurecido, rojo como un tomate.

Me acerqué, le pegué una patada en la espinilla. Estaba harto de insultos, misterios e intrigas; levanté la cabeza y le miré a los ojos.

—¿Cómo te atreves, rey de las narices, a gritar y a marear con secretitos a un hijo que busca a sus padres? Ve al grano. Son mis padres. A ver si eres capaz de entenderlo de una maldita vez.

El rey bebió otro trago, cruzó las manos tras la espalda y caminó reflexivo, en círculos. La princesa Altea me apoyó:

—Tiene razón, padre.

—¡Yo decido quién tiene razón! —gritó el rey.

—¿Como los dictadores que generaron las pesadillas de la noche de Tantibus? —preguntó astuta, corrosiva, el hada Magüa.

El rey la observó. Se suavizó. Dijo:

—No, desde luego que no. Sería igual que las pesadillas. Primero tú, Smile, cuéntame tus aventuras.

Lo hice sin olvidar ni un detalle. El rey me escuchó con expresión severa, preocupada. Indocar el Bravo se encaminó al trono. Lo ocupó. Comenzó a relatarme la historia de la bruja Magala con voz pacífica:

—Un grupo de pesadillas, las más malignas y perseverantes, cinco, decidieron condensarse con otra, una sexta, la peor de ellas —ese era el «algo más» que había mencionado Altea—. Esa estrella la creó la mujer que viste en la charca del calabozo. La estrella formada de seis parecía descompuesta, hasta que se compactó adquiriendo el aspecto de una normal. De una manera que desconocemos, con la identidad de la mujer aumentada por las demás, proyectó su maldad en Memento, en la forma de la bruja Magala. Dedujimos al final que era lo lógico, la estrella, en vez de volver a la tierra en su forma original, debía eliminar primero a sus carceleros y a la otra especie capaz de controlarla, la que cuidaba el reverso de las pesadillas, los sueños, a los elfos plateados. No lo vimos venir. Después de vencerla averiguamos que las pesadillas se comunican mediante telepatía, con la mente, igual que los monarcas de Memento, porque tienen mente e inteligencia. El rey al que usurpó el trono, un pariente mío, se llamaba Bartar el Prudente.

Indocar tomó aire. Su hija Altea continuó:

—La historia de nuestro planeta cambió en cuatro lunas. Durante la primera luna se encontraron muertos a cientos de bebés, niños, jóvenes y adultos. Todos, sin excepción, pertenecían a mi familia, la dinastía Fiordo, nobles del reino de Tantibus. En la segunda, una sequía antinatural nos dejó sin lluvias. Muchos animales y seres murieron de sed, de Júbilo y Tantibus. En la tercera una enfermedad mortal, de origen desconocido, liquidó a un tercio de la población de los dos reinos. En la cuarta luna averiguamos que la elfa oscura, la nueva reina de Tantibus, había asesinado a la mayoría de la descendencia de la casa de los Fiordo, sometiendo a sus servidores, y a los tres Duendes Oscuros. Tendió una trampa a la reina Casilda y la encarceló. Mi padre huyó con los pocos nobles Fiordo que quedaban y algunos soldados leales. Organizó la resistencia. Tardó en ganar. Magala, durante su conquista, pensó que no era suficiente con liquidar a sus carceleros y a los custodios de los sueños, los elfos plateados. Magala pretendía conquistar Memento y luego la Tierra. Ahora ha regresado. Lo supimos hace poco aunque nos lo confirmase Pétalo. Hará cuatro lunas apareció sobre la bóveda del castillo una estrella roja o enana, como prefieras. En la astrofísica terráquea son estrellas moribundas, con poco tiempo de vida. La estrella roja, semana a semana, fue adquiriendo brillo, pálido de momento, aunque habrás notado, como todos, que poco a poco empezó a brillar. Es la estrella de Magala, la pesadilla que la forjó, la de la mujer que la nutría. Se ha vuelto a convertir en un ente de carne y hueso, una elfa oscura anciana, encorvada, de aspecto bondadoso, la muy malvada... No conocemos, dada la habilidad y maldad de Magala, con qué reinos ha pactado.

El plural indicaba que al menos con uno o dos reinos, fijo, lo que reafirmó mi anterior reflexión.

La bruja Magala había actuado como un asesino de masas con los Fiordo, como muchos dictadores de la Tierra que aniquilaron a pueblos y familias enteros, cargándose de paso a un tercio de las poblaciones de Júbilo y Tantibus. En la Tierra llamábamos genocidas a ese tipo de asesinos.

—¿Magala intentó atacar la Tierra?

—Lo consiguió durante un breve espacio de tiempo —contestó Perawan.

¡Mi planeta! ¿Cómo?, me interrogué descorazonado, sabiendo que al preguntarlo, siguiendo las normas de Memento, no me responderían. Indocar el Bravo dijo:

—Hemos avisado a los reyes y reinas de Memento, menos a Pétalo y Urina, que están al corriente, incluyendo a Thanatos.

No han respondido a nuestra pregunta sobre sus posibles pactos con la bruja. Estamos preparando las defensas. Cabe que los Vigilantes, con tu ayuda, fracasen. Nos tocará intervenir a sangre y fuego.

—¿Me estás contando que de una vez por todas que yo lidero?

—En efecto, Smile.

—Mientes más que hablas en lo relacionado con la misión —apuntó Kesuk.

El rey, en esta ocasión, no se encolerizó y se acarició la perilla.

—Tenéis mi palabra.

¡Al fin!

No se saltaría aquella norma sagrada de Memento. Pensé en lo que me acababa de relatar. Desconocía quién era el rey Thanatos, nadie bueno, imaginé al hilo de las palabras y en especial del timbre de voz de Indocar el Bravo, y conjeturé que se trataba de uno de los monarcas que se habían aliado con la bruja, uno de los que practicaban magia negra.

—¿Cómo ha resucitado la bruja? —pregunté.

—Mi padre y yo lo hemos discutido. Tenemos una teoría. Matamos al ente de carne y hueso que generaron las pesadillas, a Magala. Puede que las cinco estrellas que se condensaron en ella, mal heridas, continuasen vivas, igual que la sexta. Se han estado recuperando alejadas de nuestra vista, ocultas en el cielo. Se han fundido en una sola, la estrella roja, antes pálida, la sexta, en Magala otra vez —dijo la princesa Altea.

Karku se adelantó. Preguntó lo obvio:

—¿Si vencemos a Magala, no habremos ganado?

El rey contestó:

—La estrella, con la muerte de Magala, estará herida, pero no muerta. Volverá a esconderse y, ya recobrada, nos atacará dentro de unos años, por tercera vez, convertida de nuevo en Magala.

Permanecimos en silencio un buen rato. Las mismas incógnitas asediaban nuestros cerebros. Preguntas sin respuestas.

—¿Cómo se mata a una pesadilla que es, en realidad, una estrella? ¿Cómo se mata a una estrella? —interrogué.

El silencio volvió a inundar la sala. No había manera de destruir una estrella. Le lanzabas bombas atómicas o rayos de magia y se los tragaba, haciéndose más fuerte.

—Ni idea —admitió Indocar el Bravo.

—Puede que desde la Tierra, con su magia, tus padres vieran la estrella roja, y, con los datos que les facilitamos en el pasado, descubriesen el modo de liquidarla. Que tú estés en Memento, Smile, que tus padres te dejen pistas, nos acercará a la solución —dijo la princesa Altea.

—Nooos convertimos en dos estrellaaas mááás grandes y la aaatacamos por los flancos —dijo Pinky.

—O le colocamos un petardo en el culo —dijo Piwy.

No lograron arrancarnos la risa. Sabían que transformarse en estrellas no estaba a su alcance.

De improviso, en el aire, se materializó una paloma saliendo de la nada, una desplazada. Se posó en el hombro de Indocar. Llevaba atado en la pata un rollo diminuto de pergamino. El rey lo cogió, acabó de leer la nota, dijo:

—Nuestras ninfas espías de Iris me cuentan que en estos momentos tus padres y la bruja están reunidos con la reina Pétalo. Debes seguir la pista sin demora, la vara de la flecha, dirigirte a Iris, Smile.

—Me cortarán el cuello. Lo tengo delicado —dije con una sonrisa. Y añadí—: Indocar, abre un portal mágico y transpórtanos.

—Un portal mágico creado por mí que aparezca en Iris será como si yo mismo pusiera el pie en el continente de las ninfas. Los varones no podemos pisar el reino de Iris, ni las hembras. Con Magala de por medio no nos interesa enfrentarnos a Pétalo… No me conviene.

La fragilidad de su tono en la última oración delataba que la temía y que, intuí, ocultaba algo que me prometí descubrir.

Nos quedábamos sin opciones.

Cinco estrellas perniciosas se habían reagrupado en otra,

de una manera que no era compacta, y que carecía de conciencia propia o que estaba dividida en seis. Le sería difícil tomar decisiones acertadas, se hallaría confusa, como uno de mis compañeros de clase cuando, en un examen, intentaba resolver varios ejercicios de matemáticas a la vez.

La estrella en cuestión conectó con la humana que la engendró, la peor de mi especie que existía en ese momento, la mujer que había visto en la charca, así que, debido a la comunicación, la estrella se aclaró las ideas y terminó de configurarse. La estrella, a su vez, proyectó en Memento a una elfa oscura de traza anciana cargada con la maldad de las seis estrellas.

Este era el resultado correcto de la ecuación formulada en la sala del trono.

15

La princesa Altea frunció el ceño, meditó, lo relajó, dijo:

—Viajemos en un barco de nuestra marina.

—Hija mía, en cuanto entre en su atmósfera, Pétalo lo considerará un acto de guerra, igual que si pisásemos su reino —apuntó el rey.

—Los barcos pesqueros y mercantes cruzan las atmósferas de los continentes siguiendo las corrientes marinas y los vientos. Está permitido. Los mercantes son más rápidos. Tienen más velas; las mercancías llegan antes. Aunque navegar en un mercante plantea un nuevo inconveniente —avisó Magüa.

—El ataque de los piratas —prosiguió Altea—. Magala tendrá espías en nuestros puertos. Supondrá que si habéis venido a Tantibus os dirigiréis a Iris. Procurará evitarlo. Lo mejor es disfrazaros, por lo menos en nuestro reino. No merece la pena que aparezcáis disfrazados en los dominios de Pétalo, no la engañaréis, no hay nada ni nadie capaz de hacerlo —quizás las gemelas, me dije—. Velaré por vuestra seguridad en el puerto de Silvo, de donde surge la corriente marina que os llevará a Iris.

Magüa, Karku, Perawan y las gemelas estarían al tanto de la información del pueblo y la corriente. Con Altea éramos ocho, además de mis perros; el equipo crecía, y las posibilidades de vencer a la bruja.

La princesa miró al rey, este afirmó con un gesto y nos preguntó; asentimos. Indocar el Bravo efectuó un movimiento circular con las muñecas. Luego, las detuvo y abrió las manos. De las palmas brotaron rayos de color morado. Se introdujeron en nuestros cuerpos, incluidos los de la princesa, los perros y el trineo.

Los perros se transformaron en cebras con sus pieles de rayas negras y blancas, y con sus respectivos collares, lo que indicaba que eran domésticas, que tenían dueño, pero del doble del volumen que las terráqueas —en la Tierra no había cebras domésticas, menos en los zoos—; el trineo, en un trineo de juguete, de madera; nosotros y la princesa Altea, en algo parecido a extraterrestres: seres de dos metros de altura, con cabeza en forma de huevo, ojos redondos y grises, dos orificios en vez de nariz, boca sin labios y extremidades alargadas, con manos y pies de tres dedos, de piel blanquísima, sin un solo pelo, vestidos con túnicas verdes y un cinturón de cuero con bolsas llenas de monedas de oro. Notábamos el peso de nuestras armas y de los antiguos ropajes, ahora invisibles bajo los nuevos. Karku conservaba el zurrón, su bolso con mil cosas. El gigante, transformado, cogió del suelo el trineo de juguete, se lo guardó en el zurrón. Mis perros se miraban desconcertados y el hada les explicó en su lenguaje lo sucedido.

Palpé mi nueva anatomía. La piel resultaba tersa; los músculos, fibrosos. Me entusiasmó mi altura. Podía mirar a los adultos cara a cara, sin tener que levantar el cuello. El rey me habló:

—Es un disfraz de humanoides, una especie que habita los reinos; artesanos, científicos y comerciantes pacíficos que no buscan problemas. Se les respeta por su honradez y su habilidad en los negocios. Son afables, bromistas y simpáticos. Los espías de la bruja no os descubrirán. Karku, en tu zurrón encontrarás documentos de identidad humanoides y permisos de comercio. Los he elaborado con mi magia. Mañana comienza la fiesta de la primavera. Habrá una verbena en el puerto. Acudirán especies de las aldeas cercanas, se mezclarán y se dedicarán a festejar a la Naturaleza, eludiendo los conflictos; unas horas propicias en las que no os incordiarán con preguntas incómodas.

La táctica de Indocar el Bravo demostraba astucia.

Pregunté:

—¿En todos los reinos hay humanoides?

—En Iris y en Morbum no. Morbum es el reino de los muertos, del rey Thanatos —contestó la princesa.

Satisfecha mi curiosidad con una respuesta que me inquietaba, contemplé a mis compañeros. Los reconocía por su forma de mirar y sus gestos. Las curvas femeninas del hada Magüa y la princesa Altea hablaban por sí mismas, humanoides bellísimas, y las de Kesuk, por supuesto.

Altea volvió a aumentar con su magia unida a la de Kesuk y la mía la velocidad de mis perros, y les añadió aguante. Montamos en los lomos de las cebras, mis perros, y salimos disparados. Karku nos seguía incansable a la carrera.

Los perros ladraban, los caballos relinchaban y las cebras roncaban. Mis perros, a ratos, roncaban acusando el esfuerzo, aunque no ralentizaron la cabalgada.

Pasada una hora frenamos cerca de una loma de hierbas altas.

—Gemelas, id a Iris. Buscad un lugar seguro donde desembarcar. No creo que a vosotras os descubra Pétalo, lo digo por vuestra procedencia.

—Smile, nosotras viajamos a Iris con frecuencia, a charlar con Pétalo —reveló Piwy.

Las miramos sorprendidos, la segunda excepción con los dragones. Al parecer eran semidiosas, descendientes directas de la diosa de los gatos, un secreto que les había prometido no revelar, y por ello tendrían, supuse, el derecho de pisar el continente de Pétalo.

¡¿Sería Pétalo una diosa?!

Y se marcharon en las corrientes de viento.

—¿De dónde provienen? —me preguntó Kesuk.

—Cosas de amigos.

—¡¿Qué?!

—No debe importarte, Kesuk.

—Los amigos íntimos, tú y yo, no tienen secretos. Y los novios tampoco, lo que nunca serás conmigo, cretino.

Se me quedó cara de tonto y Kesuk se alejó cien metros descendiendo la loma.

Altea dijo:

—No tienes ni idea de mujeres, Smile.

Se fue en su busca. Agudicé el oído y escuché su diálogo, sabiendo que, muy a mi pesar, oír conversaciones ajenas era un signo de falta de respeto.

—No hay manera de entender a los hombres —dijo Kesuk de malas pulgas en cuanto vio a Altea.

Me llamaba hombre, y no chico o adolescente; no estaba mal, pero que nada mal.

—Kesuk, quieres a Smile más de lo que te gustaría aceptar.

—¿Y?

—Terminaréis siendo novios. Las relaciones de pareja tienen momentos complicados. La única manera de mantenerlas es que cada uno de sus componentes conserve su espacio sin que lo invada el otro, su privacidad y sus secretos; lo que ha hecho Smile con su respuesta.

Kesuk se rascó el pelo.

—Lo pensaré, Altea.

Regresaron, Kesuk menos enfadada. Le pedí a Magüa que me tradujera las palabras que les dirigiría a mis perros, y lo hizo:

—Quedaos aquí, sois fuertes y el motor de nuestro viaje. Ignoro qué nos espera en el pueblo. No me perdonaría que os dañasen.

Mis perros lanzaron un ronquido y Magüa dijo:

—Están de acuerdo... Tienen hambre.

—Que pasten —les indiqué el suelo a mis perros-cebras con el dedo.

Lo contemplaron extrañados y luego comenzaron a masticar la hierba. Se notaba que les gustaba.

Ascendimos el trecho de loma, a doscientos metros se encontraba el pueblo. Altea dijo:

—Al suelo. En silencio. Algo va mal.

Kesuk y yo nos miramos, nuestras magias también lo habían detectado. Nos tumbamos, escondiéndonos. En la noche tantibiana corría la hora del atardecer terráqueo. Apartamos las hierbas con las manos y miramos el horizonte.

Constituían el pueblo, Silvo, en la orilla del mar, una treintena de casas de piedra negra tantibiana, dispuestas en tres hileras, una detrás de la otra. Tenían una sola planta, techos de tejas escarlata, ventanucos redondos y chimeneas. En las líneas o caminos de separación de las hileras los silvianos habían clavados troncos largos, más altos que las casas, que terminaban en antorchas. Iluminaban la penumbra gris de Tantibus; distinguíamos a los seres y las cosas. La primera hilera comenzaba a los pies del mar y las dos siguientes se hallaban en horizontal, a su espalda, subiendo la loma. A la derecha destacaba un casón de tres plantas coronado por una bandera con dos bordados; pegada al bordado de la rosa negra, el escudo de los Fiordo, veía el de una ola negra con la cresta de espuma blanca. Supuse que se trataba del ayuntamiento y de la bandera del pueblo de Silvo. A su derecha, a unos cien metros, se levantaba una edificación de doscientos metros cuadrados, con techo metálico, paredes de acero negro y ventanas con rejas gruesas. La cárcel, me dije. Detrás, en la loma, se edificaba una pequeña fortaleza, imitación en miniatura del castillo Perfidia: la guarnición, el hogar de los soldados que protegían el pueblo y el puerto, deduje. Cerca estaban las cuadras, con los caballos y los carros.

Más arriba, a unos doscientos metros en línea recta desde nuestra posición, crecía una estructura rectangular de cincuenta metros de altura, edificada con ladrillos negros. Encima lucía una hoguera monumental. «El faro de Silvo», pensé.

A la izquierda del pueblo aparecía el puerto, un pequeño golfo, una porción de mar en forma de arco que se adentraba en la tierra. Atracaban unos veinte barcos, pesqueros en su mayoría con banderas que desconocía y que indicarían su procedencia (las formas y escudos de las banderas pertenecían al continente del que habían partido), arbolados de cuerdas, mástiles y velas, de distintos colores. En la proa, la parte delantera, y en la popa, la trasera, brillaban antorchas. Había embarcaciones de diez, veinte y treinta metros de eslora, de largo. Solo vimos dos barcos mercantes, de treinta metros de eslora, los que nos interesaban, los rápidos, además de nuestra tapadera. Resaltaba, fuera del puerto, en paralelo a la costa, amarrado a unos postes, un buque de guerra de sesenta metros de longitud: una goleta.

El viento del mar soplaba ligero.

En el puerto observábamos tres casas de proporciones semejantes, de unos setenta metros cuadrados. De la primera, a la izquierda del puerto, surgía un humanoide con una bolsa, cuerdas y una caja de madera. La tienda, imaginé. De la segunda brotaba un elfo oscuro que sostenía una jarra y un vaso. Sería la taberna. De la tercera salían y entraban humanoides que revisaban papeles y legajos. La comandancia del pueblo, me dije, donde se tramitaban los permisos de viaje y la compraventa de mercancías.

Nos encontraríamos con distintas especies según Indocar, pero solo había elfos oscuros, habitantes del pueblo, y humanoides. Ni un serpentín o un adorno anunciaban que dentro de unas horas comenzaba la fiesta de la primavera. Los humanoides, en vez de ser afables, sonrientes y educados, caminaban con la cabeza baja, con temor, evitando a los elfos oscuros. Guardias de la guarnición, armados de espadas, dagas, lanzas y escudos, vestidos con armaduras de cuero, inspeccionaban cinco barcos. Los humanoides de los barcos, tripulación y capitán con su sombrero de mando, permanecían quietos en las popas, en torno a los timones. Los guardias emergían de las bodegas con cajas y las arrojaban al mar. Terminaron. Dejaron libre a la tripulación de un solo barco. Los capitanes y las tripulaciones de los otros barcos, machos y hembras, unidos con cadenas, a golpes, fueron conducidos a la cárcel.

¡Esclavistas!

Lo último de lo último.

Perawan dijo enojado:

—Indocar el Bravo no lo aprobaría. Sus leyes son estrictas en el trato correcto a los prisioneros. No se suele detener a nadie durante las fiestas. Los pueblos costeros de Tantibus, menos los de la marina de guerra, son pacíficos y hospitalarios, lo que favorece el comercio. Aquí ocurre algo anormal. Aguardemos a las horas de descanso, cuando duerma el pueblo, y averigüemos qué sucede.

No eran esclavistas, eran unos rufianes.

A continuación miró a Altea, que asintió con igual enfado.

La princesa podía haberse despojado del disfraz e imponer su autoridad, lo que nos descubriría, avisando a los espías de la bruja. Actuaba con prudencia.

—Descansemos. Yo haré la primera guardia; tú, la segunda, Karku —ordenó Perawan.

Nos dormimos mientras el general vigilaba el entorno. Se arrodillaba con las manos en las empuñaduras de las espadas, invisible. Sus ojos oteaban el pueblo. Me sumí en un sueño intranquilo.

Karku nos despertó transcurridas seis horas. Nos incorporamos, sigilosos. Estábamos hambrientos. El pueblo, en apariencia, dormía y se hallaba en calma. El único establecimiento abierto era la taberna. Los guardias se habían esfumado de las calles y el puerto. Descendimos la loma y entramos en la taberna.

Colgaba del techo una lámpara de araña con velas y en las cuatro esquinas lucían antorchas a medio arder. La penumbra de la noche de Tantibus se colaba por las ventanas abiertas, acariciaba las sombras silenciosas de los tantibianos, las conversaciones entabladas en voz baja y los objetos. La barra estaba al fondo, un tablón de madera levantado sobre seis puntales, grueso y sucio. Detrás, un elfo oscuro barrigón, de mediana edad, vestido con camiseta repleta de lamparones, secaba vasos de madera con un trapo. Tres de las doce mesas estaban ocupadas. En la central dos elfos oscuros y dos humanoides bebían y, entre murmullos, firmaban un pergamino, cerrando algún trato comercial. En la mesa anexa a la pared izquierda, dos elfas oscuras con aspecto de marineras hablaban de cuestiones de amor.

Se sentaba en la mesa próxima a la barra un elfo oscuro con un sombrero de capitán de barco. Alzó los ojos cuando entramos, nos observó y volvió a ocuparse de sus asuntos: vino, pan y queso. Elegimos la mesa pegada a la entrada, por si había que huir a la carrera.

El camarero se acercó y preguntó con cara de pocos amigos:

—¿Qué queréis?

—Una jarra de vino, carne, una jarra de agua, zumos, fruta, ninguna pregunta e información. Primero, la comida. Esto mantendrá tu boca cerrada —contestó serio Perawan con timbre de voz humanoide.

Le alcanzó una moneda de oro y el camarero vio su valor grabado en el anverso. El reverso mostraba el perfil de Indocar el Bravo. El camarero mordió la moneda. Tenía los dientes sucios y podridos. Dijo sonriendo:

—Con treinta ardites mantendré el pico cerrado.

Ardite se llamaba el dinero de Tantibus. Se marchó y volvió con una bandeja. Dispuso la comida en la mesa. Magüa dijo:

—Nos gustaría alquilar un barco, a ser posible un mercante.

—Estáis de suerte. De los dos mercantes hay uno libre. El capitán es el elfo que se sienta cerca de la barra. Se llama Arno. ¿Se lo comento?

—No —contestó Magüa.

El camarero se largó y cenamos. Altea dijo:

—Vamos.

Nos levantamos y nos encaminamos al capitán Arno. Perawan preguntó con un tono de orden:

—¿Te importa que hablemos?

El otro nos indicó las banquetas con una sonrisa canalla y nos sentamos. Altea dijo:

—Nos interesa alquilar tu mercante.

—¿Por?

—Vamos al reino de Anade, a comprar especias. Volveremos dentro de pocas jornadas con las bodegas llenas. Te ofrecemos quinientos ardites.

Acaba de descubrir el nombre de otro continente.

¡Un fastidio!

La información continuaba llegando a cuentagotas.

El capitán del mercante negó con la cabeza. Altea dijo:

—Ochocientos ardites. Lo coges o lo dejas.

—De acuerdo. ¿El piloto?

El humanoide Karku sacó de su bolsa un documento que parecía auténtico y el capitán Arno lo leyó. Dijo:

—Es un permiso de capitán de pesquero, no de mercante.

—Doscientos ardites más y te olvidas del detalle —dijo Altea a regañadientes, quejándose en su interior del error de su padre con el documento.

El capitán recogió más monedas de oro. Se levantó y le seguimos. Sorteamos instrumentos de pesca, barriles, cajas de madera con mercancías y redes y llegamos al mercante.

De repente, el capitán Arno sacó del bolsillo un silbato y pitó. Segundos después nos rodeaban, apuntándonos con lanzas, diez guardias surgidos de la comandancia, ubicada a escasos metros.

¡Traición!

Me eché la mano a la espalda, para empuñar mi arpón invisible. Perawan negó con la cabeza y me detuve. Pensé que el general pretendía saber qué pasaba con exactitud, necesitaba más tiempo. Uno de los soldados, un oficial supuse, me arrancó la bolsa con las monedas y extrajo mil ardites, que entregó a Arno. El oficial se quedó la bolsa. El capitán se despidió con una sonrisa y entró en su mercante. Los guardias nos condujeron a empujones, encadenados, a la cárcel.

16

En la entrada de la cárcel había un pequeño recibidor. El alguacil se sentaba a una mesa y nos pidió la documentación; se la alcanzamos. Aunque era falsa, parecía de verdad.

Leyó nuestros nombres humanoides y nuestros permisos de comercio, y dijo:

—Los investigaremos. Si son auténticos, os liberaremos. Pagad el impuesto de comercio.

Altea se dispuso a extraer unas monedas. Los guardias les arrebataron las bolsas a mis compañeros y se las entregaron al alguacil. Más tarde se repartirían el dinero.

La corrupción resultaba normal en la Tierra y aquí.

No nos registraron, sabiendo que los humanoides nunca iban armados. Conservamos las armas invisibles.

—Conque nos habéis robado... —se quejó Altea.

—Nuevas reglas de la administración. No tenéis dinero, no hay comercio ni liberación —dijo, obviando el detalle del robo. ¡De la corrupción no se libraba nadie!

—¿Quién está al mando? —interrogó Perawan.

—El capitán de la guarnición —dijo el alguacil.

Dos de los guardias de la comandancia nos hicieron atravesar un estrecho pasillo que accedía al recinto de la cárcel, un espacio amplísimo con rejas. Delante se apostaban tres carceleros armados; uno abrió el cerrojo, nos empujó al interior de la celda y lo cerró.

Los guardias volvieron a la comandancia.

Había ciento cincuenta seres con las muñecas encadenadas. Colgaban antorchas de las paredes metálicas y tres ventanas enrejadas y abiertas servían de respiradero. Los prisioneros hacían sus necesidades en los cubos. Setenta y cinco humanoides, a la espera de que verificasen la autenticidad de sus documentos, aguardaban a ser liberados. Les habían robado el dinero, nos comentaron; sus expectativas de libertad también se reducían a cero. Dijeron que les habían prometido soltarles en unos días, cumplida una pena impuesta según el humor de los guardias, sin mediar juicio alguno, y que retornarían a casa y no volverían a pisar el puerto de Silvo. Los que vimos en el puerto y en la taberna, seguramente habrían sobornado a los guardias, eludiendo el encarcelamiento. Los restantes cautivos eran soldados aguerridos, elfos oscuros de miradas orgullosas, ataviados con sus armaduras de cuero pero sin sus armas.

Un elfo oscuro vestía de paisano. Habría cumplido los sesenta años. De rostro afable, bajo las pupilas azules tenía ojeras provocadas por la falta de sueño y la preocupación. Nos acercamos a él.

—¿Eres el alcalde? —preguntó Altea.

—Solo un viejo soldado que se metió en política. Un error —dijo.

—¿Qué está pasando? —interrogó la princesa.

El alcalde lo narró, cansino. Lo habría contado repetidas veces:

—Hace unas jornadas llegó a Silvo una comandante de Indocar el Bravo, una elfa oscura anciana, encorvada y con más arrugas que una pasa. Traía una carta del rey. La leí y obedecí. Se la entregué al capitán de la guarnición. El rey suspendía las cuatro jornadas de la fiesta de la primavera. Nos ordenaba encarcelar a cualquier extranjero de aspecto deshonesto o dudoso que llegase a Silvo. Hasta que comprobásemos su identidad o pagase el nuevo impuesto, no sería liberado. Argumentaba que unos bandidos habían escapado de las mazmorras de Perfidia, maestros de magia negra. Podían estar disfrazados de otras especies. Peligrábamos. El capitán de la guarnición, un elfo codicioso, se extralimitó en sus funciones. Todos los extranjeros le parecían dudosos. Me acusó de corrupción política, algo falso de toda falsedad y, por sorpresa, redujo a la mitad de los soldados. Los encerró conmigo y con los humanoides, los primeros en llegar a negociar y celebrar las fiestas. Se queda con su dinero. Mandó emisarios a los pueblos cercanos, falsificando mi firma, afirmando que un tornado había destruido parte del pueblo, el motivo de la suspensión de las fiestas. Por eso no han acudido otras especies a Silvo. El capitán ni siquiera reparte suficiente comida y bebida a los prisioneros. Cuando esto se aclare, huirá siendo un elfo rico.

—¿La comandante venía sola? —pregunté.

—Traía dos cautivos atados. Me extrañó que viajasen a pie. Los había capturado de camino, acusándoles de robo en una granja.

—¿Qué tipo de prisioneros?

—Humanoides, macho y hembra. Parecían enfermos. Luego la comandante y sus prisioneros desaparecieron loma arriba.

Nos miramos. La bruja Magala, pensando cómo actuaríamos, se había anticipado a nuestras tácticas, vistiéndose de comandante y falsificando una carta del rey, disfrazando con su magia a mis padres de humanoides. Su intención era retenernos el máximo tiempo. Nos llevaba unas jornadas de ventaja.

Altea, con un imperceptible movimiento de manos, procuró quebrar el muro. No lo logró. Un muro mágico de la bruja Magala rodeaba la cárcel y fortalecía las rejas. El gigante intentó romperlas, con nulo resultado. Yo lo intenté con la potencia de mi brazo derecho y fracasé, al igual que Perawan y Magüa. Habría que evadirse al viejo estilo. El general Perawan preguntó:

—¿Fuiste soldado raso?

—Capitán de la guarnición, antes que alcalde. Los soldados encerrados me son leales.

—Te voy a contar un secreto. Somos magos humanoides, de la aldea de Nifir. El rey se equivocó con nosotros. Nos encerró y escapamos. Viajamos en Memento buscando maestros de magia blanca con los que compartir conocimientos —dijo Altea con tal de no destapar nuestra identidad.

Nifir, un nuevo nombre de una población a tener en cuenta.

—Creía que Nifir no existía, que no había humanoides magos —contestó maravillado el alcalde.

—Habla con tus hombres. Nos vamos a ocupar de los carceleros. Espera a que estemos en las rejas.

Nos pusimos en las rejas, indiferentes, de espaldas, de frente y de lado. El alcalde habló al oído de un soldado y el murmullo corrió de boca en boca. Uno de los carceleros dijo:

—¡A callar, ratas!

Los presidiarios enmudecieron. El carcelero de las llaves se sentaba en el suelo, apoyando la espalda en la pared colindante a las rejas, con aire ausente. Magüa sacó entre las rejas, adelgazada por la magia de Altea, el brazo humanoide; le apretó el cuello; le dejó inconsciente, se adueñó de las llaves de la celda. Los otros dos carceleros se dispusieron a dar el grito de alerta, pero les silenciaron la espada y el puñal que les lanzaron Altea y Perawan. Cayeron muertos. La princesa activó su magia con un gesto y las cadenas de los prisioneros y las nuestras se transformaron en ceniza. Se quedaron de una pieza, asombrados. Karku abrió la puerta de la celda con la llave, me adelanté y dormí al alguacil de la recepción con un puñetazo de mi brazo izquierdo. No era tan fuerte como el derecho, pero la magia de Memento había amplificado su potencia. Volví. Perawan y Altea recuperaron las armas de los cadáveres.

El alcalde dijo en voz baja:

—Soldados, saldremos en silencio y atacaremos la fortaleza. Nos armaremos con los garfios y picas de la tienda del puerto. Humanoides, esperadnos aquí. Volveré con vuestro dinero, os lo devolveré. Luego celebraremos las fiestas y mandaré un mensaje al rey explicándole lo ocurrido. Disfrutaremos de las fiestas y haréis vuestros negocios.

—Necesitamos diez minutos, nos adelantamos —pidió Perawan.

El alcalde se lo pensó y dijo:

—Esperaremos esos diez minutos antes de atacar. Gracias en nombre de Silvo, humanoides de Nifir.

Nos dirigíamos al puerto a grandes zancadas cuando nos salieron al paso los diez guardias de la comandancia. Pero Karku los despachó enseguida, de sendos porrazos. Entramos en el mercante y abrimos los portalones. El capitán Arno dormía en su camarote; lo atamos, lo amordazamos y lo dejamos en tierra. Karku era un marinero experto; lo había comprobado mientras guiaba la balsa, y lo constataba ahora viéndolo trabajar, mientras desanudaba las maromas, las gruesas cuerdas que unían el barco mercante a los noráis o bolardos del puerto.

La corriente nos alejó unos metros de la costa. El mercante contaba con tres mástiles: el de la vela mayor, el de la vela foque y el de la vela espinaker, la delantera. El buque carecía de mecanismos con manivelas que izasen y arriasen las velas.

Karku dijo:

—Mi peso romperá los mástiles. ¿Te importa, Smile?

Trepé a los mástiles, desanudé las tres velas y el viento las infló. Karku cogió el timón y puso rumbo a Iris, a nuestra decapitación.

Contemplamos el puerto. El alcalde y los soldados ya se habían armado en la tienda. A las puertas de la fortaleza, se enzarzaban en un encarnecido combate con los usurpadores. Las antorchas de la fortaleza les iluminaban.

Seguíamos disfrazados de humanoides.

Navegábamos a un ritmo estimable. Me extrañó que la magia de Memento no azotase el viento. Lo pregunté y la princesa Altea contestó:

—Lo normal. Memento es un planeta sabio. La magia del viento alertaría a la reina Pétalo. Sus naves nos atacarían antes de arribar a Iris. Ella no las comandaría, le restaría importancia. Nos tomaría por magos piratas, con poca energía mágica.

—¿Hay tanta gente que practica magia? —interrogué.

—Poca, aparte de los reyes, sus parientes y los nobles. Algunos piratas se la han sonsacado a los nobles a base de torturas, fórmulas de hechizos. Los secuestran, cobran el rescate y los liberan. Los humanoides de Nifir no son una leyenda, viven en una pequeña aldea oculta en la jungla Tabor, en el oriente de Tantibus. En sus diversos viajes de conocimiento, durante siglos, han ido comprando artilugios mágicos. Los han estudiado y han descubierto la manera de usar la magia.

Escuchamos un fragor de remos, de olas que saltaban divididas por la quilla de un barco.

Fuimos a popa, nos perseguía el buque de guerra de Silvo, la goleta. Con los remos a tope y las seis velas desplegadas, se encontraba a doscientos metros. La tripulaban los soldados traidores de Silvo, los que se habían librado del alcalde y sus elfos leales. El barco, el doble de ancho y de largo que el nuestro, iluminado con antorchas, nos alcanzaría en unos instantes. Nos partiría con la quilla.

Altea dijo:

—Tardaréis quince jornadas en avistar Iris. Tomaré el buque de guerra y luego navegaré siguiendo vuestra estela con mi magia. Depende de lo que ocurra, os esperaré fuera de la atmósfera de Iris o me presentaré en el continente.

—¿Será un acto de guerra aparecer en Iris? —dije recordando las palabras de su padre.

—Un mal remedio, Smile, pero tu supervivencia resulta vital... Puede que un espía de Magala se encuentre en el buque, lo descubriré. No tendrá manera de avisar a la bruja. Hasta pronto, amigos, es un honor combatir a vuestro lado.

Me besó en la frente y añadió:

—Smile, tu magia crece a medida que avanzan las jornadas. Aprendes rápido. Eres un adolescente que se desenvuelve con el coraje de un adulto. Memento, al parecer, depende de ti. No nos falles.

—No os defraudaré —dije sacando pecho.

—Lo sé.

La princesa Altea recuperó su aspecto y dijo:

—Karku, ¿recuerdas nuestros viejos trucos?

El gigante la tomó por los pies, giró sobre sí mismo y la arrojó por los aires, directa al barco enemigo. Habrían realizado el lanzamiento antes. Altea se estabilizó sobre el barco y, en vez de caer, flotó y descendió en cubierta. Vimos a cinco soldados espada en mano arremeter contra ella. La princesa se batió a daga y espada y los venció. El capitán del barco, el capitán traidor, supuse, la reconoció. Dio la orden de detener el ataque. Se arrodilló ante la princesa y le entregó su espada, señal de rendición. En ese momento, cuatro palomas mensajeras, normales, no desplazadas, surgieron de una escotilla, una de las aberturas de la superficie del buque que permitía adentrarse en su interior. Nos sobrevolaron en dirección a Iris. Alertarían a la bruja. Altea lanzó un rayo mágico invisible. Alcanzó a Magüa, que recuperó su forma. El enemigo vio a una mariposa volar y extraviarse en la noche. Al cabo de unos minutos, cuando habíamos perdido de vista al buque de guerra, el hada Magüa retornó y dijo:

—Las he incinerado con mi fuego. La bruja no recibirá el mensaje de nuestra travesía a Iris que le mandaba el espía del barco. He hablado con Altea, ha encadenado al espía de la reina en la bodega. Nos seguirá de lejos.

Karku extrajo del zurrón el trineo de juguete y lo depositó en la mitad del velero. Justo antes de traspasar el delgado muro de la atmósfera de Tantibus, nos torpedearon los rayos de la princesa. Estaría a decenas de millas náuticas. Recobramos nuestro aspecto y sonreímos. Los perros ladraron. Magüa, sentada en lo alto de un mástil, en el puño de driza, sonrió feliz.

Cruzamos un muro de luz. Nos encontrábamos de nuevo en el día, a mar abierto. Los soles gemelos despertaban destellos de azul en las aguas. Ascendíamos y descendíamos sobre pequeñas olas. El balanceo del barco me resultó agradable. Me coloqué en la proa, delante. Sentí el viento marino de cara.

Estaba contento y creía que rescataría a mis padres. Recordé las palabras de la princesa en Perfidia. Volví con mis amigos y pregunté:

—¿Nos encontraremos con piratas? ¿Serán piratas mágicos?

—Nos los toparemos. Navegamos por la ruta de las especias, un botín apetecible. Estas aguas están infestadas de piratas, aunque dudo que sean mágicos. Los reyes los persiguen y los cazan. Casi ninguno de los mágicos se libra —dijo Magüa.

—¿Qué clase de piratas?

—De cualquier especie —contestó Karku.

—¿Cuántas especies hay en Memento? ¿Cuáles son los peores piratas?

—Cada año descubrimos alguna nueva. Los más fuertes son los aracnes, después de los gigantes. Dudo que los venzamos en caso de que nos ataquen —dijo Magüa con su peculiar pesimismo, aunque sonriendo, aplacando la preocupación que empezaba a aflorar en mi rostro.

¡¿Cuántas especies serían enemigas?! Solo de imaginarlo me alteré.

Me puse de pie en el trineo y escruté el horizonte a la búsqueda de aracnes, la especie del general Perawan.

17

Se podía quemar a los aracnes, pero prevenidos contra las hadas, aliadas de los elfos plateados, se armaban con escudos redondos fabricados de un material que repelía el fuego. Karku era mucho más fuerte que los aracnes. Podría, acaso, igualar la pelea cuando nos atacasen. Yo no usaría mi brazo derecho; equivocándome, podría abrir una brecha en nuestro barco y sumergirlo bajo las frías aguas o matar a un enemigo y perder mis habilidades.

Menudo panorama, me dije. Comimos pescado y verduras; la despensa del barco estaba bien surtida.

Comenté:

—Todavía nos quedaría rescatar a Mariel, la otra princesa, la hermana de la reina Urina.

—En caso de no morir bajo el hacha, o lo que se le ocurra a la reina Pétalo —dijo Karku.

El gigante bromista ahora no sonreía.

Finalizaba la séptima jornada. Entonces vimos una vela pirata, a setecientos metros. Karku, con el catalejo, estudió a la tripulación y dijo:

—Suerte, de la mala. Piratas aracnes.

—¿Cuántos? —preguntó Kesuk.

—Cerca de quince, o más —dijo el gigante—. Pilotan una goleta de guerra jubiliana de siete palos y setenta metros de eslora. Nos arrollarán.

Eché de menos a las gatas, la ventaja de su poder.

Me vi con las manos atadas en la espalda, en el extremo de la plancha del barco pirata. El sable de un pirata me empujaba. Caía al mar, me ahogaba o me devoraban los tiburones. La goleta ya estaba a treinta metros. Los piratas remaban con sus ocho extremidades y, añadiendo las velas, avanzaban a una velocidad mayúscula. Karku dijo:

—Magüa, podrías...

—Entendido —le cortó el hada.

—Coge el timón, Smile, mantén el barco en línea recta —me pidió el gigante.

Obedecí. Magüa voló, atravesó las nubes, desapareció. Karku flexionó las piernas hasta que su trasero tocó sus pies, tensó los músculos al máximo, se le ensancharon las venas del cuello. Pegó un salto tremendo, en forma de arco. Cuando la parte derecha del arco se convertía en una línea que bajaba sobre la goleta enemiga, en el aire, el gigante plegó el cuerpo, los brazos y las piernas. Adoptaba la forma de una bola de cañón.

Como un rayo, saliendo de las nubes, Magüa, en picado, se lanzaba sobre el gigante. Lo alcanzó. Lo empujó con el escudo diminuto a veinte metros de altura. La velocidad y la masa de Karku, unidas a la aceleración salvaje y la masa de Magüa, transformaban al hada y al gigante en un arma de inmensa potencia. La fuerza fue tal que atravesaron el barco de lado a lado, abriendo un gran boquete en el centro. Sonó igual que una bala de cañón. Las cuerdas rotas de los mástiles y velas se enredaron en los cuerpos de cuatro aracnes. El agua inundó el barco a raudales. El barco naufragó a una velocidad inaudita, llevándose a la profundidad del mar a los cuatro aracnes.

La goleta, hundida, desapareció de la superficie.

Magüa vino volando y Karku nadando.

—Hemos vencido —dije aliviado.

—Me temo que no —repuso el gigante.

Los aracnes restantes nadaban rápidos, directos al barco. A causa de su singular constitución, nos abordarían enseguida. Imaginé tres flechas puño y las cargué en el arco. Las disparé.

Los aracnes se sumergieron y bucearon, eludiéndolas.

—Atentos —dijo Perawan.

Instantes después, los aracnes treparon a la derecha del barco. Magüa calcinó a un incauto que no se protegía con el escudo y Karku le aplastó el cráneo a otro de un porrazo. Perawan acuchilló a dos, que se habían quedado quietos un segundo, el que empleó el general, atónitos al contemplar a su antiguo jefe. Quedaban siete. Saqué el arpón y me lo pasé a la mano izquierda.

—A proa —dijo Magüa.

Nos afianzamos enfrente de la vela espinaker, situada en proa, frente al mar, abierta como un abanico. Los aracnes avanzaban en formación, se notaba su preparación militar. Vestían pantalones cortos; el resto del cuerpo, desnudo, brillaba bajo los soles gemelos. Blandían armas jubilianas y los escudos que rechazaban el fuego.

Nuestro barco mercante, sin timonel, a la deriva, se balanceaba con suavidad.

Imponentes, infundían miedo.

—¿Quién está al mando? —preguntó Perawan.

—Danko, primer oficial, antiguo sargento de la Guardia Real. El capitán se hundió con nuestro barco. Lo asesinasteis, mi antiguo general, menuda sorpresita —contestó con media sonrisa pendenciera.

Por lo que conocía de mis conversaciones con Perawan, solo los guerreros más audaces, elfos plateados y aracnes, tras durísimas pruebas, engrosaban la Guardia Real. Nos enfrentaríamos a los soldados mejor entrenados de Júbilo. Habrían peleado en cientos de batallas, tendrían mucha experiencia. Danko dijo:

—Os quitaremos las vidas y el barco. Un gigante, un hada, nuestro antiguo jefe y un niño humano con cuatro perros.

Rara combinación. Karku, jefe de los gigantes. Magüa, lideresa de las hadas. Smile, el hijo de los Vigilantes de la Vía Láctea. Los comentarios de vuestras hazañas os preceden. Será un honor triturar vuestros huesos. Enseñaremos vuestras cabezas, los trofeos de la batalla —nos amenazó el oficial aracne.

—¿A muerte? —preguntó Perawan con una sonrisa de desafío.

—Va con el oficio —contestó el aracne Danko.

Acto seguido, como un obús, abriendo los brazos, Karku se lanzó de un salto horizontal contra Danko y tres aracnes. Chocaron en la vela principal. El impacto partió el mástil y lo derribó. Uno de los aracnes, a causa del golpe, se desmayó. El segundo, el tercero, Karku y Danko rodaron unos metros. Karku se incorporó primero. Mató de sendos porrazos al segundo y tercer aracne.

Karku y Danko comenzaron a bailar, a embestirse, cruzando golpes, cuchilladas. A la fuerza del gigante, el pirata aracne oponía agilidad. Empuñaba con el brazo derecho superior el escudo, con el que detenía la porra; con el derecho inferior manejaba una daga. En el superior izquierdo blandía una espada, con el inferior izquierdo propinaba puñetazos. La piel del gigante aguantaba los tajos de los filos. Karku se defendía a porrazos, puñetazos, codazos, patadas, cubriéndose a veces con la porra. Danko empezaba a ceder, reculaba, perdía terreno.

Dos aracnes, armados de escudo, hachas y picas, corrieron a auxiliarle. Mis perros saltaron. Les empujaron hacia la popa. Pasaron de largo al gigante y el oficial pirata.

Sila y Nuna se encargaron del aracne de la derecha; Tukik y Pinga, del que cayó a la izquierda, rebotando en el suelo. Los aracnes los menospreciaron, no se emplearon a fondo, un error. Mis perros recibieron hachazos. La magia de Memento, me di cuenta entonces, había endurecido sus pieles. Dieron patadas y golpes de cola, pegaron mordiscos, lograron desarmar a los aracnes, pero estos, en un movimiento que no previnimos, los arrojaron al agua. Ya volvían a nado mis perros, aunque tardarían más de lo deseado.

Entonces Perawan se situó entre los dos oponentes tirando sus espadas al suelo y gritó:

—¡Pelea cuerpo a cuerpo, gandules!

El general, como un poseso, se peleaba con dos antiguos camaradas, que también se habían desprovisto de sus armas en un gesto inaudito de respeto, y comenzaba a reducirlos.

El hada Magüa voló y se detuvo delante de dos aracnes armados de escudo y dagas. Lanzó una bocanada de fuego. Los aracnes alzaron los escudos, repelieron la llamarada, y cayeron en la trampa del hada. Los escudos obstaculizaron un par de segundos su campo de visión, Magüa utilizó los segundos, voló a gran velocidad. Por la espalda achicharró a uno de los aracnes, que ardió en llamas. Magüa, pensando que el fuego se extendería y quemaría el barco, lo empujó y lo arrojó al mar, donde murió.

Luego, con el segundo enemigo, intercambió cortes de tridente y dagas. Su armadura aguantaba. No se podía decir lo mismo del aracne. Le resultaba difícil acertar a una criatura rabiosa, traviesa, diminuta, que giraba veloz a su alrededor escupiendo fuego a su único ojo.

El barco se estremecía con la batalla, se agitaba a causa de los golpes y empujones de babor a estribor. El mástil principal y la segunda vela ya habían caído al agua.

El noveno aracne caminó despacio y se ancló a un metro de mí. El brazo superior izquierdo sostenía el escudo; el inferior, cerraba el puño. Los brazos derechos empuñaban un espadón gigantesco.

—Tu vida me pertenece, Smile —dijo el aracne.

Me lanzó un espadazo transversal, de lado. Salté en el último instante. El tajo segó el mástil de la vela espinaker, la última. Di una pirueta en el aire, empecé a caer de espaldas al aracne y le golpeé con la parte plana del cabezal del arpón, fuerte y seco. El aracne quedó inconsciente. Me retrasé un par de pasos. La vela espinaker cubrió su cuerpo.

Kesuk, a patada de artes marciales y danzando enloquecida, con su nueva fortaleza otorgada por Memento, usando la lanza igual que un bisturí, despachaba a tres aracnes y los arrojaba muertos por la borda.

¡Una mujer fabulosa!

Me di la vuelta, contemplé la escena, mis perros habían vuelto a trepar al barco y Perawan derribado a sus dos enemigos. Un tercer aracne yacía de espaldas, en la cubierta, desarmado, con el tridente de Magüa presionándole la parte trasera del cuello. El pirata Danko y Karku continuaban combatiendo, aunque el pirata con el brío justo. Perawan pegó un salto y cayó en la espalda de Danko. Le puse el filo de uno de sus espadas en el cuello y el otro se detuvo.

—¿Vida o muerte? —preguntó Perawan.

El pirata soltó las armas. Dijo:

—Habéis ganado. Liberadnos. No os atacaremos de nuevo. Te doy mi palabra.

—La palabra de un pirata no vale nada.

—Ahora habla un antiguo oficial de la Guardia de la reina Urina, la que tú diriges, mi general.

Perawan se lo pensó y dijo:

—Soltadles.

Llamé a mis perros, que rodeaban a los aracnes inconscientes a los que había vencido el general y que comenzaban a despertar. El hada se apartó del aracne vencido. Grité eufórico, con el puño en alto:

—¡¡Victoria!!

Los demás sonrieron.

—Con tu permiso —dijo Danko.

Perawan lo entendió, asintió. Luego me pidió:

—Smile, trae de la despensa provisiones y agua para dos semanas.

Fui, retorné con el encargo. Los supervivientes envolvieron en la vela espinaker los cuerpos sin vida de sus compañeros muertos, cerraron los ojos, unieron las palmas de las manos, rezaron en su lengua. No la comprendía. Arrojaron el bulto al agua con suavidad, delicadeza, ternura. La aflicción barnizaba sus rostros. Quien no lloraba a sus muertos ni enterraba a sus heridos no era un buen militar, me dije; enseñanzas que los piratas, antiguos soldados, habrían aprendido en la academia militar.

—¿Nos habrías perdonado la vida? —pregunté.

—Hoy sí. Nos habéis dado una lección de honor, recordándonos el que tuvimos cuando fuimos soldados —contestó el pirata Danko, mirándonos indistintamente a mí y al general.

Le tendí la saca de provisiones y se la echó al hombro. Otro aracne se adueñó del mástil partido de la vela espinaker, los demás cogieron las cuerdas sobrantes de las velas destrozadas. Danko le dedicó al general un saludo marcial, llevándose la palma de una mano a la frente. Perawan se lo devolvió. Dijo:

—Nos quedamos vuestras armas.

—Por supuesto. Botín de guerra.

—No, Danko, precaución. No quiero que matéis a nadie, por lo menos en el mar.

Los piratas saltaron al agua, nadaron, alcanzaron la vela y el mástil foque. Con los palos, las cuerdas y la vela fabricaron una balsa. Subieron, remaron con las extremidades. Un rato después eran una mancha minúscula en el horizonte.

Adecentamos el mercante, reparando la vela principal, y volvimos a navegar. Karku gobernaba el timón.

18

El buque, solo con la vela mayor, se desplaza despacio. Tardaríamos más de lo previsto en alcanzar el continente Iris. Nuestras tácticas cambiaban de orientación con la misma facilidad que el viento.

Me alejé a la popa del barco, a estar con mis sentimientos.

Los sucesos alteraban mi crecimiento normal y me empujaban a comportarme como un adulto. Me sobrepasaban las circunstancias, la mayoría de las ocasiones no las comprendía; tampoco alcanzaba a entender los misterios del planeta Memento, por mucho que me los revelasen o, lo natural conforme sus reglas, los averiguase por mí mismo. Me costaba aceptar que el equilibrio cósmico del bien y el mal se alimentase con el derramamiento de sangre. A cada paso que dábamos nos enfrentábamos a mayores peligros. Me reventaba no encontrar a mis padres. Estaban enfermos y quizá heridos; tal vez ya habían muerto a manos de la bruja Magala. Mi fortaleza mental se estaba derrumbando al ritmo de las olas.

Kesuk se sentó a mi lado y dijo:

—Echo de menos a mi padre. Asegúrame que rescataremos a los tuyos y que regresaremos a nuestro planeta.

—No te quiero mentir, Kesuk.

—Lo suponía. No tenemos muchas posibilidades.

—Pocas, la verdad.

Quería tantísimo a mis padres. Pensando en su ausencia, recordando las batallas pasadas, la aflicción me esposó y me llenó de pesimismo. Me tapaba, acurrucado, la cara con las manos. Era un adolescente sin padres y sin futuro, desatendido. Estaba roto, el desconsuelo horadaba mis sentimientos. Kesuk también se quebró, atrapada en la nostalgia de su padre, y un par de lágrimas de sal, que sin aviso se deslizaron en sus mejillas como gotas de lluvia, me conmovieron y me obligaron a recomponer mi entereza. La abracé entonces. El tacto de nuestros cuerpos y la solidaridad de nuestros espíritus, segundo a segundo, detuvieron la pena. El calor de nuestros cuerpos entrelazados, y el amor que yo sentía por ella y que quizás ella sentía por mí nos confirió ánimos de nuevo. Con una mirada intensa nos prometimos rescatar a mis padres o morir en el intento.

Karku se sentó con nosotros. El hada Magüa cogió el timón. Karku dijo:

—Relájate, Smile. Salvaremos a tus padres, intenta descansar. Kesuk, no te deprimas. Sin ti, Smile está perdido.

Las palabras sedantes del gigante, el balanceo apacible del barco, el cansancio, nos sumieron en el sueño.

Karku se levantó con brusquedad, despertándonos. Rodamos en su regazo y nos pusimos en pie. El gigante contemplaba con el catalejo un velero de quince metros. De la mitad del tamaño que el nuestro, navegaba a doble velocidad. Sus dos velas no la incrementaban, lo hacían seis remos que manejarían criaturas fortísimas. El velero se hallaba a cien metros y no os alcanzaría en minutos.

Vi la bandera. Exclamé:

—¡Piratas!

Me habían comentado que la ruta de las especias estaba plagada de piratas, aunque nunca imaginé que en la misma travesía nos atacarían dos barcos.

—¡Santa Naturaleza! Son mantícoras —dijo Magüa intranquila, mentando a la que consideraban su madre, la de las especies de Memento.

—Nunca han pirateado, que yo sepa —añadió Karku sin ocultar un susto repentino.

Era la primera vez que no refrenaban su miedo; lo expresaban abiertamente. Desconocía qué tipo de especies eran las mantícoras, pero contemplar cómo su presencia actuaba en mis amigos me asustó.

—¿Nos matarán? —pregunté alarmado.

—No tenemos nada con lo que negociar. Son seis. Una destruiría una compañía de mis soldados entera. A proa —ordenó Perawan.

Corrimos a proa con los perros, desenvainé mis armas, compusimos una formación cerrada, de defensa. Al perder dos velas, disponíamos de un espacio mayor para combatir. Kesuk me guiñó un ojo y me sonrió, su pena de antes se había marchado y ya se hallaba presta para la nueva contienda.

—Smile y Kesuk, no habléis, no os mováis, no hagáis nada. El mínimo error nos llevará a la tumba. Dejadme a mí —dijo Perawan, aguerrido como de costumbre.

De la nave pirata surgieron volando las mantícoras, seis monstruos que atravesaban el aire veloces como rayos. Se posaron en el mercante, a siete metros de distancia. Su peso hundió parte del buque. Serían mucho más fuertes que los gigantes.

Adelantado, se anclaba el que debía ser el jefe. Cada mantícora pesaría media tonelada y alcanzaba cuatro metros de altura y cinco de largo. Tenían caras ensanchadas similares a humanos, de ojos negros, con barbas y melenas grises, alas de murciélagos, cuerpos corpulentos de leones adultos, de color rojo, y colas de ratas. Formidables y temibles, nos observaban como a corderitos camino del matadero.

La mantícora jefe rugió, Perawan gritó y corrieron el uno al encuentro del otro.

¡La mantícora lo mataría!

Antes de chocar se detuvieron y comenzaron a reírse. Las demás mantícoras se relajaron. ¿Qué diablos estaba ocurriendo? El general Perawan y la mantícora jefe se fundieron en un abrazo de amistad, al igual que Karku, que ya se había acercado, con otra. El hada Magüa sonrió, se acercó, besó a la mantícora jefe en la mejilla. El monstruo levantó la pata, acarició al hada y Magüa se posó en su hombro y le hizo cosquillas con las alas; la mantícora se rio. Perawan pidió:

—Venid.

Kesuk y yo nos aproximamos con los perros. El hada nos presentó:

—Tesio, jefe de las mantícoras de Tantibus. Smile, el hijo de los Vigilantes de la Vía Láctea. Kesuk, una maga de la Tierra. Tesio y nosotros combatimos juntos, apoyando a la difunta reina Casilda y a Indocar el Bravo en la primera guerra contra Magala.

Me tendió una pata y se la estreché con la mano, al igual que mi amiga. La pata parecía estar forjada de acero maleable.

—Smile, Alek y Nivi son unas personas excelentes. Tus padres estarán orgullosos de ti. Tus aventuras, tu destreza y tu valor son un rumor que corre en los reinos de Memento. Es un privilegio conocerte. Urina no mentía cuando predijo tu aparición hace varias lunas.

¡Los reyes de Memento leían el futuro!

O no, lo preguntaría cuando tocase.

—¿Ahora te dedicas a piratear? —preguntó Perawan con tono de reproche.

—La crisis económica nos ha empujado a la piratería. No te preocupes, solo abordamos a los barcos de los reinos negros.

Deduje que se refería a los reinos donde predominaba la magia negra.

—Viajáis sin bandera, Perawan… El barco es un desastre.

—Estás igual que hace diez años, hecho un viejo gruñón —dijo omitiendo la respuesta sobre la bandera de Silvo, que se había caído al mar.

Pensé que el general no les hablaría de los otros piratas, los de su especie. Tesio, debido a su cariño con mis amigos, sería capaz de dar caza a los supervivientes y rematarles. Perawan demostraba compasión, lo que me agradó. Tesio se rio y, después, su expresión se demudó. Reflexionó sobre algo y lo soltó:

—Magüa, percibo desde hace unas jornadas una maldad nueva que me resulta familiar. Al presentarme has dicho «en la primera guerra contra Magala». ¿Ha escapado de la tumba? Tendría una conexión con la Naturaleza similar a la del hada.

El hada, el gigante y el general asintieron. Tesio rugió cabreadísimo. El sonido retumbó en el aire y hasta el cielo pareció zozobrar.

—Bruja malnacida, os acompañamos, conseguiremos matarla de nuevo —dijo Tesio en un tono rabioso, cavernoso.

—Gracias, Tesio. Declinamos tu oferta. Un grupo grande no pasaría desapercibido, menos con mantícoras —dijo Karku.

El otro se lo pensó y concluyó:

—Smile y Kesuk, confiad en Karku, Magüa y Perawan, hay pocos seres en Memento con su experiencia en la guerra. Por curiosidad, ¿dónde os enfrentaréis con la bruja?

—Aún no lo hemos descubierto —respondió Karku.

Tesio puso un gesto serio. Al rato sonrió y dijo:

—Adiós, amigos míos.

Retornaron volando a su velero. Nuestro mercante recuperó la línea de flotación. Las mantícoras bogaron con los remos en dirección contraria y el velero se esfumó veloz en el horizonte.

Karku manejó el timón pilotando rumbo a Iris, con Magüa y Perawan cerca. Tenía razón, un grupo mayor sería descubierto. Recordé la exclamación de Magüa y pregunté:

—¿Por qué dijiste santa Naturaleza? ¿Por ser vuestra madre?

—Aquí no tenemos dioses como en la Tierra. Nuestro único dios, al que alabamos y rezamos todas las especies, es la Naturaleza.

No libraban guerras religiosas, las ocasionadas por la estupidez humana.

—¿Los antiguos dioses, los de la Naturaleza?

—¿Quién te lo ha contado, Smile?

Ante mi silencio, agregó:

—Desaparecieron hace miles de lunas.

—¿Los reyes leen el futuro? —preguntó Kesuk.

—La difunta reina Casilda, la anterior a Urina, predijo que Magala la apresaría, que evitaría que los padres de Smile vinieran a ayudarnos. Con su segunda aparición, Urina investigó en la Tierra. Encontró a una persona que emanaba una inocencia pura; la tuya, Smile, algo que no ocurre con todos los hijos de los Vigilantes aunque al crecer se conviertan en ellos.

—Eso no es una respuesta, hada —le reprochó Kesuk con su característica falta de tacto, lo que me encantaba, yendo al grano.

Se alejó, malhumorada ante la insolencia de Kesuk.

—Espera —le dije.

El hada se viró en el aire.

—¿Moriré antes de rescatar a mis padres? ¿Me matará Magala?

Un silencio espeso se adueñó del barco. Perawan contestó al fin:

—La reina Urina me dijo que había leído tu futuro. Te matará Pétalo, la reina de las ninfas. O lo intentará... Cuando lleguemos a Iris no abriremos la boca, Pétalo puede tomarlo como un insulto. A ella le corresponde hablar primero.

—Me importa un pimiento quién hable primero. ¿Los reyes siempre aciertan? —dijo Kesuk.

Se lo pensaron. Karku contestó:

—En la historia de Memento los reyes se equivocaron algunas veces. La única que siempre acierta con el futuro es la reina Pétalo.

Me daba igual la información añadida. Lo que me importaba era mi próxima muerte, y la de mi amiga. Dije:

—Ya, los reyes fallaron anticipando el futuro pocas veces. No me sirve vuestra estadística.

—Smile, la visita a Pétalo, además de seguir la pista de tus padres, tiene otro propósito.

—¿Cuál, Perawan?

—A su tiempo, no seas impaciente.

—¡Impaciente! Desde que hemos llegado nos han apaleado, nos han encarcelado y no sé aún dónde están mis padres.

—Estoy hasta la coronilla de vuestros acertijos. Vuestro planeta depende de un adolescente que puede morir a manos de Pétalo, pandilla de inútiles —les recriminó Kesuk.

La entendía. La añoranza de su padre y mi posible muerte la enfurecían.

Perawan se limitó a darme una palmadita en la espalda, como cierto profesor de la Tierra cuando no entendía una clase. Mandaba narices.

Me largué a proa, me senté con mis perros, Kesuk y mis reflexiones. Me formulé preguntas y no hallé las respuestas. Tenía más dudas que certezas. Al cabo, la única certeza era que la reina Pétalo me mataría. Pensé que tendría un punto flaco. ¿Cuál? Magüa apareció, se posó en mi rodilla derecha, dijo:

—Lo estás haciendo muy bien, Smile. Urina, seguramente, erró con tu futuro. Sobrevivirás.

—Háblanos de la reina Pétalo —dijo Kesuk.

—Con Morbum y su rey, Thanatos, es la reina más extraña de Memento. Resulta complejo comprenderla. Nadie conoce su edad real. Hasta la ejecución de la reina no mostró todo su potencial. Entonces los reyes de Memento se asombraron, yo diría que se asustaron. Su magia los superaba con creces. No se trata de una ninfa cualquiera, un ente de la Naturaleza. Pensamos que es una representación del planeta, acaso la única hija del planeta, no como los continentes, que son sus componentes —no tendría puntos flacos, hay que fastidiarse, me dije—. Conecta con la Naturaleza de una manera especial. La obedece a un chasquido de sus dedos, el fuego, el aire, el mar, el viento, la tierra, la vegetación, los animales, como una diosa de la vida. No suele ser violenta. No molesta a los otros reinos. La irrupción de Magala quebró la balanza del planeta. Si Pétalo de Iris representa la Naturaleza en su más bella definición, Thanatos de Morbum calca a la muerte con toda la crueldad. El continente Morbum iguala al continente Iris, a la armonía del bien opone el caos del mal. Memento suma el equilibrio de la vida y la muerte, aunque dudo que Thanatos sea tan potente como Pétalo. Al ser la hija del planeta, siempre que lo sea, se inclina por la justicia, lo que defendemos.

¡Me enfrentaría a una diosa!

Ese «algo más» que había mencionado Indocar el Bravo con temor remitía a que Pétalo, casi con seguridad, era la única diosa del planeta viviente, no en abstracto, sino en sentido material.

—¿Cortando cabezas, Magüa? —preguntó Kesuk con una sonrisa de ironía.

—Os he contado que nadie la comprende.

Dije:

—La reina Pétalo prohíbe la entrada en Iris. El planeta protege a su prolongación o a su hija. El reino continente Iris puede ser el corazón de vuestro planeta viviente. ¿Qué opinas, Magüa?

—Interesante planteamiento... Mira.

Levanté la vista. Igual que en el mar de Tantibus, aparecía, a doscientos metros, un delgado muro de luz que nacía en las aguas y se alzaba hacia el firmamento, un muro de un color verde suavísimo. Las nubes, al cruzarlo, adquirían un color similar.

Lo atravesamos mientras Karku observaba el horizonte con el catalejo.

La atmósfera que rodeaba a Iris resultaba verde como el muro, de la misma textura, y el aire contenía una cantidad mayor de oxígeno. Oteé el horizonte con mis sentidos agudizados y no encontré a las gatas; estarían con Pétalo. Miré hacia arriba, los rayos amarillos de los soles, al mezclarse con la atmósfera, dibujaban un cielo de color verde musgo, un matiz más oscuro que el de la brisa. La temperatura era ideal, de unos veinticinco grados, calculé. Me fijé en la costa. Había una playa estrecha, de arena verde, fina, de cinco metros de ancho. Luego crecía un bosque exuberante de sauces llorones.

Mi tumba será un paraíso, me dije afligido. Karku me silbó y me pidió algo con un gesto; lo entendí. Trepé a la vela mayor, recogí la vela y la anudé al palo transversal. Descendí y Karku abandonó el timón. Nos reunimos en la proa y la corriente hizo el resto. La quilla del mercante, en silencio, un rato después se adentró en la playa.

Karku plegó el catalejo y lo guardó en el zurrón. Saltamos a la arena con los perros y el trineo. Nos adentramos en el bosque de sauces, a espaldas de la playa.

19

Los sauces cobraron vida y, sin previo aviso, las ramas se alargaron, nos enlazaron y aprisionaron nuestros cuerpos como si fueran serpientes. Eran más fuertes que nosotros, lo que no me extrañó dada la magia de la reina Pétalo. Se trataba de un ente de la Naturaleza o quizás la naturaleza misma en su calidad de hija del planeta viviente, si es que lo era.

Las ramas de los sauces nos pasaban de unos a otros, lanzándonos en el aire con violencia, incluidos los perros y el trineo. Los intervalos en el aire, instantes, no nos permitían escapar. El hada consiguió alzar el vuelo y otra rama la capturó. Los perros procuraban morder a las ramas, pero estas les inmovilizaban los cuellos, con lo que no podían mover las cabezas.

Siguieron conduciéndonos al interior de Iris.

Los sauces se prolongaron en una jungla rebosante de flores, de cualquier tamaño y color que no identificaba. Sus pétalos adoptaban formas distintas, coloreaban la vegetación, y germinaban infinidad de árboles. Identifiqué algunos: caobas, ceibas, cocoteros, nopales, encinas. Vi monos, loros, cacatúas y tigres, del doble del tamaño que los terráqueos, lo esperado. Ya no nos transportaban las ramas, lo hacían lianas que se enroscaban en nuestros cuerpos y continuaban arrojándonos hacia delante. Las lianas creaban un tupido telar en la jungla, que se abrió a un bosque de secuoyas, de ochenta metros de altura y cuatro metros de perímetro. Las lianas también crecían en las secuoyas. Las plumas y la vara de mi flecha, la segunda pista de mis padres, eran de madera y de hojas de secuoya.

En cinco agitados minutos la magia de Iris nos había depositado en el centro del continente, en los márgenes de un claro, una pradera extensa, cuidada y recortada. Las lianas nos colgaban a diez metros del suelo, amordazándonos.

Mi magia percibía la de la Naturaleza, de un vigor mucho mayor que las de Júbilo y Tantibus. Captamos que el aliado de Magala, el que fuera, no había drenado el veinticinco por ciento de la magia de Iris, como había ocurrido allí. Si el futuro no se cumplía y la reina Pétalo no me decapitaba, con la magia rebajada de mis padres a causa de su repentina enfermedad, nos enfrentaríamos a dos seres, Magala y su aliado, otro hechicero con reservas de magia. Poseerían el vigor de dos continentes.

Conclusión: moriríamos.

En la pradera se levantaba un poblado de tipis, unos cincuenta, tiendas de indios, estructuras cónicas y ligeras, de telas elaboradas con hojas de árboles. Luego descubriría que el poblado, llamado Virentia, el más pequeño del continente, era la capital del reino. La reina Pétalo sería austera.

En el centro de Virentia, en un círculo de doscientos metros de diámetro, desprovisto de tiendas, de tipis, había hogueras, mesas rebosantes de comida y jarras de bebida, adornos florales y un ambiente festivo. Las ninfas, unas ciento cincuenta, celebraban su fiesta en honor a la primavera, de más jornadas, me dije; seres conectados con la Naturaleza, espíritus femeninos de los bosques, parecían humanas de dieciséis años, de la misma altura y proporciones, aunque tenían los ojos, la piel y el pelo de color verde, de diferentes tonos. De constituciones gráciles, atléticas, vestían lianas y hojas que les tapaban el pecho y la mitad del cuerpo. Algunas se armaban con picas, pequeñas lanzas. No caminaban y levitaban a centímetros del suelo.

No veía niños ni bebés, y no me extrañó. Karku y Magüa me lo habían explicado. Todas las ninfas, salvo una, la reina

Pétalo, a finales de primavera, como las flores, desprendían polen. El polen de una ninfa penetraba los poros de la piel de otra y esta se quedaba embarazada. El embarazo duraba solo una semana. Alumbran bebés, solo hembras. Los bebés alcanzaban el tamaño y el desarrollo de una ninfa de dieciséis años en dos días, heredando la sabiduría y habilidades de las madres. A partir de los dieciséis no envejecían. Se desconocía la edad de cada ninfa, tal vez de cientos de años. Durante el breve periodo de gestación, alumbramiento y madurez de sus compatriotas, Pétalo se dedicaba a seguir protegiendo Iris.

Se comentaba que la superpoblación de Iris había obligado a bastantes ninfas a buscar hogar en otros continentes, menos en Morbum, disfrazadas de las especies autóctonas. Cada vez que una ninfa se instalaba en un continente, el terreno donde construía su casa se hacía fértil. La ninfa disfrazada labraba la tierra. En una sola estación obtenía el triple de lo que hubiesen plantado sus vecinos durante el año. Conservaba el disfraz, aunque los vecinos, comprobando lo nutritivo de la tierra, sabían que compartían territorio con una ninfa. La ninfa no se despojaba de su disfraz. La trataban con hospitalidad porque respetaban su conexión con la Naturaleza, la diosa de Memento, o porque temían las represalias de la reina Pétalo, en caso de que el vecindario maltratase a la ninfa en cuestión. Comerciando con su agricultura, con sus extraordinarias cosechas, las ninfas asentadas en los demás continentes ganaban montones de dinero y enviaban la mitad a Iris.

Iris era el continente más rico de Memento. La reina Pétalo facilitaba educación, sanidad y viviendas gratis a sus congéneres. Ahorraba, en cámaras secretas, escavadas bajo tierra, toneladas de ardites de oro. Había aprendido la lección en la primera guerra contra Magala: las guerras resultaban costosas. Llevaba diez años, desde la victoria sobre la bruja, la muerte de la reina Casilda y la coronación de la reina Urina, sin salir de Iris. Cumplía una condena que le habían impuesto los restantes monarcas de Memento meses después de la muerte de Casilda, en un juicio público. Consistía en permanecer los próximos cien años en Iris, sin viajar a ningún sitio. Podía, con su poder, haber incumplido la sanción, pero lo había descartado porque respetaba las reglas de Memento; seguramente más que ninguna criatura, al ser su hija, en principio

Uno de los juegos de las fiestas consistía en que las ninfas desplegasen su habilidad. Proyectaban burbujas de invisibilidad, de quince metros de diámetro, y se ocultaban dentro. En su lugar se observaban la vegetación o los componentes del festejo. De las burbujas brotaban las picas, que otras ninfas atrapaban en el aire. Creaban su propia burbuja y volvían a arrojarlas. Decenas de picas cruzaban la pradera, apareciendo y desapareciendo.

Cinco ninfas tocaban tambores. Al ritmo de la música, en torno a las hogueras, bailaban, levantando los brazos, cimbreando las caderas, flexionando las rodillas, ninfas alegres, coquetas y armoniosas. En las mesas comían carne y pescado, y bebían zumos de frutas. Se abrazaban, charlaban, comentaban chismes y se reían. Las carcajadas sonaban a brisa. Su lenguaje, peculiar, imitaba los elementos atmosféricos: lluvia, viento, etc.

Las ninfas, en la pradera, peleaban en broma. Practicaban lucha libre, boxeo y artes marciales. Serían combatientes implacables y entrenarían a menudo.

Enfrente de la secuoya, a la derecha, se hallaba el trono de la reina Pétalo; el trono estaba tallado de una sola pieza de madera de secuoya y el espaldar tenía forma de concha marina.

Apoyadas en cada reposabrazos del trono nos contemplaban las gemelas, con aquella sonrisa tallada en sus caras a perpetuidad, similares a la mía.

—Booocazas, nooo hablas, un milaaagro —me dijo Pinky.

—Menos sin cabeza, dentro de poco —agregó Piwy.

Se echaron a reír y no me sentó mal, lo cierto, las echaba de menos.

La reina Pétalo era una criatura hermosísima, como algunas elfas oscuras y plateadas. Irradiaba un delgado halo verde, una especie de maquillaje que la hacía más bella, una segunda piel de aire nítido, verde muy claro. Sonreía contemplando la fiesta y tenía unos ojos grandes, de mirada intensa, de color verde jade, una anatomía esbelta de verde cobalto, rostro alargado, orejas pequeñas plegadas hacia el interior, mentón rabioso, pómulos ovalados, labios cremosos, pechos altivos ni grandes ni pequeños, caderas de ballesta, un cuello de cisne, tobillos delgados.

Una preciosidad.

¡Y una asesina!

Se levantó y caminó al centro del festejo vestida igual que sus compañeras. Saludaba a sus súbditas con gestos de la mano o una sonrisa, confundiéndose con ellas, lo que la emparejaba en derechos y deberes con las demás. Le diferenciaba su cargo, nada más, manifestado en su corona, un redondel de ramas y hojas de secuoya. Entre las ninfas no había clases sociales; la solidaridad, la libertad y la igualdad estaban a la orden del día, lo mismo que aquella norma indecente que nos condenaba a la decapitación.

La reina Pétalo levitaba en la pradera con elegancia y en sus movimientos, en su anatomía, me dedicaba a buscar un punto flaco, una debilidad de la que aprovecharme a pesar de haber pensado que no lo conseguiría. Recordé a Indocar el Bravo en Perfidia, cuando investigaba mi interior. Me concentré, sondeé con mi magia la de Pétalo, pero su halo funcionaba como un escudo infranqueable. Usaría la astucia, en caso de hallar la flaqueza de la reina ninfa.

Cambió de rumbo, se encaminó a nuestra secuoya y nos observó con cara malhumorada. Levantó el dedo meñique, una liana brotó del árbol, descendió, la reina se agarró a la liana. Puso la planta del pie en su rodilla, como una trapecista. A otro gesto, la liana ascendió. Estaba enfrente de nosotros. Movió de nuevo el meñique. Las porciones de liana que rodeaban nuestras bocas se retiraron; las de los perros, no. Pétalo, con un aliento dulzón de sabor a fresas, abriendo un poco la boca, sopló un viento cálido, intermitente. Con un movimiento del pulgar liberó a Magüa, que aleó en el cielo delante de nosotros y me tradujo el raro lenguaje:

—Dice que nunca miente, que siempre cumple con la ley, y que, pese a que Karku, Perawan y yo seamos viejos amigos suyos, debe aplicar la ley de su continente. A Perawan, a Karku y a ti os decapitará cuando termine la fiesta. El primero en morir serás tú, Smile. A Kesuk y a mí nos encerrará en una caverna veinticuatro lunas (dos años); a tus perros, al ser animales, les dejará libres.

Medité unos instantes, recordé lo que me habían contado y lo que había descubierto durante el viaje, y descubrí, al mirar los ojos de la reina, lo que ocultaban, su debilidad, lo cual, pensaba, salvaría mi cabeza. Lo averiguaría instantes antes de la posible decapitación, imaginé.

—Mis padres vinieron con la bruja Magala. Según tus leyes, solo los Vigilantes tienen acceso a Iris.

La reina silbó. Magüa tradujo:

—Cualquier regla siempre tiene una excepción.

«La reina es lista, desde luego», me dije. Pregunté:

—¿Mis padres estaban enfermos?

La reina asintió de nuevo.

—Suéltame y déjame ir a buscarlos.

Negó ladeando la cabeza. Me enfadé.

—Para ser una reina que practica la magia blanca, pareces un criminal. Es de malnacidos evitar que un hijo busque a sus padres. ¿Eres una malnacida? —pregunté con una sonrisa.

La reina se limitó a cruzarme la cara de una bofetada. Dije:

—Un bebé de cuna pega más fuerte que tú, oh, magnánima reina. Suéltame de una maldita vez.

A un silbido de la reina, las lianas me desengancharon y aterricé en el suelo. La afrenta, según sus leyes, obligaba a mi decapitación, siendo varón.

Al tiempo, liberó a mis compañeros y perros de las mordazas de lianas de las bocas.

Descendió conmigo. Mi sonrisa ensanchaba mi rostro, me estaba riendo en su jeta. Me asestó otra bofetada en el suelo y me limité a acariciarme la mejilla con otra sonrisa. Ahora la reina esbozó una y volvió a hablar en su lenguaje.

—Sabe que eres bueno y valiente. Le han llegado noticias de nuestras batallas. Aunque quisiera, no puede levantarte el castigo. Tiene que dar ejemplo ante sus súbditos, ser justa.

Levantarme el castigo. Alucinaba. No estaba en el colegio ni castigado a escribir cien veces en la pizarra «no volveré a portarme mal».

Discutíamos sobre mi cabeza y Pétalo juraba arrancármela dentro de un rato.

—Tú estás loca, asesina —dije.

—¿Nos perdonas por nuestra vieja amistad? —preguntó Magüa.

La reina Pétalo negó con la cabeza y retornó a la fiesta.

—Me temo que estamos metidos en un problema de los gordos —dijo el gigante desde las alturas.

El general Perawan, impasible, contemplaba a Pétalo.

Mis perros empezaron a ladrar enloquecidos; algo habrían comprendido. A un gesto de Pétalo, se quedaron mudos.

Yo, por mi parte, sentado en el suelo, quedé atado al árbol con lianas que se movieron con una indicación de la reina. Forcé al máximo mi brazo derecho, pero no funcionó; continuaba inmovilizado.

La fiesta de la primavera terminó. No oscurecía. Sospeché que en Iris la atmósfera verde sería eterna, como el día en Júbilo y la noche en Tantibus. Las ninfas recogieron los restos de la celebración y desaparecieron detrás de las secuoyas con las mesas, las sillas y los adornos. Volvieron con un tocón redondo y pulido, una franja de una secuoya joven. Lo depositaron en el centro de la pradera. Me desligaron del árbol y me ataron las manos a la espalda. Parecían frágiles, pero poseían el vigor de tres varones adultos de la Tierra, me había contado Magüa durante la travesía.

Mis amigos no hablaron. Habían cruzado miradas con Perawan, que sospechaba que yo tenía un plan, aunque ignoraba de qué se trataba. Prefirieron mantenerse a la espera.

Me llevaron a empujones al tocón. Una ninfa, de un par de patadas en las corvas, las partes de detrás de las rodillas, me obligó a arrodillarme. Otra me quitó las armas y las tiró al suelo. Me colocó la cabeza de lado en el tocón, con la mejilla pegada a la madera y me apartó las solapas de la cazadora de motorista; mi cuello descubierto ofrecía un blanco perfecto. Pétalo, sonriente, a pasitos cortos como los de una niña saltarina, se presentó en el tocón. Llevaba al hombro un hacha. Silbó. Las demás ninfas disfrutaban del espectáculo, la certeza de mi muerte. Magüa, enfurecida, escupió una llamarada de fuego a la reina. Pétalo ni la sintió.

En ese momento, nos lo había anunciado, apareció la princesa Altea, y antes de que la reina se percatase le propinó un espadazo en la espalda. A Pétalo le sentó como la brisa, ni la notó. Estiró la mano con rapidez, golpeando en la tripa a la princesa Altea, que voló unos metros hasta estrellarse y desmayarse en la secuoya donde estaban mis amigos. Vaya con Pétalo y su maldita magia y resistencia, y vaya con mi amiga la princesa Altea, que aparecía en el último instante con la intención de rescatarme.

¿Cómo habría llegado tan rápido sin medio de transporte?

Las gatas se precipitaron de un salto sobre la reina, transformadas en acero, blandiendo los sables. Pétalo las miró y las dejó flotando en el aire, convertidas en arbustos.

¡Un poder increíble!

La reina ninfa alzó el hacha. Susurró y Magüa tradujo apenada, con la voz quebrada:

—La reina pregunta si quieres decir tus últimas palabras, Smile. Estrújate el cerebro, lo que digas puede salvarte.

Sabía pronunciar con exactitud:

—¡Que todo el mundo se entere! ¡La reina Pétalo es una mentirosa!

El hacha descendió sobre mi cuello.

20

Mientras el filo del hacha bajaba, me fijé, en una ráfaga de segundo, en el hada, el general, el gigante y la princesa Altea, que comenzaba a recobrarse. Estaban perplejos, menos el general. Pensaba que saldría con vida. Debido a su largo liderazgo, a las batallas libradas y a sus conocimientos, seguramente había adivinado mi táctica.

El hacha se detuvo en mi cuello, produciéndome un ligerísimo rasguño.

Pétalo movió una muñeca y las gatas retornaron a su ser. Mi plan funcionaba y las ninfas y los perros no lo entendían; Magüa, Altea, Karku y las gemelas tampoco; encogían los hombros sorprendidas. Pétalo soltó el hacha y me levanté; la miré serio, recordándole con mi expresión su error y su vergüenza. Alzó la cabeza y los brazos, aulló, sonó como un huracán. Su enfado, consigo misma, levantó un vendaval violento que sacudió el continente de extremo a extremo. Cesó de repente, como había llegado, con velocidad. Pétalo bajó la cabeza y movió el meñique, las ligaduras de mis manos se desvanecieron. La reina Pétalo se marchó a paso lento, cabizbaja. Entró en un tipi, su tienda supuse. Las demás ninfas se marcharon a descansar entre murmullos o sonidos de leve ventisca. Me quedé en el claro, con mis amigos y perros atados en lo alto de la secuoya. El hada aterrizó delante de mí al tiempo que la princesa Altea y Kesuk, con las armas, a las que habían soltado las ramas, se aproximaban seguidas de las gemelas. Al ser hembras, tras mi grito, Pétalo las dejaba caminar libres en su reino, no a mis perros, pensando con razón que la atacarían y que no le quedaría otra que matarlos.

—¿Qué está pasando? —preguntó Magüa.

—Mañana os lo contaré. Descansemos.

—Eres un pozo de sorpresas, Smile —dijo Karku desde las alturas.

Las lianas les soltaron y tejieron cómodas hamacas en las secuoyas donde se tendieron el gigante y el aracne mientras mis perros continuaban prisioneros. Altea añadió:

—Conseguirás matar a Magala. Viéndote actuar, estoy convencida.

—Ese es mi chico —dijo Kesuk.

«Mi chico» hacía referencia a la relación de pareja que no manteníamos.

—Ereees un ligóóón —apuntó Pinky.

—No se te ocurra tocarme —añadió Piwy divertida.

Aquellos dos comentarios aliviaron la tensión y nos reímos para, a continuación, descansar.

Me despertó una ninfa con servilletas de hilo y una bandeja de plata, repleta de jarras de zumo, pescado y verdura. Otra ninfa trepó a la secuoya con un cuenco de agua y huesos a medio terminar. La dejó en la hamaca de mis perros, que se alimentaron. Una tercera, con platos de comida, imitó a su compatriota y sirvió al gigante y al general. Altea y las gemelas se acercaron y comenzaron a desayunar con Magüa, con Kesuk y conmigo. Una cuarta ninfa se presentó emergiendo de su burbuja de invisibilidad y emitió un sonido semejante al de una ola lamiendo la orilla.

—La reina nos desea buenos días —tradujo Magüa—. Nos espera en su tienda después de desayunar.

El hada voló al árbol y charló un momento a solas con Karku, Perawan y los perros.

Tuve un mal presentimiento. Le pedí a Magüa:

—¿Arriba, cerca del espacio exterior?

Me agarró de la cazadora y voló varios kilómetros. Veía la noche de Tantibus desde el cielo verdoso. La estrella de Magala brillaba el doble que antes; significaba que Magala había recuperado su antiguo poder, el que casi destruyó los reinos de los sueños y de las pesadillas. Bajamos, lo comentamos con Perawan y Karku y a posteriori con Altea y los demás. No podíamos demorarnos más. Había que partir en busca de la bruja y mis padres, donde fuera que estuviesen.

Nos dirigimos al tipi de la reina. Frente a la loneta de hojas que hacía de puerta, había dos ninfas con las picas cruzadas que se echaron a un lado.

Entramos.

Pétalo se tendía, comiendo uvas, en un colchón de pétalos de rosas. No había más elementos en la habitación. Nos indicó con un gesto el suelo, de cuero curtido, y nos sentamos. Pétalo se incorporó y se sentó cruzando las piernas, colocando sobre ellas su pica, forjada de oro y plata, con extrañas runas. No nos amenazaba, solo subrayaba su condición de guerrera. La conversación de la reina ninfa se desarrolló con unos sonidos iguales a los de un riachuelo que resbalaba en una suave pendiente. Magüa traducía de manera simultánea. Copiaba sus palabras y las soltaba:

—Te pido perdón, Smile. Tienes razón. Te mentí. Al aceptar que Magala pisara mi reino, era la segunda vez que realizaba una excepción a las leyes de Iris. La segunda excepción ya no es una excepción, es una vulneración de la ley. He cometido un delito, yo, la reina. Entiéndelo, Magala venía con tus padres, unos magníficos amigos. Por eso se lo permití y por eso lo lamento.

Respetaba tanto la ley que en diez años, cumpliendo la sentencia de los reyes, no había salido de Iris, aunque rompía una de sus reglas.

—No os acabo de comprender —dijo Altea.

Le dije a Magüa:

—Me contaste que la reina Casilda, después de una batalla en Perfidia, estaba malherida y que Pétalo se la llevó a curarla y la reina volvió ocho jornadas después. Seguro que la trajo aquí, por eso ha dicho que vulneraba sus leyes. Magala habría intuido, como los demás reyes, las habilidades de Pétalo. No se atrevería a que ella o su aliado robase la magia de este continente. Aceptar que Magala pisara Iris hace unas jornadas fue la segunda excepción, saltarse la ley.

—Puede ser —dijo Altea.

—¿O no, Pétalo? —me dirigí a la ninfa.

La reina asintió.

—Te podías haber equivocado y perdido la cabeza —apuntó el hada.

—Acierto. ¿Verdad, Pétalo?

La reina afirmó con la cabeza.

—Nunca mientes y siempre cumples la ley, Pétalo, lo aseguraste en la secuoya, cuando estábamos cautivos —dijo Magüa.

—Os ruego que aceptéis mis disculpas. La misma razón me obliga a no castigaros, ni a tus amigos ni a ti, por haberos presentado en mi reino.

—Lo que no entiendo es por qué una reina con fama de bondadosa ha mentido y ha sido cruel —dije.

—En las selvas de Iris hay grupos de bandidas, ninfas malvadas. Al menor signo de debilidad nos atacarán. A mí no me pasará nada. No conozco criatura o cosa que pueda matarme. Sin embargo, muchas de mis ninfas leales morirían. Se trataba de demostrarles a las bandidas mi firmeza. Sacrificándoos las ninfas bandidas no osarían asaltar la capital del reino y otros poblados. Unas pocas vidas salvarían a cientos —dijo la reina.

—Una política agresiva —dijo Kesuk enrabietada—. Vuelve a tocar a mi chico y te mataré. No me dan miedo los dioses. Mi padre y yo hablamos con los nuestros esquimales.

Incluso las gatas se sorprendieron.

¡Kesuk hablaba con nuestros dioses!

—¿Cómo sabes que soy una diosa? —dijo Pétalo traducida por Magüa.

—Mi magia terráquea me lo confirma.

—¿Tu magia nunca se equivoca? —replicó Pétalo.

Me concentré y lo conseguí. Hablé mediante telepatía con Kesuk.

—Kesuk, está jugando al despiste, déjalo. Es demasiado peligrosa.

—No habléis por telepatía, terráqueos, peligrosa ni siquiera me define —tradujo Magüa.

Vaya con el poder de la reina ninfa, intervenía nuestros pensamientos de palabra y todo.

Los demás se asombraron de mi nuevo don y Pinky dijo:

—Conooozco a un gato guapetóóón que no me hace casooo. Échameee una maaano con telepatííía.

—Hermana, la telepatía no es control mental.

—Quierooo que se cueleee en su meeente y lo convenzaaa para que me ameee.

Piwy agregó:

—Yo quiero un helado de vainilla.

A un gesto de la reina, apareció un cucurucho de vainilla en la mano de Piwy, que estampó en la cara de Pinky, y las dos comenzaron a lamerse entre risas que nos contagiaron, a las que se sumó Pétalo. Luego pregunté:

—¿Dónde está lo que me pertenece? —pregunté.

—¿El qué? —interrogó Altea.

—La nueva pista de mis padres. Pero antes, otra pregunta, Pétalo. ¿Qué te contó Magala?

—Que ya no me temía. Que correrían ríos de sangre, aquí y en la Tierra. Conmigo se equivocaba. Siento piedad por cualquier incauto que intente dañarme.

—¡¿La Tierra?! —pregunté.

—Magala, en su primera aparición, intentó fusionar las dos dimensiones, las de la Tierra y Memento, y alteró el espacio-tiempo. Duró muy poco. Evitamos que los terráqueos os enteraráis, menos tus padres, claro. No pudieron actuar. La reina bruja los encerró en una prisión mágica. Esa es la pura verdad —confesó Pétalo.

Completada la información, empecé a formarme una idea de la estrategia de mis padres. Pregunté a Pétalo:

—¿Mis padres te pedirían que no intervinieses?

—Ignoro qué tienen en la cabeza Alek y Nivi. Les hice caso, aciertas, me pidieron que no me metiese. Confío en tus padres. No pelearé contra la bruja, aunque pueda matarla. El planeta no me lo permite. No me preocupaba demasiado que tus padres estuviesen enfermos, siempre saben lo que hacen. La bruja se alejó unos momentos y contempló mis bosques como si ya fueran suyos. Entonces Alek y Nivi me dieron algo para ti.

—¿Cómo evitaste que se apoderasen del veinticinco por ciento de la energía de Iris? —interrogó Magüa.

—El nuevo aliado de Magala, el que sea, no se atreve conmigo. No tendría ninguna posibilidad.

—¿Eres la hija del planeta viviente? —preguntó Altea.

—Nunca respondo a eso.

—¿Lees el futuro? —pregunté.

—A diferencia de los demás reyes y reinas, Smile, hablo con el futuro de tú a tú; solo que en tu caso el futuro apenas me cuenta nada. Es la primera vez que me sucede en toda mi existencia.

Aquella seguridad sonaba verídica. Me encontraba ante un ser singular, seguramente el más poderoso del universo conocido.

—La estrella sobre la cúpula de Tantibus está brillando como la primera vez que atacó la bruja. Magala ahora es más poderosa —afirmé, y añadí—: Entrégame lo que me dejaron mis padres.

Sacó de debajo del lecho un saquito. Lo cerraba una cuerda. Me lo alcanzó, lo abrí y vertí el contenido en el suelo: ceniza de un ocre oscuro.

Magüa y Altea intercambiaron miradas de preocupación.

—Ceniza volcánica. De Morbum, el continente de Thanatos, rey de los muertos. Debemos viajar allí, donde se desarrollará el combate final. Esto se complica cada vez más. Thanatos es como Pétalo en algo: no se le puede matar. Ya está muerto —dijo Altea.

¡¡Combatiríamos contra los muertos!!

¿Cómo se mataba a un muerto? Perawan no me había revelado que Thanatos, el rey de los muertos, era uno de los aliados de Magala, aunque yo lo había sospechado. No me enfadé, la actitud del general obedecía a las normas de Memento.

Pétalo se apropió de mi arco y lo inspeccionó. A un gesto de su dedo corazón, se levantó una brisa verde que transportó las cenizas. Su magia las adhirió al arco y la cuerda. La fina capa de arena volcánica se solidificó. El gris de la ceniza endurecida cubría la plata del arco y la cuerda. La reina me miró con fijeza y dijo:

—Es lo que te faltaba, señor Sonrisas. La ceniza lleva mi magia. La fortaleza de tu brazo derecho, la de mi amiga Yocasta, no será suficiente. Necesitabas un arco y una cuerda con el mismo brío que tu brazo. Ya lo tienes… Dame tu flecha.

La saqué de la aljaba. Se la tendí. La estudió y creó un viento. La flecha flotó delante de nosotros. Pétalo cerró los ojos, se concentró, su halo, su segunda piel, refulgió. Abrió los ojos. Cogió el arco y la flecha, me los entregó. Me crucé el arco en el hombro y almacené la flecha en la aljaba.

La reina Pétalo dijo:

—La flecha ahora tiene la dureza del arco y de tu brazo. La ceniza es la última pista, señor Sonrisas. Tus padres te esperan en Morbum. Tu magia está desarrollada por completo, lo acabo de descubrir sondeándote. Tus padres han sido muy inteligentes al dejarte estas pistas, como no podía ser de otra manera. Tus padres han creado algún tipo de conjuro que los reyes de Memento no han podido urdir, ni siquiera yo, acaso porque no soy terráquea. El encantamiento de tus padres está en la flecha. El arco y la flecha son las únicas armas capaces de matar a la bruja Magala, aparte de mí. Tus padres sabían que defenderías con tu vida las pistas, como ha ocurrido. Os acompaño a Morbum, a rescatar a tus padres. Lucharé a vuestro lado. Los Vigilantes de la Vía Láctea están enfermos. No os podrán proteger. Os enfrentaréis a la bruja Magala, su nuevo aliado, y a Thanatos. Sin mi ayuda, carecéis de oportunidades.

—No me creo que no cumplas tu condena, no moverte de Iris —dijo Magüa.

—El brillo repentino de la estrella de la bruja ha cambiado mi situación. Comprobadlo, lo trajo una desplazada hace unas horas.

Nos alcanzó un pergamino diminuto, el mensaje de la dichosa paloma mensajera que se teletransportaba. Escrita en runas élficas, no sabía leerla. Altea me lo explicó. Era un indulto, la reina Pétalo quedaba libre de su condena. El indulto lo firmaban ocho de los diez reyes y reinas de Memento. Faltaba la firma de Thanatos, y la de Pétalo, claro. Eso indicaba que se había aliado con la bruja.

Pensé que los gobernantes de Memento pecaban de cinismo. Asustados ante la fortaleza creciente de Magala, liberaban a la reina Pétalo. Ellos, cómodamente, aguardarían el desenlace del combate en sus castillos. Pedían a la antigua apestada, a la antigua repudiada, a Pétalo, librar la guerra en su nombre. Me costaba aceptar que Urina e Indocar el Bravo no nos acompañaran, aunque mis padres les hubieran pedido que no lo hicieran.

—Aún queda liquidar a la estrella de Magala. ¿Alguien ha encontrado la solución? —pregunté.

—Paso a paso, Smile. Se te ocurrirá a ti —dijo Altea.

«O no», pensé.

—¿Cuánta distancia hay hasta Morbum? —preguntó Kesuk.

—Cuatro jornadas en barco, contando con la magia de Memento —contestó Magüa.

Me deprimí. La tristeza borró mi sonrisa y la poca felicidad que me restaba rodó en un precipicio y desapareció en lo más hondo de la oscuridad, que se palpaba como una amenaza en Memento.

—No creo que mis padres, estando enfermos, sigan vivos cuatro jornadas más —afirmé—. Abre un portal mágico.

—En cuanto lo crucemos y aparezcamos en Morbum, Thanatos nos descubrirá. Puedo ocultarle mi magia, pero no un portal. Perderemos el factor sorpresa, con lo que tardaremos más en ganarle, con mi ayuda, claro. Pero no te preocupes, Smile, el transporte está en camino. Llegaremos enseguida —aseguró la reina ninfa.

Magüa me preguntó:

—Dudo que Magala no tenga un ejército. Somos pocos. ¿Crees que tus padres soportarán unas jornadas más?

Lo repensé.

—De acuerdo.

Magüa preguntó a la reina de Iris:

—¿Dónde tiene encerrada Magala a la princesa Mariel de Júbilo?

Esa era la aportación que encontraríamos en el continente de las ninfas a la que se había referido Perawan. Le había pedido desayunando a Magüa, seguro, en lo alto del árbol, que le interrogase por su ubicación a Pétalo.

—Salgamos —dijo Pétalo.

Emergimos a la pradera, Pétalo sin su pica.

—Que hayas alcanzado tu potencial no significa que lo hayas afinado. El último examen, de concentración. Localiza a Mariel —apuntó Altea.

Típico de los adultos, poner deberes a cualquier hora.

Pétalo, secundada por los demás, se ancló a pocos metros en la tierra y dijo:

—Focaliza en tu mente el planeta. Tu magia descubrirá el paradero de Mariel.

Lo hice recordando el plano hemisferio que me mostró Urina, los diez continentes de Memento. Se alzaron sobre la hierba a una orden de mi mente. Redoblé mis esfuerzos. El continente más pequeño, con forma de contorno de moneda, se elevó unos centímetros.

—Mariel está en Cerceta —dijo la ninfa.

Así se llamaba el reino continente, Cerceta.

—¡¿Lo sabías, Pétalo?! —preguntó encolerizada Altea.

—Por supuesto.

—¡Santa Naturaleza! —exclamó Magüa.

—¿Qué hay en Cerceta? —interrogué extrañado.

Altea respondió:

—Que no, quién. La reina más poderosa de la magia negra de Memento, Perséfone, un ser vivo y novia del rey de los muertos. Que haya firmado el indulto y que la princesa Mariel esté en su reino demuestra que nos está tendiendo una trampa.

La reina ninfa levitó cinco metros sobre nuestras cabezas y cerró los ojos.

—¿Qué hace?

—Habla telepáticamente con Perséfone —dijo Kesuk—, en un lenguaje que no conozco.

Pétalo bajó y explicó:

—Le he pedido que se tome unas vacaciones o destruiré su continente. A cambio le he prometido que solo usaré mis poderes de ninfa. Ha aceptado.

—¿Y por qué no la has amenazado con matarla? —pregunté.

No contestó. Empecé a atar cabos al hilo de nuestra conversación. Agregué:

—Siendo la hija de Memento eres el ser más formidable del planeta. Memento ama el equilibrio, te ha prohibido matar a cualquier otro monarca del planeta, lo que harías, menos con Thanatos, con un par de golpes bien asestados. Después de rescatarla, cuando Casilda se volvió un bicho, la ejecutaste o ayudaste a matarla. Los demás reyes y reinas, obedeciendo las reglas de tu padre, te encarcelaron por el delito en tu continente sin poder salir de él. No eliminas a Magala porque fue reina una vez y eso también te está prohibido, liquidar a los viejos reyes, a los que viven y han cedido el trono a sus hijos, a los que se han retirado por voluntad propia o han sido vencidos, la misma Magala. Has engañado a Perséfone. Nunca arrasarías su continente, un órgano de tu padre el planeta viviente, que no te lo perdonaría. No usarás tus poderes de diosa, no te arriesgarás a eliminar a un rey en un ataque de furia. El castigo de tu padre sería el destierro del planeta, o algo peor.

—Teee haaa pillladooo —dijo Pinky.

—Con el carrito del helado —añadió Piwy.

Sonreí. Además de referirse al helado de vainilla anterior, Piwy repetía una frase terráquea, lo que me hizo preguntarme: ¿las gemelas habrían visitado mi planeta?

—Debe de ser frustrante no ser capaz de controlar los nervios y desatar semejante poder —la pinchó Kesuk.

Pétalo me observó durante segundos eternos.

—Me habían llegado noticias de tu inteligencia, Smile; ni confirmo ni desmiento tus palabras. Kesuk, controlo a la perfección mi poder. La razón de no utilizarlo en nuestro viaje radica en que el planeta viviente piensa que tú y Smile, debido a la tradición, seréis los próximos Vigilantes, pero antes Smile debe demostrar su capacidad sin la ventaja de mi poder, como hicieron sus abuelos y sus padres con otras amenazas, mucho menores que Magala. A lo mejor morís en el intento y me ahorráis tanta charla —intentó zanjar la reina, irritada.

Pero Kesuk insistió:

—¿Memento te ha prohibido matar a los monarcas?

La otra la miró con una expresión capaz de arrasar montañas.

—Nos lo debes. Nos has engañado con tu mentira sobre Casilda —dije.

Se lo repensó. Asintió. La prueba concluyente que demostraba su parentesco con Memento.

Dos rugidos aterradores, provenientes del cielo, inundaron la pradera.

21

Magüa voló a la secuoya a contarle nuestra conversación con la reina a Perawan y Karku mientras las sombras de dos aviones prehistóricos avanzaron sobre la pradera, posándose en ella. En Memento no había visto criaturas de semejante magnitud, que rezumasen una fuerza cruda; ni siquiera Yocasta y Wendigo. Se merendarían a elfos, hadas, gigantes, aracnes, mantícoras y ninfas de un pequeño bocado. Recordé sus nombres, los del matrimonio formado por Tron y Dona. La hembra se diferenciaba de su marido en el color de los ojos, de color pardo, y en el tamaño, un poco menor.

Las alas del dragón Tron medían treinta metros de longitud por tres de ancho cada una. El cuerpo, desde la cabeza hasta el principio de la cola, alcanzaba los quince metros, a los que había que añadir los dos metros del robusto cuello. El cuerpo, en la parte abultada, del abdomen a la cruz, la zona más alta del tronco, sería de cinco metros de anchura. Las pieles de los dragones resultaban igual de duras que el acero mementiano, me explicaría Magüa. Estaban recubiertas de escamas grises. Tron tenía dos ojos grandes, azulones y ovalados en lo alto del cráneo, capaces de distinguir a una libélula a kilómetros de distancia. El morro, holgado y prolongado, ocultaba una triple hilera de dientes semejantes a espadas. Las garras, cinco por cada una de las cuatro patas, se prolongaban en uñas afiladas de un metro de largo. La cola, tachonada de púas, medía siete metros y era gruesa, contundente. La envergadura de los dragones asombraba.

Tron preguntó con voz ronca:

—Perawan, ¿este es el pequeñajo del que habla todo Memento?

—Tengo nombre, grandullón. No me llames pequeñajo. Mi nombre es Smile, y el de mi amiga Kesuk.

—Eres una monada, Smile —dijo Dona con una voz un ápice menos ronca que la de su pareja.

—Pareces valiente, señor Sonrisas. Curiosa reunión de viejos amigos: el hada, el gigante, el general, la princesa de los elfos oscuros, la reina de las ninfas y dos terráqueos. Al parecer la reina no os ha decapitado, algo que me extraña. Hace años que no os veíamos, tenéis buen aspecto. Hemos escuchado tu llamada en el viento, Pétalo. ¿Qué ocurre? —dijo Tron.

—¿Habéis percibido el nuevo mal? —preguntó Magüa.

—Nos preocupa —dijo Dona.

—Magala ha vuelto —soltó Perawan.

Los dragones rugieron y la naturaleza tembló.

—La debí matar cuando tuve ocasión —dijo Tron enfadadísimo.

—Lo intentaste —le recordó Magüa.

—Pétalo, no es la primera vez que corremos una aventura sin que utilices la grandeza de tu magia —dijo Perawan—. Urina ordenó a Smile dirigir el grupo. ¿Cuento con tu obediencia?

Pétalo se lo pensó unos instantes y dijo:

—Con mi consentimiento —tradujo Magüa las palabras de la reina, que había acompañado con una sonrisa burlona.

Acto seguido, la reina, con un movimiento de la nariz, hizo desaparecer la corona de su cabeza y aparecer una pica normal en la mano derecha; era exacta a una ninfa normal. Por el momento se disponía a respetar el pacto con la temible reina Perséfone, a la que había mandado de viaje mediante conversación telepática. O eso pensábamos.

Pétalo soltó un gemido otoñal pero no lo tradujo Magüa. Deduje que Pétalo entendía y hablaba todas las lenguas del planeta, aunque por una cuestión de su estatus se negaba a dialogar como los demás.

Perawan dijo:

—Tron y Dona, nos lleváis a Cerceta y no intervenís en la pelea contra la bruja. Si perecemos, formáis con otros seres la segunda oleada de ataque —los dragones asintieron—. Nos dejáis en el mar, antes de entrar en la atmósfera de Cerceta. Preferimos la cautela, ignoramos qué nos encontraremos. Volaremos fuera de la atmósfera del planeta, lo orbitaremos, llegaremos en minutos. Sois las criaturas más rápidas de Memento, me atrevería a decir del universo.

Los dragones asintieron.

—No aguantaré el frío del espacio ni la falta de oxígeno —dije.

—Con tu magia al máximo, señor Sonrisas, no precisarás respirar en el espacio —dijo el hada.

—Magüa, ¿qué especie habita el continente Cerceta?

—Enanos, la mayoría guerreros.

Por eso los había mencionado Karku antes de que nuestras carcajadas atrajesen a los vampiros.

—Malos, claro —apunté.

—La magia negra o blanca de un monarca no afecta a sus súbditos. Los habrá malignos y benignos, como en todos los mundos.

—Después iremos a Morbum, a que Pétalo se enfrente al rey de los muertos y nosotros a las huestes de la bruja. ¿Qué garantiza que Thanatos no nos liquide antes de comenzar la batalla? —interrogué.

El hada tradujo a la ninfa:

—Lo atacaré primero.

—Nos das pocas garantías, reina ninfa —reproché.

—Pétalo es la vida, Thanatos es la muerte. Se trata de un combate inaplazable. No estés tan seguro de nuestra muerte, señor Sonrisas. Hasta el momento la hemos esquivado. Con tus nuevos dones y la estrategia que hayan trazado tus padres contamos con posibilidades de vencer —clarificó el optimista Karku.

Pétalo, de un salto, se sentó, a la espalda de Dona, cerca del cuello. Lo hice a su derecha con Kesuk, que activó la máscara que le cubría la cabeza por completo y le permitiría respirar en el espacio, agarrándome a las escamas. Magüa voló y se posó en mi hombro. Karku, sosteniendo el trineo con los perros y la porra, aterrizó de rodillas sobre Tron. El militar y la princesa elfa oscura estaban en el trineo, con las gemelas.

Emprendimos el vuelo.

Los dragones, en paralelo, trazando dos líneas verticales que dejaban estelas como las de los aviones de combate y ascendían en vertical. Conforme ascendíamos, descendía el oxígeno. Saldríamos de la atmósfera mementiana en segundos.

Los dragones comenzaron el vuelo suborbital bordeando el planeta. El espacio, un lugar silencioso como un cementerio, era de una negrura cerrada; me maravillaba contemplar, aunque estuvieran a millones de kilómetros, las estrellas desde el espacio. Pendían del universo igual que copos cristalinos de nieve, con filamentos amarillos y un brillo sensacional. La gravedad no existía, pero no nos despegábamos de los dragones gracias a la inercia de la velocidad y al nervio con el que nos aferrábamos al lomo. Señalé una estrella a Magüa, nos dirigimos a la estrella de Magala, la que lucía sobre la noche de Tantibus. Mi intención era conocerla de cerca, descubrir algún dato para destruirla. Perawan lo consideró un riesgo innecesario y pidió a los dragones que cambiasen de rumbo. Le obedecieron, alejándonos de la estrella de la bruja. Alrededor orbitaba un planeta diminuto, recubierto de un hielo gris oscuro, con agujeros gigantescos. Se lo pregunté a Dona. Dijo que era la primera vez que, en sus viajes espaciales, se había aproximado a la estrella de la bruja y descubierto, como nosotros, el planeta.

Sus moradores percibieron el vuelo de los dragones. Entonces averiguamos que el planeta era la primera línea de defensa de la estrella. Magala contaba con más trampas que un político corrupto. De los agujeros, al vuelo, surgieron pterodáctilos, dinosaurios voladores iguales a los que poblaron la prehistoria terráquea. Los reconocía de las películas de dinosaurios. Cada uno mediría cuatro metros de longitud. Poseían alas largas y anchas, con dos patas cortas al final. El cuerpo era estrecho y se prolongaba en una cabezota con un cepillo de pelos duros en el cráneo. De la cabeza nacía un pico larguísimo, con dientes del tamaño de puñales, igual de cortantes. Se precipitaron contra nosotros en dos formaciones de cincuenta.

Los dragones fueron a su encuentro. No sabía qué ocurriría. Pétalo expandió su aura, nos envolvió a Magüa, a Kesuk y a mí. Con un chasquido de dedos creó una segunda aura, que rodeó al gigante, el general, la princesa élfica, las gemelas, los perros y el trineo, a lomos de la dragona. ¿De qué nos protegía la reina ninfa?

Antes de chocar, a una distancia de doscientos metros, Tron y Dona rugieron. Luego lanzaron, como el hada, una bocanada de llamaradas. Intensas como el fuego de una bomba atómica, redujeron a cenizas a los pterodáctilos.

¡Toma ya!

Entendí que Pétalo, con el aura, nos defendía del fuego dragoniano, oloroso a azufre. Viajando en sus espaldas, los vapores del fuego nos achicharrarían.

Los dragones retomaron el rumbo establecido. Le dije a Magüa que la bruja, estando conectada con su estrella, nos habría descubierto. Magüa lo negó. En el interior del planeta se ocultarían más nidos de pterodáctilos. La bruja habría sentido la presencia de criaturas próximas al planeta. Nos confundiría con alguna de las especies violentas, hostiles, que navegaban en el cosmos. Dijo que las había a patadas. Los dragones pararon y se lanzaron como una jabalina camino de Cerceta, en línea recta. Magüa mencionó que el continente de la reina Perséfone y de los enanos tenía el tamaño de la mitad de Bélgica, un país pequeño, en este caso redondo.

Entramos en la atmósfera y los dragones volaron cien metros sobre el mar. El muro azul y delgado delimitaba la frontera de Cerceta, un grato azul claro. Antes de tocar el océano, ralentizando el vuelo, a cuatro metros, los dragones se detuvieron, se despidieron y se alejaron. Nos lanzamos al agua y emprendimos un nado veloz, menos la ninfa, que se deslizaba a la carrera levitando a centímetros de las aguas, y el hada, directa como una bala con sus alas. Los perros nadaban con el trineo sumergido; el gigante con la princesa élfica aferrada a uno de sus pies; Perawan con la ventaja de sus ocho extremidades y yo a potentes brazadas impulsadas por mi brazo derecho, con Kesuk en paralelo a mí. Las gatas braceaban transformadas en líquido.

Tardamos minutos en avistar una playa de Cerceta y nos pusimos de pie sobre la arena. Magüa nos secó con una bocanada de aire caliente, menos a la reina ninfa y Kesuk, cuyo mono realizó el trabajo. El azul, una transparencia, nos permitía contemplar la geografía del reino y continente de Cerceta. Se parecía a la sabana africana, inmensas praderas con árboles diseminados: acacias y baobabs la mayoría. Difícil esconderse de las amenazas, me dije. Al fondo se levantaba una cordillera de montañas de un tamaño normal. Nos percatamos que también le habían robado al reino el veinticinco por cierto de su magia. Nos miramos perplejos; el aliado de Magala, al que aún no poníamos cara ni nombre, habría estado en Cerceta. Suponíamos, a causa de pasados encuentros, que le acompañarían la bruja y mis padres.

El aliado de la bruja, sumadas las de Tantibus, Memento y Cerceta, contaba con el setenta y cinco por ciento de la magia de un continente y, en consecuencia, le bastaba un veinticinco para contener el poder crudo de un monarca de Memento. La batalla en Morbum, el continente de los muertos, sería despiadada.

Emergiendo de la pradera donde estaría oculto, salió un enano y se dirigió a nosotros; era exacto a los de la Tierra, aunque con una musculatura considerable. Vestía pantalones bombacho con zapatos en punta, un pañuelo a la cabeza de color azul y encima un sombrero de capitán de barco algo desastrado, un chaleco de cuero marrón con abotonaduras de cuerno de marfil, dos muñequeras de cuero azul y llevaba un hacha de doble filo al cinto. De ojos claros y castaños, nariz chata y frente despejada, sin bigote, le nacía una barba recortada en forma de triángulo del color de las cerezas. La pierna izquierda terminaba en la rodilla, de donde surgía una pata de palo. La habría perdido en una pelea. Venía con cara de preocupación.

El general Perawan saludó con un:

—Raro verte solo sin tus piratas, Barbarroja.

Enanos piratas. No me sorprendió a estas alturas de nuestras andanzas.

—Extraño que no hayas intentado matarme, coseché grandes botines en los mercantes de Júbilo —contestó con la voz rasposa del que ha bebido ron en exceso.

Enanos capaces de enfrentarse a elfos plateados, por mucho que fueran marinos y no soldados. Tiempo después me contarían que Barbarroja era el capitán pirata más temido de los mares, a causa de su audacia, de sus tácticas de abordaje y de su coraje y el de sus compañeros de armas.

—Buscamos aliados, la reina bruja ha regresado, tiene encerrada a la princesa Mariel en tu tierra, capitán. Desconocemos dónde.

—Lo sabía. Uno de mis enanos espías me mandó una desplazada. Además de la reina bruja, a Cerceta han llegado los lizores de los demás reinos, algunos, pocos de los tres mil que dejasteis vivos, general Perawan, un error de cálculo indigno de ti.

El aracne no ocultó una mueca de desagrado.

El enano se dirigió a mí:

—Smile y Kesuk, imagino. Me hablaron de vosotros los piratas aracnes que sacamos de la mar. Espero que valgáis lo que cuentan.

La cantinela de siempre.

—Lo comprobarás —contesté.

Magüa tradujo a Pétalo:

—¿Que trama Magala transportando a Cerceta a los lizores de los demás continentes?

—No comprendo por qué no lo sabes tú, la monarca suprema de Memento —respondió Barbarroja.

Magüa dijo:

—Le ha prometido a Perséfone no usar su potencial aquí.

—A cambio de que se largara. Mis espías de su castillo la vieron marchar a través de un portal mágico —dijo Barbarroja.

Un enano astuto, característica principal de un pirata.

El general preguntó:

—¿Tus espías saben dónde está Mariel, la hermana de nuestra reina Urina?

—Me cuentan que han escuchado rumores sobre nuevas edificaciones invisibles a nuestros ojos, un encantamiento.

—Campos de prisioneros —afirmé.

—Pensamos lo mismo, Smile —dijo Barbarroja afable.

Perawan continuó:

—Te propongo que nos ayudes a buscar a Mariel. Nos hace falta un guerrero, de los mejores, que conozca estas tierras.

—¿El pago, general?

—Trescientos mil ardites a cobrar después del trabajo.

El enano no dudó ni un segundo, se escupió en la mano y se la tendió a Perawan. El general lo imitó y cerraron el trato con un apretón de manos.

Perawan continuó:

—Luego vendrás con nosotros a Morbum, a guerrear contra Magala y Thatanos. A cambio, recibirás cuatro millones de ardites. Podrás comprar una flota, capitán.

—Mala idea, atacará a vuestros barcos. Hace muchas lunas los corsarios terráqueos eran piratas que atacaban a cualquier mercante menos a los del reino que le había concedido lo que llamaban la patente de corso. Entregan parte del botín al reino que les permitía piratear—aclaró Kesuk.

Perawan asintió y observó al pirata.

Barbarroja dijo bravucón y divertido:

—Me sirve una patente de corso, me encantan las novedades en la piratería. Ninguna posibilidad de éxito, certeza de muerte. ¿A qué esperamos?

—Nooosotraaaas queremos unaaa paaatente de corsooo.

—Estamos hartas de los caminos, seremos tus segundas, Barbarroja.

El pirata miró a las gemelas y negó con la cabeza. Aquellas dos le quitarían el mando a la mínima ocasión.

Nos pusimos en marcha.

Con Barbarroja completábamos un pelotón de combate con distintas maneras de luchar: un enano, dos humanos, una princesa élfica oscura, un hada, un gigante, una ninfa, un aracne y cuatro perros, unidad mínima comparada con el ejército de la bruja. Nos urgía rescatar y reclutar a Mariel, maga de recursos, necesaria en la batalla final.

Nos arrastramos en fila india durante un kilómetro, entre la alta hierba, indetectables a la vista de los lizores. El general levantó el puño y nos detuvimos. Preguntó:

—¿Los oléis?

La brisa del sur, que soplaba en nuestra contra, transportaba una pestilencia. Dijimos sí al unísono, Pétalo con un asentimiento. El general señaló un baobab cercano. Fuimos raudos y trepamos a él, ocultándonos en las ramas de la copa, Perawan con Barbarroja a su espalda.

Perawan ordenó en voz baja:

—Magüa.

Magüa descendió y se acercó al trineo con los perros, que habían permanecido en la llanura, incapaces de subir al árbol.

—Alejaos en silencio —les dijo Magüa—. Están a punto de llegar unos seres nauseabundos. Sila, Nuna, Tukik, Pinga, vuestro amo os llamará luego.

Partieron con el trineo y el hada retornó al vuelo a la copa del árbol. Manteníamos la boca cerrada. Minutos más tarde, a caballo, cerca del baobab, pasó una sección de cuarenta lizores. En medio había un carro con una jaula y seres de varias especies en su interior. Percherones arrastraban el carro, caballos de tiro bajos, robustos.

Los lizores se me antojaron temibles y repugnantes. Un lizor alcanzaba la altura de un ser humano, triplicando su fuerza, según me contarían. El cuerpo estaba cubierto de un pelaje granate oscuro, similar al de los orangutanes, aunque de pelos resistentes y duros, como los de un puercoespín. Los brazos y piernas eran corpulentos. Las manos y los pies, descalzos, resultaban simiescos. Se agarrarían a cualquier superficie, igual que los de los aracnes. Tenían espaldas anchas y tórax robustos. Las cabezas parecían balones irregulares y un solo mechón les nacía en el centro, en la parte superior, de color marrón. La piel del rostro era rugosa y del color de pasta dentífrica sucia. La forma de los ojos, achinada, ocultaba pupilas negras. Tenían narices ganchudas y cortas; bocas de labios anchos y agrietados, del color de una ciruela podrida; mandíbulas redondeadas de las que colgaban bolsas de grasa.

Después de los soldados marchaban los tamborileros, a pie. Vestidos con capas de pieles grasientas y malolientes, redoblaban los tambores e imponían un ritmo terrible a la marcha.

A la cabeza de la sección, montaba el capitán en un caballo negro, malicioso e iracundo. A su espalda cabalgaba un lizor con una bandera negra donde estaba bordada una estrella gris; «la bandera de Magala», me susurró el hada Magüa. Llevaban armaduras negras.

Los lizores cabalgaban y las sillas estaban fabricadas con huesos blanquísimos; los pedazos minúsculos de hueso, unidos con fino alambre, tallados en forma de esfera, me recordaban a algo, no sabía a qué. De las sillas colgaban armas: hachas, lanzas, arcos, ballestas, cuchillos, espadas. Las pezuñas de los caballos levantaban pegotes de barro en el camino.

El conjunto recordaba a un cortejo fúnebre.

Pasaron delante de nosotros los prisioneros, unos treinta, encerrados en la jaula de barrotes negros con una puerta candada. Se notaba que el hambre les debilitaba. Los cuerpos delgados y las miradas hablaban de sufrimiento. Había enanos, humanoides, elfos oscuros y plateados, y aracnes, varones y hembras. La mitad de ellos, lo captaba en sus movimientos y sus miradas, padecían discapacidad intelectual. La otra mitad eran tullidos a los que les faltaba algún brazo. De las cuatro piernas de los aracnes solo se veían dos. Por si acaso, dada su fortaleza, de los cuatro brazos llevaban un par de ellos atados con cuerda a la espalda.

Cuando se alejaban en la distancia, Perawan preguntó enfurecido:

—Barbarroja, ¿dónde está la cárcel principal de Cerceta?

—La quemaron. Habrán levantado una nueva.

—Allí encerrarán a la princesa Mariel. Podría acercarme a los lizores sin ser descubierto. Al grupo nos detectarían enseguida. El problema es cómo me encontráis —dije.

—O podríamos matarlos nosotras —dijo Piwy seria.

—Los enanos viven en cuevas y túneles. Hay cientos escavados en Cerceta. Debajo del suelo escucharemos los tambores y te seguiremos —dijo Barbarroja.

—Será una prisión invisible cubierta con un hechizo de Magala. Solo la podrás ver tú, Smile, la inocencia y el amor de tu magia —afirmó Perawan.

—Cuando llegues, concéntrate y conecta tu magia a la mía. También veremos la cárcel —añadió la princesa Altea.

—Como te maten, te mato de nuevo —dijo Kesuk.

—Quééé bonitooo es el amooor —canturreó Pinky, arrancando una sonrisa a mi amiga.

—¿Altea, podrías convertirme en un humanoide sin un brazo, una hembra? Las tratarán mejor que a los varones —dije.

—Las tratarán igual. En Memento varones y hembras somos iguales, guerreamos juntos —aclaró Magüa.

A un gesto de la princesa vestía harapos y me había transformado en una humanoide delgadísima. Notaba bajo el disfraz mágico mi cuerpo y armas.

—La magia de Altea y de Smile nos enseñará el camino bajo tierra, en caso de que los tambores dejen de redoblar. Al salir, nos situaremos en el alto de los árboles y atacaremos desde arriba el campo —dijo Perawan.

Pedí:

—Concédeme una jornada, descubriré qué ocurre. Imitaré el sonido de un pájaro. Un primer silbido largo os indicará que me encuentro en el infierno. Los siguientes serán cortos. Un silbido corto será igual a diez lizores del campo. Si lanzo un silbido élfico, estaré en un campo de prisioneros normal.

Lo expliqué porque, dada la brutalidad de Magala, dudaba que se tratase a los prisioneros según la Convención de Ginebra, un tratado terráqueo que aseguraba un comportamiento digno con los encarcelados de las guerras.

Pétalo habló con una bocanada de viento, que tradujo Magüa:

—Tú mueves, Smile.

El general afirmó con la cabeza. El gigante me palmeó la espalda, amistoso. Descendí del baobab, me arrastré rápido pese a mi aspecto humanoide gracias a mi brazo derecho, entre las altas hierbas. Los lizores no se percataron de mi presencia y habían parado de tocar los tambores con las baquetas. Me coloqué al lado del carro, rodé hasta ubicarme debajo y me agarré a la parte inferior. Al cabo de segundos, capté la magia de Altea. Mis amigos me seguían por las galerías del subsuelo montados en el trineo, del que tiraban mis perros. Magüa los habría llamado.

22

Dos horas después, gracias a mi magia, asomando la cabeza debajo del carro, invisible a otros ojos que no fueran lizorianos, contemplaba una fortificación rectangular, de muros de piedra y unos veinte metros de altura, con vigilantes armados apostados en los altos de las esquinas, dentro de torretas. Los prisioneros se sorprendieron cuando el carro atravesó el claro, una puerta de acero que se cerró a nuestra espalda.

El tufo de los lizores inundó mi nariz.

¡Olían a cloacas!

Los lizores del campamento, vestidos con armaduras, eran más estilizados que los de la sección, y sus papadas eran mayores. En la parte delantera del yelmo con el que se protegían la cabeza, a la altura de la frente, tenían grabada una calavera y sobre ella dos letras: RS. Sería el distintivo de los soldados de Magala destinados a los campos. Logré hacerme una idea bastante precisa del lugar. La superficie, tierra sucia y polvo, ocuparía dos hectáreas, el tamaño de dos campos de fútbol.

Los prisioneros bajaron del carro. Salí y me uní a ellos sin que los lizores se diesen cuenta. A continuación, la sección que nos había traído se marchó, a cazar nuevas presas. Nos obligaron a arrodillarnos.

En el extremo izquierdo de la pared izquierda del campo,

destacaba una pequeña cantera de piedras. Una serie de varones, sin algún brazo la mayoría, vestidos con pantalones, camisas y boinas a rayas de tela usada, recosida, esculpían piedras con herramientas diminutas, con los que les costaba el doble de esfuerzo, hasta darles forma de primitivos ladrillos.

Un absurdo.

Calzaban zuecos de madera y gran parte estaban escuálidos. Algunos, por el sacrificio y el sudor, se quitaban las chaquetillas y se las anudaban a las cinturas de los pantalones. Se les veían los huesos, heridas de diversas enfermedades y del castigo físico, latigazos en especial, todo cubierto del polvo levantado al trabajar. El agotamiento continuado arrugaba sus rostros. Eran cincuenta, diez aracnes, diez humanoides, diez enanos, diez elfos oscuros, diez elfos plateados. Los diez aracnes todavía se mantenían en forma, con cuerpos sin estragos ni amputaciones y cierto aire militar. Supuse que los habrían apresado hacía poco y que estarían de vacaciones cuando los lizores, con el permiso de la reina Perséfone de Cerceta, novia del rey de los muertos, ocuparon el continente.

Otro prisionero sin taras mentales ni físicas, un elfo plateado, sin ser molestado se sentaba en una roca y comía una manzana. Había bordada en su chaquetilla, con rayas también, pero limpia y nueva, una esfera azul. Estaba bien alimentado y llevaba un látigo.

Los cautivos, hambrientos, miraban anhelantes, de soslayo, la manzana.

Vigilaban a los prisioneros diez lizores armados con espada, lanzas, porras y látigos de cinco colas. Uno de los prisioneros, un humanoide, se desmayó. Un lizor le aporreó y no se levantó. Estaba muerto. Otro lizor se acercó a dos prisioneros, que se quitaron la gorra y bajaron la cabeza en señal de respeto obligado, lo cual resultaba una humillación en toda regla. Les dijo algo. Los cautivos cogieron de pies y hombros al cadáver y lo acercaron al centro del campo, un foso redondo de diez metros de diámetro. Lo arrojaron y regresaron al trabajo.

Estaba en un campo de la muerte.

¡Maldición!

A la cantera de las piedras se acercaban las hembras, vestidas igual, con idénticos harapos y aspecto, al borde del desfallecimiento. Les habían cortado el pelo al uno. Transportaban los ladrillos de los prisioneros varones al lado derecho del campo de concentración, peor que cualquier cárcel. Se dedicaban a levantar un muro con los ladrillos. Luego lo deshacían y lo volvían a levantar. Ejercicios inútiles, lo único que lograban los RS era extenuarlas, quitándoles su condición de especies libres, únicas, recordándoles que jamás escaparían del campo, pues no merecían vivir.

Otra hembra aracne también descansaba, masticando un plátano, con el bordado de la esfera azul y el látigo. Una elfa plateada resbaló cerca al murete y se le cayó el ladrillo. La hembra aracne, fortachona, sin discapacidades, acabó el plátano, se acercó con el látigo, le dio dos patadas y preguntó:

—¿Te apetece caminar al foso?

La elfa plateada se levantó sin quejarse, recogió el ladrillo con su único brazo y siguió con el trabajo.

Los diez lizores que vigilaban a las hembras se rieron.

Los cautivos y cautivas anudaban con retales a las cinturillas de los pantalones cuencos y cucharas de estaño.

El temor a la muerte y el esfuerzo de supervivencia pesaban en los hombros de los prisioneros, y los mantenían alerta ante la posibilidad, mínima, de aguantar otra jornada vivos. Los lizores maltrataban el exterior, el cuerpo, y, utilizando esta tortura, esclavizaban el interior, el espíritu.

El sadismo era la base del gobierno de Magala y en consecuencia de la propia Magala.

En el muro de enfrente veía cuadras con caballos y carros como los que nos trajeron. A la derecha de las hembras, a unos metros, destacaba una habitación con una puerta semi abierta y un lizor guardián. Había un grupo de elfas plateadas, enanas, humanoides y hembras aracne en cuclillas, trabajando en algo, aunque no supe en qué, con dificultad a causa de ser tullidas. Parecían bien alimentadas.

A continuación aparecía una especie de perrera. Luego, un almacén abierto del que salían y entraban prisioneros transportando sacos. De la pared derecha del almacén colgaba una pajarera con cuatro palomas, palomas mensajeras, me dije, y una desplazada. Mis sentidos acrecentados averiguaron que dentro del almacén había magia blanca bajo mínimos. La princesa Mariel, la hermana de Urina, seguro. Cuando tocase, la liberaría.

En el muro de la derecha se levantaban dos barracones; enfrente, el patíbulo donde ahorcaban a los prisioneros, una construcción alta de madera.

Miré al muro de la entrada. En línea, los lizores edificaron seis viviendas. Delante de cada vivienda, grandes cabañas de madera con tejados de paja, sentados en taburetes, quince lizores jugaban cartas o comían y bebían. Embellecía la entrada de la sexta casa un jardín con rosas y una hierba resplandeciente, opuestas a la contaminación de Magala. «Un regalo de la reina bruja al comandante del campo», pensé.

Los prisioneros, aunque quisieran, no podían escapar. De intentarlo, les cazarían. O, consiguiéndolo, la debilidad les frenaría. O sus vestimentas les delatarían. Fuera del campo de concentración se toparían con lizores que les asesinarían.

Salió de la sexta cabaña un elfo oscuro, delgado, bajo, de ojos rojo sangre, gestos y rostro de hielo. No iba armado. Vestía chaqueta negra con abotonaduras de azabache, pantalones negros, botas de montar, muy elegante el malnacido. Llevaba una gorra militar negra adornada con la calavera y el símbolo RS. Mientras los lizores de las cabañas se levantaban y le saludaban a la manera militar, nos enfiló despacio, con las manos cruzadas tras la espalda, que empuñaban una fusta de montar. Se trataba del comandante del campo. No había errado al suponer que habitaba allí.

Permanecimos de rodillas y el comandante caminó a nuestro alrededor. La aracne fortachona, no esclavizada, nos desató. Los prisioneros aracnes, los más fuertes, aún con la falta de brazos o algunas de las cuatro piernas, por culpa del agotamiento, no tendrían ninguna posibilidad de rebelarse, y menos los ancianos y los niños.

El comandante dijo con un timbre de voz agudo:

—Mi nombre es Turelio, comandante del campo de prisioneros de Lagedi. Me llamaréis amo, pandilla de escoria. La vida en Lagedi tiene normas sencillas. Seguidlas. Levantaos y formad una fila frente a mí.

Obedecimos.

Un lizor entró en una cabaña, salió vestido con una bata verde parecida a la de un médico, una mesa, una silla, pergamino, pluma y tintero. Las colocó entre la cantera y el foso y se sentó.

Dos lizores se encaminaron a la perrera. Regresaron con dos hienas cada uno. Los niños y los ancianos retrocedieron con cara de pánico. Tres lizores les devolvieron a la formación a golpes. Los lizores soltaban las cadenas de las hienas que, aullando, se acercaban y amenazaban con devorarnos. En el último instante tiraban de las cadenas y las retenían. Tenían los colmillos grasientos y el tamaño de ponis.

Me fijé en una aracne a la que le faltaba un brazo, que poseía una mirada de violencia y orgullo y un cuerpo en condiciones.

El comandante Turelio caminó delante del grupo, deteniéndose y midiéndonos. Mis compañeros de fatiga bajaban la barbilla. Yo era el último de la fila y le sostuve la mirada.

—¿Una rata orgullosa? —preguntó el comandante.

—Una humanoide que no te tiene miedo.

—Sin pureza de sangre, un ser inferior —dijo el comandante.

Levantó la fusta, me cruzó la mejilla de un fustazo, me abrió el pómulo; sangre y nervios afloraron. No mostré dolor. Al poco se hinchó.

El comandante estalló en carcajadas. Dijo:

—Contigo me voy a divertir, perra.

El comandante dio un fustazo al suelo, una orden. Diez lizores agarraron a los seis niños y los cinco ancianos que habían venido en el carro ante la desesperación de los padres amenazados por las hienas. Los condujeron al foso y los tiraron dentro como a desperdicios. Sus gritos nos erizaban la piel y nos contagiaban angustia. Los alaridos cesaron. Lo que ocultase el foso habría matado a los críos y ancianos.

Los cuatro centinelas de los muros se reían del macabro espectáculo.

Las madres lloraron y los esposos, reprimiendo lágrimas, las agarraban y evitaban que se lanzasen vengativas contra lizores y hienas. La aracne que había observado antes, la del gesto de orgullo, y yo, intercambiamos una mirada. Hablaríamos más adelante; pensé que planeaba un ataque o una fuga.

Los cautivos y cautivas de la cantera y el murete no pararon de trabajar ni hablaron durante la matanza. Hábito del campo, me dije, no sería la primera vez que contemplaban aquel horror.

—Desnudaos —ordenó el comandante Turelio.

Una elfa guerrera, madre de uno de los niños ejecutados, contestó limpiándose las lágrimas:

—Que se desnude la pasa arrugada de tu madre, elfo oscuro traidor.

Un lizor la lanceó por la espalda, asesinándola, y otro se la echó al hombro y la arrojó al foso.

Me contarían que se llamaba Mimbra.

Comenzamos a quitarnos la ropa vieja y maloliente. Me concentré y mi traje negro se fundió con mi piel, al igual que mis armas. En el campo de la muerte de Lagedi, desnudos, el comandante Turelio nos demostraba que éramos sus mascotas, y decidía sobre nuestra vida y muerte, futuro, ropa. La humillación se basaba en que, robándonos la dignidad, comenzásemos a pensar que éramos animales, especies sin derechos, y por supuesto, sin inteligencia para defendernos.

A una señal del comandante, los lizores agarraron a dos elfas plateadas jóvenes y hermosas, las más sanas del grupo. A cada una le faltaba una mano. Averiguaría que las habían perdido en combate. El comandante dijo:

—Viviréis conmigo. Portaos bien. Obedeced y no acabaréis en el foso.

Un lizor las trasladó a la cabaña del comandante.

Los dos lizores devolvieron las hienas a las perreras.

—Revisión médica, en marcha —dijo el comandante.

A empujones, nos pusieron delante del lizor médico, de su mesa, asiento, bata, tintero, pergamino y pluma.

Un lizor desató las piernas de los aracnes.

El comandante sonrió, ordenó:

—Ratas, corred en un círculo. Tú, guíales, un círculo perfecto o irás al foso.

La aracne orgullosa se puso a la cabeza, empezando a correr a un ritmo soportable. Se notaba que quería ayudar. El comandante nos contemplaba sentado en la mesa de su jardín. Una de las elfas elegidas, recién duchada y vestida con una túnica azul, le servía vino y una bandeja con faisán y patatas. Los cautivos y cautivas de cantera y murete miraban a la comida de reojo, hambrientos.

Logré situarme a la espalda de la aracne orgullosa. Se llamaba Nartita. Le conté mis intenciones en susurros, sin que nos mirásemos, acabando con:

—El general Perawan está fuera, esperando mi señal de ataque.

—Las humanoides no guerreáis.

—Unas pocas —mentí de momento.

—¿Cuántos acompañan al general? —preguntó con voz acelerada.

—La princesa elfa oscura Altea, el enano Barbarroja, el gigante Karku, el hada Magüa, una ninfa —no pretendía desvelar que se trataba de la reina—, una terráquea y mis cuatro perros.

—Contando a mis soldados, los que has visto en forma, no somos suficientes. Será complicado matarlos… A todos.

—¿Tus soldados, Nartita?

—Soy capitana del ejército de Perawan. Nos apresaron cuando vinimos de vacaciones, diez jornadas atrás.

Una buena noticia al fin, soldados formados en la batalla. No había errado con el motivo de su captura, las vacaciones.

—¿Cuándo lanzarás la señal?

—En cuanto duerman los lizores —respondí.

—¿Cómo te llamas?

Podía confiar en ella. Mi magia la sondeó, no me estaba mintiendo.

—Smile, disfrazado de humanoide gracias a la magia de Altea.

No ocultó un mohín de asombro. Dijo:

—Más vale que seas tan bueno como afirman los rumores.

Los rumores corrían igual que en la Tierra, veloces.

—Los rumores cuentan la verdad.

—Lo veremos —zanjó la conversación la capitana aracne.

Tras correr durante una hora en círculo, los más enfermos casi se caían al suelo.

El lizor médico gritó:

—¡Alto! ¡En fila de a uno! ¡Delante de mi mesa!

Formamos una fila india. El examen médico fue tan rápido que dudé sobre el diagnóstico del matasanos; preguntaba el nombre a los seres del carro, los apuntaba en el pergamino, obligaba a las especies a realizar dos flexiones y después a posar las manos en la mesa. Les tomaba el pulso y señalaba a su izquierda o derecha. Un lizor, a los presuntos enfermos, les colocaba a su derecha; otro lizor, a los saludables, a su izquierda. Los enfermos no eran los tullidos, eran los discapacitados intelectuales, en su siniestra opinión. Yo entré en el grupo de los sanos. El lizor médico se levantó y enfiló a los discapacitados; les exploró las bocas. No lo entendí. Miró satisfecho al comandante elfo oscuro. Las dos elfas jóvenes le daban masajes en los pies.

La masacre desatada a continuación me llenó de ira y vergüenza. Los cautivos de la cantera y el murete, acostumbrados a contemplarla, siguieron a lo suyo, la esclavitud.

Veinticinco lizores agruparon a los sanos de mente y nos apretujaron con las puntas de las lanzas; nos liquidarían al menor movimiento.

El comandante se quitó la gorra, se limpió el sudor primaveral con un pañuelo, lo levantó a la vista y lo soltó. En cuanto tocó la hierba del jardín, un lizor armado con un látigo abrió las puertas de las perreras. Veinte hienas alimentadas rodearon a los discapacitados mentales caminando en círculo. Reían y babeaban y los enfermos se agrupaban. El lizor dio un chasquido con el látigo, las hienas se lanzaron sobre los discapacitados. A dentelladas, comenzaron a despedazarlos. Tenían cuidado con las cabezas, se las arrancaban de un mordisco en el cuello y no las masticaban. Se tragaron huesos y órganos. Los aullidos de las hienas y los alaridos de las víctimas sonaban como una sinfonía de terror.

Al final, en el suelo, quedaron charcos rojos de sangre y diez cabezas. Yo estaba atónito y enfurecido.

Las hienas, a otro chasquido de látigo, volvieron a las perreras. Los lizores echaron el candado a la puerta.

El comandante de los RS tiró las cabezas al foso y regresó a su cabaña. Airado, me eché la mano a la espalda, en busca de mi arpón, con la intención de partirle el cráneo. La capitana Nartita, sintiendo mi cabreo, dijo en voz baja:

—De noche, cuando duerman. Ahora nos matarían. Smile, haz la señal de noche. Guarda tus energías.

Debía mantenerme atento, alerta como los prisioneros con tal de dar la señal.

Él médico se levantó guardándose el pergamino y se dirigió al elfo plateado con la esfera bordada, el esbirro de los lizores. Hablaron. El esbirro ocupó el asiento del médico. Dijo:

—En fila, basura.

Como antes, nos pusimos en fila india. El elfo plateado, uno a uno y una a una, en el antebrazo izquierdo, nos tatuó con la pluma y el tintero un número, lo mismo que a animales de granja. Con la acción nos transformaba en bestias de carga, ya no éramos criaturas inteligentes; a ojos de los lizores y el comandante éramos menos que un cero a la izquierda.

Me concentré, el tatuaje, mi número, se escribió sobre mi cazadora invisible. En el bordado del elfo plateado, el esbirro, en letras cosidas, leía el nombre de su trabajo en el campo: kapo.

—A vestirse y a trabajar —ordenó el kapo.

Los lizores y el elfo plateado traidor, el kapo, acompañaron al grupo del carro al almacén, seguidos de Nartita, que nos instruiría sobre lo que deberíamos escoger. Abrieron las puertas por completo, entramos. Alumbrado con velas, servía de granero y despensa, vestuario, armería y cocina. La magia de la princesa Mariel emergía de la izquierda del interior del almacén, según se doblaba un pasillo que no veía desde mi posición.

Nartita me hizo una señal y observé las armas ordenadas en un armario con rejas. Las empuñaríamos y conquistaríamos el campo de la muerte con la ayuda de mis amigos.

Conté nuestros combatientes, incluida Nartita, sus diez soldados, y a la princesa Mariel en caso de que no estuviese en mal estado. Añadiendo al comandante, los lizores RS, el kapo elfo plateado traidor, la kapo traidora hembra aracne y las hienas, el enemigo sumaba cerca de cien miembros. Nos superaban con mucho en número. Miré a Nartita, preocupado. Debió adivinar mis pensamientos, se acercó y susurró:

—El general Perawan siempre tiene un plan.

Nartita nos pidió que nos vistiésemos con celeridad a fin de no enfadar a nuestros carceleros. Los uniformes nos sentaban fatal; las camisas y pantalones eran demasiado anchos o estrechos, de telas rasgadas. Me dije que el invierno anterior, a causa del equipamiento, muchos prisioneros habrían muerto de frío, expuestos al viento y la nieve. Nos vestimos como pudimos, cogiendo cuencos y cucharas que atamos a las cinturillas de los pantalones imitando a los presos veteranos, indicación de Nartita.

Salimos y nos asignaron los trabajos: las hembras al murete y los varones a la cantera. El kapo se acercó a Nartita y a mí llevando dos especies de cazamariposas. La red tendría un metro y medio de diámetro, la vara alcanzaba los tres metros.

—Se os ve muy juntitas. Seguiréis siendo uña y carne. Un trabajo fácil. Solo tenéis que soportar el olor. Al foso. Recogéis los restos, los únicos restos, y los lleváis allí —dijo señalando la habitación con la puerta semi cerrada.

Enfilamos el foso de Lagedi a paso lento, ignorando qué encontraríamos. La capitana Nartita y yo nos asomamos al borde; el foso emanaba un olor a podrido irrespirable. Nos arrancamos un trozo de la chaquetilla a rayas, elaboramos mascarillas. El foso estaba repleto de una sustancia gris y espesa.

Nartita dijo:

—Nunca nos dejan acercarnos. Lo intenté una vez y me llevé una paliza. Será algún tipo de ácido.

—Disuelve las cabezas —afirmé.

No se me apartaba de la mente la visión de las hienas asesinando a los discapacitados.

Un metro bajo nosotros, flotaban los únicos restos de los elfos, huesos diminutos. Los componentes del ácido los respetarían. Los rescatamos con los cazamariposas, quince cada una, uno en micaso con el disfraz de hembra. Dejamos los cazamariposas en el suelo. Extendí la manga derecha de mi cazadora invisible sobre la mano; su material, el anqun, me protegería. Nartita dijo cuando me vio actuar:

—Te quemarás.

—No te preocupes.

Me arrodillé y cogí cinco huesos. A medida que los identificábamos, nos horrorizábamos.

Dije:

—¡Son dientes!

—De las especies encerradas —sonó entristecida la voz de mi nueva amiga.

—¿Para qué los querrán?

Un golpe detuvo nuestra conversación, a traición, en mi nuca. La kapo aracne ordenó mirándonos con su ojo ciclópeo malicioso, castaño oscuro:

—Llevadlos al cobertizo. Si decís a cualquier prisionero lo que veáis ahí dentro os arrojo al pozo.

Caminamos hacia la habitación y el lizor guardián nos dejó pasar. A la luz de las velas, trabajaban cinco elfas y cinco hembras aracne tullidas. Sentadas, nos saludaron con un gesto. Alimentadas, pulían los dientes con lija, dándoles formas de esferas. Vivirían allí. Había camas cochambrosas. Nos contaron que no salían del cobertizo, excepto una vez cada dos semanas. Las arrojaban al foso cuando el campo dormía y las reemplazaban. Su trabajo era un secreto, en principio.

Dejamos los dientes en un cubo. Nartita, con un pellizco, me pidió que mirase a mi izquierda. Lo hice. Otra vez me aplastó la angustia. Recordé con claridad por qué me resultaban familiares ciertos elementos de las sillas de los lizores a caballo que vi desde lo alto del baobab.

Ordenadas, había veinte sillas de montar. Estaban adornadas con los dientes redondeados de las víctimas del campo de la muerte. A Magala no le bastaba con aniquilar y humillar al enemigo. Construía monturas destinadas a sus mercenarios lizores. Cabalgaban sobre los restos del enemigo, dientes de las especies de Memento. Se sentirían orgullosos los malvados. Los residuos del enemigo se convertían en objetos, y no en órganos que habían pertenecido a criaturas vivas, libres, inteligentes y sensibles. La reina bruja alcanzaba la cima del terror: el enemigo era una cosa. Ya cosificado, tatuado, sin nombre ni identidad, hay que destruirlo.

Salimos y regresamos a la habitación cargados de dientes. Nos dominaba un pensamiento: demoler el campo de la muerte de Lagedi. Sabíamos que los anteriores que realizaron nuestro cometido fueron arrojados al foso de ácido. Pero a nosotros no nos ocurriría.

23

El sonido de un cuerno detuvo el trabajo, nos colocaron en fila y nos contaron, lo hacían por la mañana, al mediodía y al finalizar la jornada, comprobaban si alguno había huido o muerto de cansancio. Luego anunciaron la cena y formamos otra maldita fila india, yo la encabezaba. El campo funcionaba con la eficacia y la rutina de una fábrica dedicada al exterminio. Los veteranos de ojos astutos, más fuertes que el resto, esperaron y se colocaron los últimos de la fila. Lo comprendí cuando me dieron la comida: un trozo de pan seco y un cazo de sopa de nabos, servido de una cazuela enorme. Flotaba un solo pedazo de nabo en la sopa de mi cuenco. Los nabos estaban en el fondo de la cazuela. Los últimos de la fila conseguían la mayoría de los trozos de nabo. Con el ritmo de trabajo, las vestimentas en épocas de frío y la escasa comida, más los castigos físicos, los prisioneros no sobrevivirían demasiado. Nartita y yo nos sentamos a comer en el suelo. La capitana dijo:

—A menos que el general nos rescate, en dos semanas estaremos muertos por haber trabajado en el foso.

—Creía que era un secreto que conocían pocos prisioneros, Nartita.

—La muerte nunca es un secreto en un campo de concentración. Es el único hecho.

Cambié el tercio:

—¿Has visto a Magala?

—A Gofraz.

—¿Gofraz?

—El apodo de Magala entre los prisioneros. Vino hace tres jornadas, disfrazada de anciana. La acompañaba una pareja, varón y hembra, terráqueos como tú. Estaban bastante pálidos, parecían enfermos —dijo.

¡Mis padres!

En cuanto escapásemos iría en su busca y me enteraría del motivo de su repentina enfermedad. Mis amigos, con su magia, les curarían. Ahora me tenía que centrar en mis pesquisas sobre el campo de la muerte.

—¿Acompañaba alguien más a la bruja?

Nartita negó con la cabeza. Su aliado, el que había robado el veinticinco por ciento de la magia de Júbilo, la de Tantibus y la de Cerceta, se mantenía oculto. ¿Por qué? Seguí indagando:

—¿Quiénes son los kapos?

—Los perros de nuestros guardianes. Antes de entrar en el campo eran delincuentes comunes, de todas las especies, la mayoría asesinos. Los lizores y el elfo oscuro los tratan bien. Mantienen la disciplina. El mundo al revés, señor Sonrisas. El hambre es lo peor, un ángel de la muerte; hambre de cuerpo, hambre de amor, de supervivencia. Algunos de nosotros olvidamos nuestros días de libertad y nos centramos en sobrevivir, alerta a cada instante. Lo he asumido tras llevar aquí poco tiempo en comparación con la mayoría. El campo de Lagedi está organizado con un fin: el exterminio. Oponemos la vida a la muerte. Una victoria pobre, pero una victoria. Somos mejores que ellos, siempre lo seremos.

Sus palabras me conmovieron. Sabía lo que decía y se hacía. Una aracne inteligente y valiente. Me miró con intensidad y añadió:

—Pégate a mí y quizá sobrevivas hasta que lances la señal. Te enseñaré algunos trucos. Smile, tienes bondad, una inocencia que no pensé que existiera.

La contemplé, a ella y a su tristeza, y dije:

—Has dicho que Perawan siempre tiene un plan. Confía en nosotros.

—Primera regla de un campo de la muerte. Tu sombra te traicionará, un error y estás muerto.

Pensé en su respuesta y continuó con su comida. Había sido la última de la fila. En su cuenco, bajo los soles, relucían poco caldo y un montón de pedazos de nabo. A los primeros de la fila, los novatos, les llenarían el cuenco de caldo y, con un dedal de suerte, un pedazo de nabo. Nartita masticó diez veces cada bocado. Limpió el cuenco con media porción de pan, del tamaño de dos gajos de naranja, y repitió la operación de masticar. Se guardó la mitad de la ración de pan seco en un bolsillo secreto del interior de la chaqueta; veía en el bolsillo alambre —supuse que arreglaría los tacones de los zuecos— y una puntiaguda horquilla de pelo que me quedé mirando.

Dijo:

—La horquilla era de mi madre. Murió en la primera guerra contra Magala, en el campo de batalla. Cuando nos liberen o nos liberemos, con la horquilla mataré a la kapo aracne.

Escuchamos el segundo sonido de cuerno y nos condujeron a los barracones levantados detrás del patíbulo. Los varones, a los de la izquierda; las hembras, a los de la derecha. Al entrar, de nuevo comprobé el lamentable estado de las instalaciones. El suelo estaba pringoso, repleto de cucarachas y ratas; en el techo había agujeros grandes como puños donde se colarían lluvia y nieve. El barracón, con columnas de madera, se dividía en dos estancias; la pequeña, una habitación individual, era el cuarto privado de la kapo aracne. Con la puerta un poco abierta, sus ojos nos vigilaban.

En el barracón veía letrinas, huecos en bancos de madera en donde se defecaba y orinaba, un lavabo, una ducha, velas en las paredes, varias filas de literas de tres alturas. Las presas hacían sus necesidades en las letrinas o se lavaban. Luego se tumbaban en las literas. En cada litera, fabricada para un ser, se colocaban en perpendicular cuatro hembras, sobre colchones delgados rellenos de paja sucia. Rendidas de cansancio, cerraban los ojos.

¡La tortura continuaba en el tiempo de descanso!

Nartita me hizo un sitio a su lado. Las tres especies de la litera no se quejaron. La ocupábamos cinco, un espacio asfixiante. Contemplando la situación se me olvidó concentrarme en mi traje; los piojos atacaron mi pelo, comencé a rascarme.

—Déjalo, intenta descansar. Nos dan pocas horas de sueño. Mañana me ocuparé de tus piojos.

Nartita bajó los párpados y se durmió. Escuchaba murmullos, oraciones élficas a la Naturaleza. La kapo aracne recorrió el barracón dando golpes a las que rezaban, apagó las velas y regresó a la comodidad de su cuarto.

Un silencio de cementerios. De hecho, vivíamos, trabajábamos, dormíamos en una tumba; el campo de la muerte de Lagedi.

Dentro de unas horas lanzaría la señal.

La kapo aracne nos levantó a patadas y latigazos, cincuenta minutos después. Nos gritaba que saliésemos rápido del barracón. Obedecimos y formamos otra fila a la derecha, pegadas al muro. Los varones se entremezclaban con nosotros. A base de gestos, conseguí que Nartita se pusiera delante de mí.

A nuestra izquierda veíamos el patíbulo. Una de las elfas que había llegado en el carro colgaba desnuda y muerta de la horca, con la lengua fuera. El comandante Turelio estaba a su izquierda. Proclamó:

—¡Ha intentado escapar! ¡La hemos cazado! ¡Miradla bien! ¡Su castigo ha sido la muerte! ¡Vosotros, perros y perras, estaréis de pie veinticuatro horas, mirándola! ¡El que no aguante de pie irá al foso! ¡Aprended la regla!

La elfa ahorcada se llamaba Taldia.

Los lizores nos hicieron pasar uno a uno delante de la víctima, sus manazas nos sujetaban los rostros y nos obligaban a contemplarla durante un minuto. Después, nos organizaron en diez filas, una delante de otra, frente a la víctima. Detrás, formaban los lizores, armados por completo, previniendo un conato de rebelión. En la primera fila estábamos, en el extremo izquierdo, Nartita y yo. En el muro de nuestra izquierda, unos metros más atrás, se hallaba el almacén con las armas, con la puerta con cadenas candadas por si algún prisionero lograba salir de un barracón en las horas de descanso y apropiarse de alimentos de la despensa. El kapo elfo plateado y la kapo aracne fumaban cigarrillos de liar apoyados en las puertas.

Era mi turno, tocaba actuar. Me concentré, borré mi tatuaje y conecté mi magia con la de Altea, sintiendo su fusión. En ese momento, con mis sentidos afilados, los oí salir del túnel de Cerceta, que se hallaba bajo el campo de la muerte de Lagedi. Imité el prolongado canto de un pájaro. A continuación, emití diez silbidos cortos. Combatiríamos con cerca de cien lizores. Perawan me dijo que atacarían desde arriba. Le pedí a Nartita que se fijase en las torretas o pequeñas fortificaciones colocadas encima de las cuatro esquinas del campo. En la de la izquierda, en el extremo izquierdo, Altea saltaba desde la rama de un cedro, tapaba la boca del centinela y lo atravesaba con la espada. En la de la derecha, Karku aplastaba de un porrazo los sesos del vigilante mientras Barbarroja se colocaba a su lado hacha en mano. En la almena de su derecha, Magüa tumbaba de un golpe de su tridente al tercer centinela. En la cuarta, las gemelas liquidaban al guardián, con Kesuk a su vera. Mis perros aguardarían fuera.

No veía al general Perawan y la ninfa Pétalo.

—¡Nartita, las armas del almacén! —grité.

Corrí hacia allí, me despojé del disfraz y, vestido con mi traje negro, empuñé mi cuchillo con la derecha. Corté las cadenas y el candado del almacén.

—¡Soldados, a mí! —gritó Nartita.

Nartita sacó de su bolsillo interior la horquilla de su madre y la clavó en el corazón de la kapo aracne, cumpliendo así su promesa. Uno de los soldados —diez aracnes, hembras y varones en condiciones— pegó un salto, atrapó el cuello del kapo elfo plateado con los muslos, giró y se lo rompió. Abrí las puertas. Se me unieron mi amiga y los soldados.

Con el arpón, destrocé la jaula de las armas. Nartita, escogiendo un tridente, las sacó y las repartió entre sus aracnes.

Me extrañó que el comandante sonriese sin dar órdenes y que los lizores no rompiesen la formación; los prisioneros débiles tampoco lo hicieron. Caminé por el pasillo, doblé la esquina; al final del siguiente, atada con cadenas a la pared, iluminada por una abertura del techo, había una elfa plateada joven y guapa, vestida con harapos sucios y un pañuelo blanco limpísimo al cuello, muy cansada y tumbada en el suelo. Tenía los ojos de azul canela, el pelo de un rosa suave, muy corto. Las orejas terminaban en punta, como las de los demás elfos. Su cuerpo, delgado en exceso, de pechos y nalgas consistentes, irradiaba todavía algo de calor. Levantó la vista.

—¿Quién eres?

—Smile.

—He oído a mis carceleros hablar de ti. ¿Quién te envía a rescatarme?

—Tu hermana, la reina. Luego, solo si quieres, nos acompañarás a buscar a mis padres.

—¿Qué tal están los Vigilantes?

—Enfermos, princesa Mariel. Los tiene la bruja.

La princesa Mariel compuso una expresión de ira y de aflicción.

Sospeché que Magala había capturado primero a la princesa y jornadas después se había presentado en el campo de la muerte con mis padres, de lo que aún no tenía noticia la princesa. Se lo conté, incluidas nuestras peripecias y el robo de la magia de los continentes.

—De acuerdo, os acompañaré a la batalla final de Morbum, pero primero tienes que romper mis cadenas y alejarlas. Magala, tras apresarme a traición, sin darme tiempo a reaccionar, me trajo al campo de la muerte y hechizó las cadenas. Su magia me debilita y evita la mía. Por eso hay que alejarlas. El problema es que gracias al hechizo son casi tan resistentes como el anqun.

—No te preocupes.

Empuñé con mi brazo derecho, el fortalecido por Yocasta, el puñal, y de un golpe seco corté la primera cadena, la atada a la pared. Rompí las otras con facilidad. Con la derecha agarré las cadenas y las arrojé contra la pared, la atravesaron, y el muro de la fortaleza, hasta que se estrellaron en un árbol.

La princesa, segundos después, se levantó. Sus ojos brillaban. De repente, a un gesto de su mano, el pañuelo fue deslizándose por su cuerpo haciendo desaparecer los harapos, convertidos en un vestido de mangas cortas color de la plata con zapatillas bailarina del mismo color. Mariel cerró un momento los ojos.

—La he localizado —dijo.

Se dirigió al armario destrozado de las armas, lo tiró al suelo. Detrás, oculto en la pared, había otro. Lo abrió. Vio dos vainas de plata con gemas y dentro una espada y una daga, y el cinturón. Se ciñó el cinturón y se colgó las fundas de las armas. Tomó fueras alimentándose con un muslo de pollo crudo, del doble del volumen que los terráqueos, y vino de una bota que cogió de la despensa. Mastico sin prisa, sabiendo que la rapidez al comer dañaría sus intestinos acostumbrados a la hambruna. Terminó. Desenvainó sus armas, una espada afiladísima que brillaba en la penumbra, como la daga. Enfilamos la puerta, ella empuñando la espada y la daga y yo el puñal con la derecha y el arpón con la izquierda. Llevaba a la espalda la aljaba con la flecha mágica que eliminaría con un montón de suerte a Magala, y el arco en el hombro.

24

Salimos al exterior. Encabezamos la formación en triángulo de Nartita y sus soldados. El comandante nos observaba sonriente, desconocía lo que le esperaba. Una mariposa de alas brillantes voló desde el cielo. Las alas le tapaban el cuerpo. La mariposa se posó en mi hombro, de espaldas al enemigo. Se trataba de Magüa. Saludó a Mariel guiñándole un ojo; la otra le regaló una cariñosa sonrisa.

Me preguntó el hada:

—¿Qué hago?

—Magüa, en la perrera hay veinte hienas asesinas.

—Cuando me lo digas me ocupo.

El comande del campo de la muerte de Lagedi miró las esquinas de la fortificación.

—Un gigante, un enano, una elfa oscura, una humana, las famosas gemelas con un poder que es un cuento de niños. El apoyo es ridículo.

Se rio. Nos preguntó:

—¿Quién está al mando?

—Yo, Smile.

—Por lo que he oído hablar de ti, esperaba un poco más de actividad —dijo el comandante con una sonrisa de maldad.

Nartita me observó y sonrió.

El comandante hizo un gesto y un lizor abrió la pajarera del muro derecho del almacén; colocó con rapidez mensajes en las patas de las palomas. Las cuatro palomas echaron a volar. Imaginé cuatro flechas acabadas en guantes de boxeo y las disparé. Cayeron al suelo.

El comandante me dijo:

—Mal movimiento, niño.

—Ahora, Magüa —me dirigí al hada.

El hada voló hacia la perrera, con el tridente rompió el candado, retrocedió al vuelo. Las hienas salieron, la rodearon, la olieron. Las hienas saltaron sobre el hada y las alas de Magüa brillaron y cegaron a las hienas, que cerraron los ojos. Magüa giró a la velocidad de una peonza enloquecida. El embudo del fuego surgido de su boca, durante el giro, quemó a las hienas en pleno salto. Duró segundos, el aire se llenó de cenizas, la brisa se las llevó. En el suelo del campo de la muerte, cayeron las calaveras de las hienas.

Los lizores cruzaban miradas asustadizas. El comandante Turelio preguntó:

—¿Quiénes sois?

Karku saltó del muro con Barbarroja agarrado a su espalda y aterrizó a mi lado. Altea, flotando en el aire con su magia, se situó a mi derecha. Las gemelas hicieron lo propio mientras Kesuk llegaba en su tabla, lo que asombró más a nuestros captores. Avanzamos unos pasos manteniendo el triángulo defensivo. Nuestros aliados, con Nartita a la cabeza, esperaban detrás una orden. Yo encabezaba la formación, tensando el arco cargado con una flecha puntiaguda, recién imaginada.

Los demás alzaban las armas.

Respondimos:

—Smile.

—Karku, jefe de los gigantes del Norte.

—Altea, hija de Indocar el Bravo.

Con la izquierda jugueteaba con su daga.

—Magüa, líder de las hadas de las cuevas.

—El pirata Barbarroja, tu peor pesadilla.

—Nartita y mis soldados, capitana del ejército de Júbilo.
—Kesuk, hechicera terráquea.
—Las gemelaaas, neciooo.
—Me conoces de sobra —concluyó Mariel con los ojos inyectados de furia.

Una luz de esperanza agitaba las miradas de los prisioneros, las congratulaba.

El comandante gritó:
—¡RS, matadlos!

Los lizores se dispusieron a luchar. Pero una voz les interrumpió:
—¡No tan rápido!

El comandante Turelio tenía en la garganta el cuchillo de Perawan. A su lado estaba la ninfa Pétalo empuñando la pica. No creí que los lizores la conocieran, de lo contrario saldrían por patas. Perawan y Pétalo habrían descendido por el muro, camuflados en la burbuja de invisibilidad de la ninfa.

Nartita subió al patíbulo, descolgó a la elfa ahorcada, la depositó en el suelo. Observando a Nartita, no me di cuenta. Un lizor levantaba la lanza, me atravesaría la cabeza, me faltaba tiempo de reacción. Pétalo arrojó su pica, la clavó en el hombro del lizor justo cuando soltaba la lanza. El lizor falló por centímetros, cortándome un mechón de pelo. Pétalo saltó, deshincó la pica del hombro y se la clavó en el corazón. El lizor se desplomó muerto y la ninfa, serena, se puso a mi lado empuñando la pica manchada de sangre negra.

—¿Aprecias tu vida, comandante? —comentó Perawan.
—¿Quién lo pregunta?
—El general Perawan.

Ante el nombre del legendario guerrero, los lizores y el comandante se ablandaron.

—Os superamos en número. Mis lizores están capacitados, general —dijo sin demasiada convicción el comandante.
—¿Como tus hienas?

Turelio dudó. Preguntó:
—¿Las condiciones de la rendición?

—Morir decapitado o morir lentamente.

Turelio, creyendo que una argucia le salvaría, ordenó acto seguido:

—Lizores, nos rendimos. Deponed las armas.

Los RS las tiraron al suelo.

El general se dirigió a los esclavos:

—¡Sois seres libres!

Estallaron en gritos de alegría. Uno de los aracnes prisioneros cogió una espada negra de los lizores, se acercó al foso de ácido y la dejó caer. Los demás, al borde del desfallecimiento, hembras y varones, lo imitaron. Después enfilaron los porches de las casas de los lizores y se sentaron a la espera de acontecimientos. Las dos elfas que se había apropiado el comandante emergieron de su casa y, llevando bandejas, comenzaron a distribuir agua, vino y alimentos sólidos. Los aracnes, enanos, humanoides y elfos, masticaban poco a poco y empezaban a sonreír. Las hembras de la habitación se les unieron en los porches; no pulirían más dientes. Los nuestros rodearon a los lizores. El general se dirigió a la elfa del tridente:

—¿Lo vigilas un rato, capitana?

Nartita asintió. La conocía, claro, como a todos sus oficiales.

Con cuerda de la soga, Nartita ató al comandante las manos por la espalda. Lo arrodilló de un par de patadas y le hincó las puntas del tridente, a dos manos, en la parte trasera del cuello. Al mínimo movimiento amenazador lo mataría.

El general Perawan se acercó a una humanoide a la que todos escuchaban. Sería la líder de la especie del campo de la muerte.

—¿Tu nombre, por favor?

—Xanda, mi general.

—¿Qué opinas?

—Encadenaría a los lizores en círculos, alrededor del pozo.

—¿Por qué?

—No me toca contártelo.

Perawan me miró, afirmé con la cabeza, el general hizo un gesto. Los soldados de Nartita encadenaron a los lizores, sentándolos en el suelo, alrededor del foso, cara a él, en cuatro apretados círculos concéntricos. Les vigilaron armas en mano. Cinco tensaban arcos y les apuntaban.

El general me indicó que lo siguiera y nos sentamos en el murete de las antiguas cautivas. Hablé durante hora y cuarto. Perawan, sin ocultar su asombro, me interrumpía y me pedía algún detalle. No le hablé de las sillas de montar, preferí que lo descubriese él mismo. Terminé. Una tormenta de sentimientos se llevó la expresión tranquila del general. Dijo:

—¡Santa Naturaleza!

El azul de su ojo cíclope me recordó las heladas aguas del mar del Polo Norte. Se levantó y miró el campo. Me dirigí a Barbarroja, Altea, Karku, Magüa, Kesuk, las gemelas y Pétalo. Hice un resumen de lo narrado al general, añadiendo lo de las monturas con dientes élficos. La tristeza y la rabia asomaron en sus ojos.

Perawan inspeccionó los departamentos del campo de la muerte de Lagedi. A ratos, saliendo de uno y entrando en otro, dirigía una mirada rabiosa al comandante Turelio. Se detuvo un instante delante de la habitación de los dientes y entró.

Pasaron cinco minutos.

Salió sosteniendo una montura de dientes, la mostró y besó amargado. Dejó la silla en el suelo con cuidado. Caminó lento, apretando los labios, hacia los lizores del foso y se detuvo a sus espaldas; tensionó los músculos, la vena del cuello se le hinchó, ancló una de las cuatro patas, inhaló oxígeno y lo exhaló con un grito de guerra. Resonó en los muros, que nos devolvieron el sonido de un alma herida. Las tres patas restantes del general salieron impulsadas hacia delante, golpearon las espaldas de tres lizores. A su vez, los tres lizores empujaron a los tres de delante, y estos a los siguientes, y los siguientes a los últimos, los sentados al borde del círculo infernal.

Cayeron dentro del foso uno tras otro. El general Perawan dio dos pasos y cruzó las cuatro manos tras la espalda. Los gritos de los lizores disolviéndose en el ácido no alteraron su rostro. Vio cómo se descomponía en el ácido el último lizor RS.

El general ordenó de espaldas:

—¡Nartita, tráeme al comandante! ¡Mariel, Altea, Barbarroja, gemelas, conmigo! ¡Que uno de los prisioneros veteranos venga con pluma, tintero y un mapa de este reino! ¡Smile, tú también!

Los demás permanecieron alejados.

Fuimos. De camino, recogí las notas de las palomas mensajeras y las leí; nos delataban a los demás lizores de la isla continente. Las hice añicos. Llegó una elfa veterana del campo con lo demandado. Entonces, sin que nos percatásemos, salió volando del almacén una paloma mensajera desplazada.

—¡Magüa! —gritó Perawan.

El hada despegó y, veloz, agarró a la paloma antes de que entrase en fase de teletransportación. Regresó y el general dijo:

—Dásela a Karku, me temo que la necesitaremos.

El general se anticipaba a los acontecimientos. El hada voló con la desplazada hasta el gigante, que sacó de su zurrón —donde al parecer cabía de todo— un segmento de cuerda. Ató las patas de la desplazada y la introdujo en el zurrón.

El grueso del campo nos contemplaba desde la distancia y el general pidió:

—El prisionero delante de mí.

Nos acercamos. Nartita seguía de pie con el tridente. El comandante se levantó y se aproximó. Nuevas patadas de Nartita. El comandante cayó de rodillas y el general preguntó:

—Comandante, ¿quién lo mandó?

—Magala. Yo solo recibía órdenes. Me obligaba la obediencia de un soldado. Cuestión militar, debería saberlo.

—¿Quién diseñó el campo?

Se lo pensó y dudó, descubriendo su mentira:

—Magala.

Perawan desenvainó su puñal, se lo ofreció a Barbarroja, dio la orden. El enano se agachó y cogió la mano del comandante; asestó un tajo al pulgar de la mano izquierda, mutilándola; brotó sangre, roja como la de los elfos plateados, y el comandante gritó. Dije enfadado:

—Desapruebo tus métodos, Perawan, te comportas como ellos. ¿Crees que la reina Urina estaría de acuerdo?

—Mi hermana no; yo sí —dijo Mariel.

—A mí me parece bien —terció Kesuk, con fiereza en la mirada.

—Nosotras lo cortaríamos en trocitos —dijo Piwy.

Acto seguido se transformaron en acero, y el comandante sintió miedo.

Con su espada, el general le amputó el segundo dedo. Las humillaciones sufridas reclamaban venganza. Los demás ni se inmutaron. Acudieron el gigante y el hada.

—Para —dije.

—Me comporto con menos violencia, Smile. Yo no soy inocente ni maldita falta que me hace. Ese eres tú. Mira, aguanta y aprende. O lárgate hasta que acabemos.

—Que te den, capullo.

—Diseñaste el campo, ¿verdad, comandante? —preguntó el general.

—Te contestaré en un tribunal militar, rata inferior.

Perawan cogió el puñal y se dispuso a seccionarle el índice.

—¡Perawan! —exclamó Altea.

—¡¿Qué?! —preguntó el general, ahora enloquecido.

Altea se calló sin comprender el cómo y el porqué de la actitud de Perawan, un soldado que respetaba las reglas de guerra referentes a los prisioneros.

—Responde, comandante de Lagedi —ordenó el general.

—No hablo con especies inferiores.

Perawan bajó el cuchillo y Altea detuvo su mano.

—Sirves a los Tador, general, que respetan las ordenanzas con los prisioneros. Detente —pidió Altea.

—Princesa oscura, hoy sirvo a la guerra. Demasiadas veces he perdido una batalla por los planteamientos erróneos de mi reina o su familia.

Altea no pudo afirmar lo contrario.

—Córtale otro dedo y me largo —avisó el gigante, serio.

—Y yo —le respaldó el hada.

Perawan no era tan cruel como el comandante con los esclavos, pero, de cualquier modo, lo estaba torturando. Comprendía la irritación, la frustración de Perawan. La reina bruja Magala había planificado la destrucción de varias especies con deterioros físicos y mentales. Sin embargo, el comandante merecía un juicio justo. El general observó al gigante y al hada un momento, sin cambiar el gesto de la cara. Viró la cabeza.

—¿Vas a cantar, elfo oscuro?

—Jamás, general.

—Mariel, Barbarroja, extenderle el brazo, que no se mueva —mandó Perawan.

Agarrándolo por el muñón de la mano y el codo, Mariel y el pirata alargaron el antebrazo en el suelo. El general levantó su puñal. Lo agarré del brazo.

—Todo tiene un límite. Y tú lo has sobrepasado hace un rato —dije.

—Te mueve el rencor —añadió Altea.

—Haberme detenido antes.

—Lo hemos intentado. Eres el más fuerte de nosotros.

—No es el más fuerte —dijo el gigante, arrancándole la espada de la mano.

—¿Quieres que te forme un consejo de guerra, Karku?

—Perawan, somos aliados, no soy uno de tus soldados. No entra en tus competencias.

—Mi espada, por favor.

Karku lo meditó unos segundos y se la devolvió, para no fomentar el conflicto en nuestra partida. Perawan contempló a Turelio y dijo:

—Tu turno, Nartita.

La capitana aracne sonrió. El general vio al comandante temblar, le constaba que los tormentos de Nartita multiplicarían los del general. Dijo dolorido, con un hilo de voz:

—Obedeciendo a Magala, diseñé el campo, recluté el cuerpo especial de los RS y organicé el sistema de exterminio.

El general se palmeó pensativo un codo. Preguntó:

—¿Sistema? ¿Hay más campos de la muerte?

El comandante prefirió sellar los labios. Perawan invitó:

—Nartita, cuando quieras.

Turelio, elfo oscuro, comandante del campo de la muerte de Lagedi, habló rápido:

—Nueve más en la provincia de Cerceta. Entrené a los comandantes y elegí las ubicaciones. Yo soy el comandante en jefe de los campos.

—Provincia no. Reino. Magala no ha conquistado Cerceta. Los nombres de los campos —pidió Perawan.

—Vaivara, Gusen, Chelmo, Grini, Rawa, Vernet, Ommen y Gurs.

¡Una matanza en masa planificada al milímetro!

Mariel interrogó:

—¿Prisioneros? ¿Defensas? ¿Tamaño? ¿Efectivos?

—Los mismos que aquí.

—Xanda, el mapa, la pluma y el tintero —pidió el general.

La humanoide le alcanzó la pluma y el tintero, y extendió en el suelo un mapa de Júbilo que había sacado de la casa del prisionero.

El general se dirigió de nuevo al comandante:

—Turelio, escribe en el mapa los nombres de los campos y sus coordenadas. Veo el dolor de tus heridas, al igual que veré tus mentiras —amenazó.

El elfo oscuro obedeció.

—Tiene buena letra el malnacido, aunque escriba con la zurda —dijo Barbarroja.

El comandante terminó. Perawan estudió a conciencia el mapa, lo estaría memorizando, y se lo guardó. Habló a la aracne:

—Capitana Nartita, lo has debido pasar fatal.

—Menos que los prisioneros veteranos.

—Encárgate del comandante.

El tridente penetró el cuerpo hasta la altura de la cintura, atravesando los órganos. La capitana extrajo el arma ensangrentada. Nadie dijo nada, muerto el comandante sobraban las palabras. El cuerpo cayó de lado, con los ojos cerrados.

La capitana se agachó dispuesta a lanzar el cadáver al foso.

—Aguarda —dijo el general.

Perawan lo cogió con los cuatro brazos y lo arrojó al centro del campo.

—Que se lo coman los buitres. Escuchadme, capitana y Xanda, hay que trabajar rápido. Apropiaos de los carros y montad a los enfermos. A caballo irán los que no quepan y el resto a pie. Os quiero a todos fuera, en una columna, enseguida. Llevaos y proteged con vuestras vidas las sillas de dientes élficos. Servirán de testimonio. La historia recordará a las víctimas del campo de la muerte de Lagedi. Vosotros dos dirigiréis la columna. En caso de duda, decide Nartita, tiene que recuperar la confianza. Dirigíos al extremo norte de la isla.

Luego viró y le habló a Barbarroja:

—¿Tu barco?

—En el exterior de la atmósfera de Cerceta, con mis piratas.

—¿Podrían ocuparse de nuestros amigos?

—Claro, botarían los botes y a remo llegarían al norte de la isla sin que se enterasen los lizores. Recogerían a los antiguos prisioneros y los mantendrían a salvo, conduciéndoles a un puerto seguro. Tendría que avisar a mi segunda en el mando.

—Xanda, el tintero, la pluma y un trozo de pergamino —pidió el general—. Barbarroja, escribe las instrucciones. Añade que llegarán más, los prisioneros de los otros campos.

La humanoide le alcanzó al pirata los elementos y este escribió.

—¿Altea, te importaría?

La princesa lo entendió, pilló una flecha de uno de los aracnes de Nartita, enrolló y ató con cuerda el pergamino del pirata a la varilla. Me alcanzó la flecha y dijo:

—Smile, carezco de la fuerza de tu brazo y tu arco. Vuelve a conectar tu magia con la mía, focaliza el barco.

A través del muro del campo, la isla y la atmósfera, ambos contemplamos el barco pirata con los enanos y las enanas. Tensé la cuerda y disparé la flecha hacia el cielo. Creó un arco de kilómetros y se clavó en la cubierta pirata.

La segunda al mando de Barbarroja, una enana mal encarada, recogió el pergamino, lo leyó y se dedicó a impartir órdenes. Los enanos botaron los botes y comenzaron a remar hacia Cerceta.

—Hecho, Perawan, los botes están camino de la orilla norte —dije.

Xanda y Nartita se marcharon a dirigir la retirada ordenada del campo. El pirata se apartó con el general y estudiaron el mapa de Cerceta.

Admití que el comandante merecía estar muerto. La guerra empezaba a extraer lo peor de mí. Mariel regresó a la despensa a continuar alimentándose y reponer fuerzas.

Fuera del campo vi a mis perros con el trineo; me ladraron contentos. Los enanos no conversaban con Barbarroja, le temerían. Altea lanzó un conjuro. La columna de antiguos esclavos se convertía en pacíficos humanoides con todos sus brazos, una ilusión óptica. Ocultaban las sillas de dientes en los carros. El general le entregó a Nartita una bolsa con dinero tomado de la casa del comandante.

—Nartita, si os cruzáis con lizores decidles que estáis en viaje de negocios, tratando con los enanos. Si insisten con las preguntas, dadles dinero. Os dejarán pasar. Sigue tu intuición y condúcelos vivos hasta la orilla.

Se despidieron con un apretón de manos. Nartita me cogió en un aparte y me dijo:

—Smile, no te hundas. Por lo que me acaban de contar, el reino depende de ti.

—Lo que le habéis hecho al canalla del comandante no me ha gustado.

—Salvaremos a cientos, a costa de uno, un sádico.

—Lo que me preocupa es que sea a costa de más.

—Cuídate humano, y cuídanos.

La columna desapareció en el sendero. Los enfermos parecían fantasmas. Recordarían Lagedi cada instante de su vida.

Mariel regresó.

El general dijo:

—Esperad un momento.

Se internó en el campo de la muerte. Entró en el almacén y salió sujetando ocho antorchas encendidas con las extremidades. Montaba a pelo un caballo, agarrando las bridas con los dientes y guiándolo. Incendió los techos de las diferentes dependencias y tiró dentro las antorchas. Su calva naranja relucía al calor del fuego. Quince minutos después, el campo de la muerte de Lagedi ardía elevando sus llamas al cielo. El general salió, pegó un grito de satisfacción y dio una palmadita al caballo, que partió al galope.

El general ordenó:

—A los túneles.

25

Subimos al trineo. Sila, Nuna, Tukik y Pinga trotaron seiscientos metros y saltaron dentro de un agujero. Nos posamos en el interior de un túnel; parecía tener siglos, con las paredes empedradas y el techo abovedado. El general dijo:

—¿Nos prestarías tus perros y tu trineo?

—¿Vas a los demás campos?

—Barbarroja ya lo sabe —mencionó mirando al pirata—. Nos irá indicando qué túneles tomar. Debemos liberar a los prisioneros.

—¿Prométeme que no torturarás a los comandantes?

—Tienes mi palabra. Sobre ejecutarles me niego a dártela.

Incendiaremos los campos de la muerte.

«La guerra es crimen —pensé—, aunque en este caso necesaria, en nombre de la libertad».

—Vale.

—Yo voy con ellos, Smile —me dijo mediante telepatía Kesuk.

—No matarás a ninguna criatura.

—No te incumbe.

La ninfa habló y Magüa la tradujo.

—Dejad de hablar telepáticamente, os puedo escuchar. Os lo dejé claro en mi reino. Yo me uno a la caza.

Los demás me miraron perplejos. Sabían que Kesuk utilizaba la telepatía, pero no que yo había aprendido el hechizo.

—Me apunto —dijo Mariel.

—Nooosotras te acooompañamos, general —dijo Pinky.

—Filetearemos a los comandantes, la carne de elfo está riquísima —dijo Piwy lanzando una de sus carcajadas.

Nos reímos, salvo el general y las dos princesas elfas.

El hada habló con los perros, me miraron, afirmé con la cabeza. Perawan dijo:

—Smile, Magüa, Altea y Karku, seguid el túnel hacia el sur sin desviaros, acabaréis en la playa a la que llegamos. Esperadnos. En marcha.

Nos apeamos del trineo.

—Smile, hubieras sido un gran capitán pirata, justo y decidido —me halagó Barbarroja con una sonrisa.

Los perros se fueron a toda velocidad. Karku me cogió en brazos y Magüa agarró de las manos a Altea. Al vuelo y a la carrera, rapidísimos, enfilamos por el túnel la playa.

Llevábamos siete horas agazapados en la arena, alerta. Las antenas de Magüa refulgieron con una luz intensa. Dijo:

—¡Vienen lizores!

Nos pusimos en pie prestos al combate. Entonces comenzaron a llover pedruscos embadurnados de brea ardiente que al precipitarse en la playa sonaban como explosiones. Su fuego amenazaba con achicharrarnos; los lanzarían desde catapultas. Esquivamos la primera andanada. Durante la segunda imaginé flechas martillo, las disparé con mi brazo derecho, cuatro piedras flamígeras se hicieron añicos. Magüa, zigzagueando en el aire, las golpeaba con su escudo y cambiaban de trayectoria. Karku destrozó un par con la porra antes de que le alcanzasen. Altea, con la espada empuñada a dos manos, partió otra por la mitad.

Pezuñas de caballos resonaron en la tierra. Al mismo tiempo que se nos abalanzaban veinte jinetes lizores armados hasta los dientes, brotaron de la arena, de un túnel, mis perros con el trineo y mis amigos barnizados de cenizas, barro y sangre.

Se habían encargado de los campos de la muerte.

—¡A bucear! —gritó el general.

Nos constaba que Pétalo no utilizaría sus ingentes recursos en Cerceta. Nos zambullimos. Jabalinas y flechas nos rozaban igual que balas.

Metros adelante las armas lizorianas no nos alcanzaban. Buceamos unos pocos kilómetros; gracias a nuestras distintas habilidades y el mono de Kesuk, podíamos respirar bajo el agua; atravesamos el muro delgado y azul, que se hundía hasta el fondo marino y representaba la frontera de Cerceta. Perawan indicó con el pulgar que nadásemos a la superficie. Arriba dijo:

—Al trineo. Altea, ahora.

La princesa simplemente chascó los dedos, una ola de quince metros de altura nos alzó sobre su cresta espumosa. Pétalo, a nuestra derecha, levitaba unos centímetros por encima de la ola y Kesuk volaba en su tabla.

Perawan agregó:

—Kesuk, Altea, necesito que os comuniquéis con la reina Urina con telepatía.

Lo intentamos y no lo logramos. Nos extrañó, y mucho. Negamos con la cabeza.

—Kesuk, abre un portal mágico.

Tampoco lo consiguió.

—¿Pétalo?

Magüa la tradujo:

—Manejo la telepatía como cualquier rey de Memento, algo conocido. La utilizo, me expongo a que Magala me descubra. Avisará a Thanatos. Me tenderá una trampa, me costará más vencerlo, aunque sean diez minutos, de los que no dispondremos teniendo en cuenta que la batalla habrá de ser rápida para liberar a los Vigilantes y curarlos a tiempo.

Nos aclaraba, por si existía aún alguna duda sobre el mentado combate inaplazable, que Thanatos se le antojaba una cucaracha a la que aplastaría de un pisotón.

Perawan opinó:

—Un análisis correcto.

La princesa Mariel, de improviso, cerró los ojos. La rodeó un aura plateada. El aura desapareció. Dijo:

—Magala nos ha localizado, su magia ha crecido tanto como la luz de su estrella. Imposibilita parte de vuestros poderes, señor Sonrisas y Kesuk, de ahí la obstrucción de vuestra telepatía. Nos espera en Morbum. Cree que Pétalo es una ninfa normal.

Perawan preguntó a Karku:

—¿No tendrás pergamino y tinta?

—Tinta no.

Extrajo del zurrón una tira de pergamino y el carboncillo mojados. Altea abrió la palma de la mano izquierda, de la que surgió un chorro de aire caliente que los deshumedeció. El general escribió algo. Karku le entregó la paloma desplazada; el general desató sus patas y enrolló el pergamino. Le hizo una señal al hada. Magüa zureó a la paloma, el sonido que emitían las palomas, y retornó a mi hombro.

—¿Te comunicas con las palomas? —le pregunté.

—Domino los idiomas de las especies voladoras de Memento, soy una de ellas, además de las del suelo.

Perawan soltó la desplazada y, entrando en fase, se teletransportó.

—Le he aconsejado a la reina Urina, con la desplazada, que reúna una coalición de ejércitos y los comande hasta Morbum. Somos pocos, no podremos con lo que nos encontremos en el reino de los muertos.

Mis padres, al borde de desfallecer, estarían con la bruja. Se me ocurrió una idea que aplicar en Morbum. La sopesé y la solté:

—Mariel, Altea, ¿seríais capaces de volver invisible a Magüa?

Captaron la idea y Mariel contestó:

—Magala lo descubriría, a menos que la magia de Pétalo lo impidiese. Sería una excepción a lo que le ha prometido a Perawan.

El general dio su consentimiento. Pétalo afirmó con un gesto, nos ayudaría. Magüa añadió:

—Me ocuparé de tus padres, Smile.

Luego, descendiendo sobre la ola, con un hechizo de curación, Kesuk sanó mi pómulo, el que había golpeado el difunto comandante Turelio. El pómulo se deshinchó y tonificó al instante.

Altea levantó los brazos, señaló el horizonte de un mar en calma y un cielo limpio de nubes. La ola arrancó con nosotros encima.

Así había llegado tan rápido a Iris.

Altea preguntó:

—¿Smile, Kesuk, Mariel, Pétalo, me ayudáis?

Kesuk descendió sobre la ola y los cuatro urdimos el mismo hechizo echando los brazos adelante. Descubrí que algunos de los conjuros terráqueos y mementianos resultaban parejos.

La ola avanzó a velocidad de misil con nosotros en la cresta, directos a Morbum. La brisa nos secaba.

Partimos alejándonos de la maldad, partimos a otras tierras y otros infiernos. Partimos en busca de la dignidad perdida, al menos yo, siendo cómplice de la tortura al comandante de Lagedi. Pero partimos orgullosos, después de liberar el campo y de que mis amigos incendiasen los otros. Partimos hacia nuevas batallas y horizontes con el deber cumplido.

26

Durante la travesía no me quitaba de la mente a mis padres. Mi menor desliz los condenaría a una muerte segura. Me templaría y no permitiría que me asaltasen el odio y el rencor, conservando puros mi inocencia y mi amor. Reflexioné sobre nuestra aventura, analicé los acontecimientos con objetividad. Recordaba y razonaba las lecciones del camino que me ayudarían a vencer a la bruja Magala: el control de mis instintos, de mi magia.

Demasiadas jornadas sin sentir los abrazos y besos de mis padres me habían hundido en un pozo de pena, como a Kesuk, y, al mismo tiempo, empujado hacia delante, siempre hacia delante, buscando la cercanía de su cariño. Con trece años mi existencia, ausente ellos, carecería de sentido, lo que no me perdonaría en caso de perder con la bruja, de lo que jamás me recobraría. Comencé, al hilo de mis pensamientos, a armarme de renovado valor. Lo lograría, juré a los cuatro vientos. Esbocé una sonrisa de desafío. Borraría a la bruja Magala de la faz de Memento.

A dos con seis millas náuticas, aparecía un nuevo muro de luz; de color ceniza, delgado. Nacía del fondo marino y ascendía en el cielo. Lo atravesamos.

Karku dijo:

—Los muertos habitan Morbum, los malignos. Allí no encontraremos nada positivo.

—¿Los buenos?

—Están en el cielo de Memento.

—¿Fantasmas, espíritus en Morbum, Karku?

—Las especies de Morbum, aunque muertas, son corpóreas, tangibles. Hay facciones enemigas y amigas, igual que en cualquier reino.

—¿El rey?

—Un luchador hábil. Resucitará a la jornada siguiente, después de matarlo Pétalo, lo mismo que los habitantes de la isla. Los únicos inmortales son los muertos malignos —concluyó el gigante.

—Smile, permaneceré a tu lado —me dijo con dulzura Kesuk.

Magüa tradujo:

—Soy inmortal, seguiré viva cuando el universo se consuma —afirmó la reina ninfa.

¡El alcance de su poder no paraba de asombrarme!

Kesuk dijo sarcástica, esbozando media sonrisa:

—Solita en el vacío. Un rollazo.

—Viajaré a otro de los universos.

¡Jo!

Kesuk y yo nos miramos anonadados. Un puñado de científicos terráqueos, en base a la mecánica cuántica, una derivada de la física que analiza el espacio, aseguraba que existía el Multiverso, compuesto de varios universos. Pétalo lo acababa de confirmar.

La atmósfera de partículas de ceniza y arena nos permitía respirar lo justo. Había menos cantidad de oxígeno y la textura del aire era casi transparente. Cinco minutos después avistamos la costa de Morbum. La ola menguaba avanzando, hasta ser una plancha de espuma que nos alojó con suavidad en una playa de arena y ceniza volcánica. Detrás subía un repecho de piedra, una ligera pendiente. Le pregunté al hada por el volumen de la isla y me contestó que resultaba poco más grande que Cerceta.

Palpé la arena. Dije:

—Aquí no han robado la magia del continente. Magüa, arriba, por favor.

Me agarró del cuello de la cazadora y subimos cuatro kilómetros. La geografía resultaba infernal; el calor, brutal. Había infinidad de volcanes, en erupción o no, lenguas de lava, senderos de ceniza negra, peñascos, rocas, puentes de piedra sobre ríos de llamas, caminos de caliza granate, suelos resquebrajados, polvo gris y túneles. Magüa dijo encantada:

—Voy a bañarme.

Enfiló un volcán cercano, de dimensiones medianas. Recordé las palabras del hada en la cordillera Pirinaica, cuando buscábamos a Wendigo: «A veces me baño dentro de un volcán en erupción, de los pocos que hay en Memento, si descontamos los de Morbum, un continente que no conozco. El tacto de la lava resbalando en mi cuerpo es muy agradable. Además, la lava alimenta mis llamas, multiplica su poder. Y aumenta mi tamaño».

Empezaba a conocer Morbum, le satisfacía la variedad de volcanes. Regresó y la impresión que me causó casi me tira de espaldas. Rejuvenecida, sus alas brillaban con soltura e irradiaba magnetismo y, efectivamente, había aumentado de tamaño, como su escudo y su tridente. Igualaba mi estatura. Me percaté de su excepcional belleza; sus ojos almendrados brillaban alimentados de lava. El cuerpo, de piel blanca, era de proporciones equilibradas, pechos, caderas y nalgas consistentes. Su rostro se parecía a las modelos de las revistas. Una reina de la belleza con un par de antenas que, de repente, brillaron.

—¡Se acercan badus! —exclamó.

No me molesté en preguntar qué especie sería. Karku soltó a los perros y Perawan añadió:

—Esperaremos a que pasen. A la pendiente. En silencio.

Karku agarró el trineo y subimos la pendiente. Nos agazapamos y Karku dijo:

—Pétalo, te toca.

Pétalo usó su habilidad nínfica, no sus atributos regios; su magia revelaría nuestra ubicación en la isla a Thanatos y Magala. Expandió la burbuja de invisibilidad, nos ocultó. Cincuenta badus, armados, desfilaban atentos en la playa, con un capitán al mando. Pensé que estábamos en su territorio. Lo vigilarían de una facción o una especie distinta. Los badus se parecían a los faunos de la mitología terráquea; de cintura para abajo tenían piernas de animal resistentes, peludas y musculosas, con pezuñas; eran magníficos corredores. De cintura para arriba mostraban torsos y brazos atléticos, iguales a los de los humanos, de piel morena. Lo único que distinguía sus caras de las terráqueas era un cuerno rojo nacido en la frente. Portaban machetes y escudos cuadrados. Magüa contemplaba seria los escudos.

Uno de mis perros resbaló, desprendiendo piedrecitas de la pendiente. El capitán de la compañía se detuvo, dando el alto con la mano. Olisqueó el aire. Se fijó en el lugar donde se acurrucaba Nuna. Mi perro se mosqueó, gruñó. Los badus nos descubrieron. Pétalo descompuso la burbuja. El capitán badu dijo extrañado:

—Son seres vivos.

Los badus empezaron a discutir qué hacer, sin comprender cómo habían llegado a Morbum «seres vivos». Perdían el tiempo, lo utilizamos a favor, cazándoles desprevenidos. Karku saltó agitando la porra, rodó en la playa pegando porrazos, mató a diez badus. Resucitarían dentro de una jornada. Los perros la emprendieron a mordiscos con ocho, los liquidaron en un santiamén. Pétalo, ágil, rápida, precisa, furibunda, con la pica, cercenó el cuello a tres. Magüa incineró a cuatro. Yo imaginé flechas bola de billar, las cargué, las disparé, alcanzaron en el blanco. Tres badus se desplomaron inconscientes. Sangre en la arena, arena en nuestros cuerpos, en nuestras ropas.

Los diecinueve restantes se reorganizaron. Perawan, Mariel, Altea, Kesuk y Barbarroja se precipitaron sobre la formación. Chocar de metales, tridentes, dagas, puñales, espadas y el hacha del pirata. No lo había visto combatir. Pese a su volumen y tamaño, mostraba una destreza impresionante y era ágil y veloz. Al cabo de minutos los badus estaban muertos en el suelo, menos el capitán; se había defendido mejor que los demás.

El capitán enemigo, con una pezuña, tiró arena a los ojos del gigante y lo cegó. Se lanzó bajando la cabeza contra Karku. Ocurrió algo increíble, el cuerno del capitán atravesó de lado a lado el muslo derecho del gigante. El gigante, con un alarido de dolor, cayó de rodillas. Se desclavó al badu. Lo arrojó a treinta metros, estampándole contra una roca.

Mi amigo, rendido en el suelo, perdía sangre a borbotones.

—Pétalo, hora de anunciar nuestra presencia —dije.

—Dejadme morir. Os dará tiempo a pillar a la bruja por sorpresa —se ofreció generoso el gigante.

—No comerciamos con vidas —aseguró Perawan.

Pétalo asintió, posó sus manos en la herida, cerrándola de inmediato y proporcionándole salud al gigante. Pasado un rato escaso, Karku se levantó de un salto dispuesto a batallar. La ninfa había usado un hechizo de reina y Magala nos acababa de descubrir, deduje.

—Mil gracias, hija de Memento.

La reina no lo negó, y expresando una dulzura que nos sorprendió, no siendo propia de ella, levitó y besó en la mejilla al gigante. Karku sonrió encantado.

Mis perros regresaron. Recuperé el trineo y los até.

Mariel cerró los ojos, su rostro expresaba esfuerzo, los abrió y dijo:

—He localizado a Magala. Nos espera en el volcán más alto. Está con tus padres. No veo a Thanatos ni a Perséfone.

¡Mis pobres padres!

—Lo más probable es que Perséfone sea la aliada de la bruja que ha estado robando la magia de los continentes, menos del suyo —conjeturó Barbarroja.

—Ya veremos —dijo el general, cauto como de costumbre

—¿Por qué nos aguarda la bruja en el volcán más alto?

—Piensa, Smile. ¿Qué le contó la bruja a Wendigo? —me sugirió Magüa.

Lo medité. Encontré la respuesta. Las primeras palabras me salieron del alma:

—¡Santa Naturaleza! Magala le dijo a Wendigo que reduciría Memento a cenizas. La primera vez asesinó a un tercio de la población de Júbilo y Tantibus. Es capaz de cualquier cosa. Su ambición y su maldad carecen de fronteras La única manera de incendiar el planeta es hacer entrar en erupción un volcán gigante y, con magia, lanzar una lluvia de lava a los reinos. Thanatos ganaría miles de súbditos, de muertos. Ahí radica la clave de su pacto con Magala. La tierra quemada, debilitada, la Naturaleza, perdería la mayoría de la magia. El planeta viviente agonizaría. Los reyes, ausente su magia, la que les facilita Memento, serían inútiles en una pelea con la bruja. Magala vencerá al planeta, esclavizará a los supervivientes y, lo peor, absorberá su magia.

—¿Después? —preguntó el hada.

—Atacará la Tierra, mi planeta.

—Has acertado. Os guío al volcán volando —dijo Magüa.

—Al trineo —ordenó Perawan.

Pinky y Piwy no hicieron un chiste. El planeta estaba en peligro y no bromearían, sospeché, hasta que terminase el combate.

Los perros salieron a la carrera. El hada y Kesuk en la tabla, desde las alturas, nos avisaban de los volcanes, grietas, quebradas, trochas, lenguas de lava, precipicios y las aberturas de los túneles. El trineo se deslizaba sorteando las mil trampas de la tierra. Veíamos en la distancia el volcán, el mayor de Morbum, de siete kilómetros de altura. Encima, en el firmamento, a pesar de ser día, se contemplaba la estrella luminosa de la bruja.

Sentí la magia de mis padres en mi interior, una especie de aviso; me extrañó, estaban débiles. Pensé en lo que otras veces había reflexionado y volví a descartarlo recordando las palabras de Indocar el Bravo. No señalaba a mis padres como a los ladrones de la magia de los continentes.

—He percibido a mis padres, creo que nos piden que nos demos prisa. Magala se está preparando para incendiar Memento —dije.

—Los Vigilantes han guardado el último resquicio de magia que les restaba para avisarnos. Buena jugada —dijo el general.

El hada me escuchó en el cielo y durante una hora, en vez de sendas, siguiendo las orientaciones del hada, nos deslizamos por rocas, cruzamos túneles bajo la tierra que iluminaban las alas de Magüa, saltamos un par de cañones surcando el espacio, rodeamos volcanes, evitamos las lenguas de lava pegando grandes brincos, esquivamos géiseres de vapor hirviente, levantamos con la velocidad nubes densas de ceniza y arena volcánica. Proseguimos sorteando los obstáculos o los atravesábamos sin más.

Nos detuvimos a cinco kilómetros del volcán de la bruja Magala.

Empezó la pesadilla. Mi vista aumentada la contemplaba. Del volcán, en vertical, surgía una columna de lava estrecha, podría abarcarla con los brazos, se elevaba hasta casi tocar el cielo. Luego, sin dejar de fluir, se dividía en ocho gruesos filamentos que, poco a poco, con una determinación mortuoria, como las varillas de un paraguas, en distintas direcciones, comenzaban a crear arcos que se extendían más allá de la atmósfera de Morbum, dirigiéndose a los reinos de Memento. Arriba, con mis sentidos aumentados, distinguía a un ser y dos humanos. Magala y mis padres, me dije con el corazón encogido de espanto.

—Los veo —me dijo Kesuk telepáticamente.

El planeta, además de incrementar su fuerza física, había agudizado sus sentidos.

¡Una mujer magnífica!

—Son ocho lenguas de lava, lo que significa que de los diez reinos quedarán indemnes dos, Morbum y Cerceta, el reino de la novia del rey de los muertos. Magala necesita al menos un reino; desde Cerceta reconstruirá los demás a su imagen y semejanza. Perséfone se oculta con Thanatos cerca.

La lógica del general Perawan resultaba aplastante.

Había que pensar en nuestro próximo movimiento. Los perros jadearon y el hada y Kesuk regresaron al trineo, sucias de ceniza, como nosotros. Karku extrajo del zurrón un catalejo, me lo tendió y lo desplegué.

Miré con el catalejo el cráter del volcán, reconcentrado en mis sentidos, con lo que amplificaba las lentes del catalejo. Veía un pivón de aventura. La bruja Magala estaba disfrazada de elfa oscura joven, una belleza de ojos rojos y largo pelo largo naranja, vestida con falda ajustada hasta encima de las rodillas y una capa sobre los hombros que le colgaba abierta hasta el final de la falda, ambas piezas de un color beis oscuro tirando a marrón. Cerraba la capa en el cuello con dos botones, y debajo llevaba una camisa ceñida de cuero rosa; en vez de botones la clausuraba con cintas. Prendida en la cadera derecha había una vaina de plata con runas y la daga correspondiente. Calzaba bailarinas negras y su hermosura y su cuerpo resultaba un paisaje mayor que el de cualquier mujer que hubiese conocido.

Kesuk me robó el catalejo y la observó. Luego me pegó un codazo.

—Tontaina, intenta engatusarte con su disfraz de mujer perfecta. ¿No te parecerá más guapa que yo? –dijo un matiz celosa.

—Claro que no —mentí.

Kesuk me devolvió el catalejo. Magala alzaba los brazos en el borde del cráter, guiando la lava emergente. A su lado, escuálidos, con manchas rojas en la cara de sarampión o una enfermedad agresiva, atados con cuerdas, de rodillas, cabizbajos, sin fuerzas, estaban mis padres. Contuve la rabia y, tras plegarlo, me guardé el catalejo. Quizás lo necesitase.

—Ya llega —advirtió Magüa.

—¿El qué? —pregunté.

—El ejército de Thanatos, los muertos de la especie cuprum.

Esperaba que fuese la última especie que me encontraba.

Un fragor metálico invadió el volcán. Contemplé el camino. Los cuprum corrían en nuestra dirección, se armaban con lanzas; desnudos, tenían duras anatomías. Eran seres con perfiles de humanos, de complexiones normales, pero con cabezas sin rostro, ni pelo, orejas, bocas, narices y ojos, ni atributos sexuales. Estaban forjados de cobre macizo y alcanzaban los dos metros y medio de altura. El ejército, unos ochocientos cuprum, se acercaba a la carrera. Solté a los perros.

Perawan dijo:

—Pétalo, ahora usa tus poderes, liquídalos.

Magüa tradujo.

—Reservo mi magia. La utilizaré con Thanatos.

—Mentira, esperas a que tu padre, el planeta, compruebe si soy apto —dije.

Se limitó a sonreírme burlona.

—Nuestras magias están destinadas a Perséfone —la secundó Mariel mirando un momento a Altea.

—Ochocientos contra diez y tus perros, Smile. No me veré en un aprieto como este. ¡A la lucha! —dijo Barbarroja.

Las gatas tocaron mi cazadora y se transformaron en anqun, el metal plateado.

El enano, blandiendo el hacha, corrió contra los cuprum. Le seguimos. Cambió de dirección y se plantó al final de un pasillo donde, codo con codo, cabíamos con los perros. Una estrategia digna de un pirata. Con lo estrecho del paso al enemigo no le quedaba más remedio que atacarnos en grupos pequeños. Magüa, sin decir esta boca es mía, se marchó al vuelo. Sus razones tendría.

Las gatas, a sablazos y desgarres con sus uñas, a una velocidad inusitada, destrozaron a doscientos cuprum y, luego, retornaron sonrientes. Viéndolas en acción, no me extrañó que estuviesen a punto de conquistar la capital de Júbilo.

Restaban seiscientos cuprum.

Las ocho lenguas de lava, emergiendo del volcán, proseguían rumbo. A menos que las detuviésemos, envolverían en llamas a los continentes.

El aliado de Magala, el ladrón de magia, quizás Perséfone, aún no se presentaba, ni Thanatos. Los cuprum arrojaron las lanzas. Karku cogió el trineo, lo usó de escudo, las lanzas rebotaron en el trineo. Los cuprum, estrechándose en los metros de ancho del paso, asaltaron la barrera. Mis amigos y yo aguantamos. Bajo los porrazos del gigante, los mordiscos de los perros, el hacha de Barbarroja, las espadas del aracne, las espadas y dagas de las dos princesas, la pica de la ninfa, mi cuchillo y arpón, la lanza de Kesuk y los sables de las gemelas, cayeron doscientos cuprum (estaban muertos, no extraviaría mi magia al no eliminar a un ser vivo).

Eliminaríamos a los otros cuatrocientos y ganaríamos la batalla: un imposible.

Mis amigos se batían con una pericia y velocidad que no habían mostrado hasta el momento. Los golpes y las lanzas comenzaron a herirlos y a hacer mella, menos a las princesas y la ninfa; con su magia cerraban sus heridas al instante; y a mí, protegido con el traje de anqun, y a Kesuk, vestida con el mono de vibranio.

Mis amigos sangraban.

¡Morir era nuestro destino!

Unos rugidos ensordecieron el cielo. Sin aviso, por fortuna, volando rápido, se aproximaba al camino Tesio acompañado de sus cinco mantícoras. No los esperábamos. Tesio había decidido ayudarnos en base a la antigua amistad que le unía a Karku, Perawan y Magüa. Con las mantícoras, la batalla se igualó; las mantícoras sobrevolaban al enemigo, cortando con una precisión quirúrgica el cobre con las zarpas, azotándoles con las colas, elevándoles en el aire y luego lanzándoles contra las rocas. Mis amigos continuaban peleando sacando combustible de sus espíritus aguerridos. Las mantícoras, viendo la debilidad de mis amigos, comenzaron a pelear en tierra, pegados a nosotros. Salíamos del paso y avanzábamos unos metros uniéndonos a Tesio y sus amigos. Habían perecido doscientos cuprum, no sin herir antes, en tierra, a las mantícoras, debido a su número superior.

De repente, sacándome una cabeza de altura y otra de corpulencia, calculé, Magüa apareció como un destello en el cielo. Se habría bañado de nuevo en un volcán, triplicando sus dones. De una sola pasada, expulsando un fuego entusiasta, eliminó a los doscientos restantes, pero a qué precio. Karku, Perawan, Barbarroja y mis perros sangraban recostándose contra unas piedras; algunas de las mantícoras tenían las alas perforadas y eran incapaces de volar.

A causa del esfuerzo, Magüa volvió a su tamaño y estado natural. Mariel y Altea procuraron aplicar a las heridas sus dones curativos, las sanaron a medias.

—La magia de Magala nos lo impide. Es más fuerte que un monarca de Memento, su estrella le ayuda —dijo Altea.

—¿Estáis convencidas? —interrogué.

—Dos princesas suman la magia de un rey. La bruja no nos iguala a Altea y a mí, nos supera —aclaró Mariel, sacándome de mi duda sobre su don sanativo.

Pétalo tuvo el detalle de transmitir una porción de su energía de curandera a mis amigos y las mantícoras. Karku, Perawan, Barbarroja, mis perros y dos mantícoras, maltrechos antes, se levantaron sin un rasguño

—Lo estás haciendo de maravilla, mi amor —dijo Kesuk.

—¡¿Me has llamado mi amor?!... Una palabrota en tu boca —contesté al final con una sonrisa irónica.

—Espera a que acabe la guerra y lo hablaremos.

—Tooortolitos —dijo Pinky.

—¡Vivan los novios! —gritó Piwy arrojando ceniza al aire como si fuera el confeti de una boda.

Había errado. Las gemelas no dejarían de bromear ni al borde de la muerte.

Desde nuestra posición, la parte más elevada de la isla salvo el volcán, contemplábamos las aguas de la orilla sur del reino, de una calma que precedía a la siguiente batalla, la definitiva: mi lucha contra la bruja.

27

Nos guarecimos a la espalda de un peñasco, vigilantes. Le devolví el catalejo a Karku, lo desplegó y estudió el perímetro.

—No encuentro especies muertas —dijo.

—Altea, Mariel —dije.

A un gesto de la ninfa, el hada se volvió invisible; solo vimos las cenizas que se dispersaron en el aire. Volaría bajo, la bruja no contemplaría las cenizas aventadas con su velocidad. Cogí el catalejo. Poco rato después, el hada invisible agarró a mis padres y se los llevó. La bruja vio cómo Magüa se introducía en un túnel. Realizó un gesto y una lengua de lava entró rauda en él.

—Karku, Tesio: el peñasco —dijo Perawan.

El gigante, Tesio y Perawan arrancaron de cuajo un peñasco cercano. El hada emergió con mis padres. Mis amigos lo colocaron de nuevo en su sitio y oímos a la lava burbujear bajo el peñasco. Mis padres estaban pálidos y enfebrecidos. Me embargó la felicidad más absoluta. Nos abrazamos en silencio, sin que yo pudiera evitar que me resbalasen unas lágrimas.

A mi padre le había crecido la barba y los ojos de mi madre estaban apagados. Pétalo nos rodeó con un halo verde oscuro. Sentí cómo mis padres se recuperaban de las fatigas y las enfermedades. Pasados unos minutos, estaban en perfectas condiciones físicas. Yo irradiaba felicidad, y Kesuk también, pensando que se reencontraría con su padre.

¡Al fin!

—Gracias, Pétalo —dijo mi madre con su voz suave como un manantial.

—Hijo, mejor imposible —me dijo mi padre con su voz rasposa.

Mi madre, médico, me exploró con sus manos y su magia, de una solidez inimaginable. A lo mejor no andaba tan desencaminado en mis sospechas. Nos apartamos a un extremo del peñasco y nos sentamos en el suelo, abrazados. Me acariciaron en silencio, y yo a ellos, henchido de alegría.

Mi padre dijo:

—Cuéntanos.

Tardé un rato en narrarles mis andanzas en Memento. Me sentía encantado de reunirme con sus mimos, con su aliento, con nuestro amor inquebrantable. Lo había anhelado y mis deseos se hacían realidad.

Mi madre dijo:

—Cuando naciste, Pétalo nos contó que tu magia obraría milagros que ni podríamos imaginar. Estás a punto de conseguirlo. Escucha con atención, hijo mío…

Interrumpió la conversación el ruido ensordecedor de un tifón de agua y ceniza. Se terminaba de formar sobre la superficie de las aguas, ascendió, giró, se detuvo en el cielo a setecientos metros de nosotros. Se disolvió poco a poco. Vimos a Thanatos, el rey de los muertos. Sabía hacer una aparición en el escenario, el de hoy similar a una mortaja. Cayó de las alturas de pie, resquebrajando la tierra con el impacto. A lo lejos, la mancha diminuta que era la bruja ni se movió.

El aspecto del rey de los muertos resultaba aterrador. Medía tres metros, vestía armadura completa de acero negra, llevaba al cinto un espadón negro. De complexión fuerte y piel morena, tenía el cabello largo y negro, la cara redonda, las cejas espesas, la nariz recta. Calaba en la cabeza una corona de piedra negra. Las cuencas de sus ojos estaban vacías. De las cavidades surgía una niebla corta, espesa, negrísima. El labio superior era de color morado, el inferior y la barbilla no existían, los sustituían dientes negros y la parte del esqueleto del resto de la cara.

Pétalo levitó encima del peñasco y sopló un huracán. Thanatos desenvainó la espada y puso una rodilla en el suelo; agachó la cabeza, colocó el plano de la espada delante de su cuerpo, a medio metro de distancia, empuñándola a dos manos e hincando el remate, la punta, en el suelo. El huracán se abrió en dos vientos al topar con el plano de la espada. Ni lo rozó. Thanatos se alzó desafiante. Pétalo, pica en mano, creó un vendaval que la condujo a su encuentro.

Chocaron los metales, la onda expansiva del encontronazo arrasó las piedras de alrededor. Thanatos lanzó un tajo lateral con la espada y Pétalo saltó, librándonos por centímetros. La reina, desde el aire, a dos manos, intentó una clavada de pica vertical. Thanatos giró sobre un pie en el último instante, evitando el ataque. Ambos saltaron hacia atrás diez metros y se apuntaron con la pica y la espada. De la punta de la pica emergió un rayo verde, rectilíneo, estrecho, verde. De la punta de la espada brotó un rayo que hacía eses, delgado, negro. Toparon en mitad del puente. Emitían una energía enorme. En el punto de encuentro ambos rayos comenzaron a ensanchar, hasta conformar una esfera verdinegra, de cinco metros de diámetro. Los dos reyes, los más poderosos del planeta, sudaban a cantaros, congestionaban los rostros, forzaban su magia.

Me fije en Pétalo, sus ojos no revelaban cansancio.

Acaso la ninfa estaba generando una ilusión de victoria en Thanatos, usando una porción mínima de su energía, con la intención de, al aplastarlo, dejarlo humillado.

La esfera de energía explotó, proyectando la onda expansiva en los contendientes y nosotros, guarecidos tras el peñasco. Vimos a Thanatos y Pétalo derrumbarse en el suelo con los ojos cerrados entre una polvareda. Segundos de angustia y tensión. Pétalo, despacio, se incorporó con su pica. Tenía la piel quemada, cortes sangrantes, y se balanceaba como si fuera a desmayarse, pero su mirada decía lo contrario: se mantenía entera. Contempló, a veinte metros, a Thanatos. Con la piel igual de chamuscada y un montón de heridas, empezaba a incorporarse. Pétalo abrió los ojos como platos mirando el horizonte, allende la frontera de Morbum. Surgieron del mar cientos de algas que, impulsadas por un viento repentino, volaron y envolvieron a la reina ninfa en un capullo. Thanatos, mareado, se encontraba de pie. Del capullo, de un salto, con la pica a dos manos, brotó Pétalo inmaculada, sin rasguños ni quemazones; las algas, la naturaleza, le habrían proporcionado energía y curado. Su truco final, dejar herirse adrede para luego mostrarse como el ente que era. Descendió sobre Thanatos, clavándole el arma a la altura del corazón. El otro se desplomó muerto. Nos constaba que resucitaría a las veinticuatro horas. Pétalo, levitando, se aproximó. Dijo, traducida por Magüa, guiñándonos un ojo:

—No ha sido tan difícil.

La abracé.

Pétalo me susurro al oído, en mi lengua. No me sorprendió. Ya había supuesto que la dominaría.

—Escuchaba tus pensamientos mientras peleaba. Has acertado, menos en una cosa, no demoraba la pelea con el fin de humillarle. Permití que me hiriera para que los demás dudasen sobre si soy la hija de Memento, el secreto voceado en el planeta que la mayoría no termina de creer. Te lo confirmo, soy la hija de Memento y la única diosa de la magia de este universo. Guárdame el secreto. Hablé con el futuro antes de iniciar el viaje con vosotros. Dentro de unos años entraremos juntos en una oscuridad mayor que la de Magala, donde libraremos una guerra donde se decidirá la suerte del Multiverso. Por ello te he confiado mi condición.

Pasmado, me desligué de la ninfa, jurándome no contárselo ni a Kesuk. Decidí no meditar sobre la guerra del Multiverso hasta que sucediera. La carga, solo en el terreno de la reflexión, resultaba insoportable.

Un grito retumbó en la isla:

—¡¡Asesinos!!

Venía de nuestra derecha.

—Perséfone —aclaró Barbarroja.

A seiscientos metros se anclaba la reina de Cerceta. Me extrañó que fuera exacta a una mujer humana. A esa distancia, con mis sentidos afinados, no como a Magala, la veía igual que si estuviera a dos palmos de mí. Una mujer hermosísima, dañina como una tarántula. Pelirroja, llevaba una trenza cuyo final se posaba en su cadera, a la que había adherido un puñal. De ojos castaños color claro de roble joven, aparentaba treinta años. Tenía labios, pechos y caderas voluminosos, las cejas arregladas, el rostro afilado, el mentón bajo, los pómulos sonrosados, la piel de un blanco marfileño y la mirada hostil. Portaba una espada en cada mano y vestía una armadura azul, el color de la atmósfera de Cerceta, sin yelmo, el casco de la cabeza, donde lucía una corona de hojas de baobab.

La princesa elfa oscura Altea y la princesa elfa plateada Mariel contenían el cincuenta por ciento de la magia de un rey mementiano y juntas sumaban el potencial de Perséfone. Desenvainando las dagas y la espada, se precipitaron a la lucha. A mitad de zancadas, las tres se elevaron tres metros y comenzaron a intercambiar golpes flotando.

Perséfone pilló desprevenida a Altea con su trenza, el cuchillo de la punta le rajó la tripa. Mariel giró con una pirueta en el aire, se ubicó a su espalda y probó una estocada. Perséfone la esquivó arqueándose mientras paraba un espadazo en arco de Altea con su arma. Perséfone izó la espada de la derecha procurando, de arriba abajo, partir a Mariel, haciendo otro tanto con la izquierda. Mariel y Altea, con los filos de las dagas y las espadas, cruzándolas, detuvieron las espadas de Perséfone, inmovilizándolas. Con una energía tremebunda, empujando sus armas, centímetro a centímetro, lograron que las espadas de Perséfone rozasen su cuello. La reina, amenazada de muerte, con un giro de muñecas partió las dagas de las princesas, desconcentrándolas. Alejó sus propios filos y de dos patadas despidió a sus enemigas, que rodaron en el suelo.

Perséfone descendió, se envainó las espadas; las invitaba a un combate cuerpo a cuerpo. Las princesas lo aceptaron y, cruzando los dedos, urdiendo un conjuro, levantaron piedras planas y se cubrieron el cuerpo, menos los ojos. Armaduras de piedra, no se me habría ocurrido, me dije.

El segundo asalto.

Tras unos cuantos golpes, viendo que el puñal de su trenza no atravesaba las piedras, Perséfone dejó de utilizarlo. Las tres se desplazaban vertiginosas, saltando una encima de las demás y acertándose a patadas volantes y puñetazos precisos que ya hubiera deseado lanzar un púgil terrestre. Kesuk analizaba la pelea y a veces me contaba mediante telepatía a qué arte marcial se parecía cada uno de los topetazos de las princesas. A Perséfone le empezaba a costar esquivar y responder tras diez minutos de duro combate. Cuatro ojos ven mejor que dos, me dije, los de Altea y Mariel. La reina de Cerceta flaqueaba. Altea, con una formidable patada en el torso, la arrojó lejos y Mariel, más rápida, la agarró en el aire, de frente; se colocó sobre su amiga y descendió veloz. Mariel había hincado una rodilla en el suelo. Antes de que la reina cayese de espaldas sobre su rodilla armada de piedras, Mariel cogió a la reina con los brazos, empujando hacia abajo, con lo que aumentaba la fuerza que Altea imprimía desde el aire. La espalda de Perséfone se quebró en la rodilla de Altea. La elfa la tiró al suelo, la reina estaba inconsciente, su magia curativa tardaría en sanar la columna vertebral rota.

Que Pétalo venciese a Thanatos no nos había sorprendido, al menos demasiado, antes de que me confesase lo que me confesó. Sin embargo, la pelea de las princesas y la reina se había librado a un nivel similar. Por eso gritamos:

—¡¡Victoria!!

Las princesas se desprendieron de las piedras y retornaron extenuadas al peñasco, recibiendo nuestras felicitaciones.

Pétalo sanó sus heridas con un gesto y exclamó de repente, traducida por Magüa:

—¡Atrás, Magala hechiza la tierra!

Reculamos unos metros mirando por los extremos del peñasco, situándonos a su espalda. Miles de piedras se levantaban, y, esculpidas por la bruja, se transformaban en lanzas de piedra que volaban hacia nosotros. Pétalo, con un chasquido de dedos, materializó un muro largo, alto, delgadísimo, de pétalos de rosa semitransparentes. Los miles de lanzas destrozaron el peñasco y se hicieron añicos en el muro vegetal.

—Nos queda poco tiempo —dijo mi padre reuniéndonos con un gesto.

Mi madre explicó:

—Nosotros, usando un antiguo hechizo esquimal que desconoce Magala, hemos robado la magia de Júbilo, Tantibus y Cerceta. Hasta que nos curó Pétalo, albergar tanta magia nos agotó y enfermamos. Sabíamos que seguirías las pistas y nos hallarías, hijo —dijo observando de refilón la flecha en mi aljaba.

Mis amigos y las mantícoras nos observamos perplejos. Mi conjetura resultaba cierta, mis padres habían engañado a la bruja, lo imposible. Mi madre prosiguió:

—Abrázanos.

Lo hice encantado. Percibí que mis padres me transferían el setenta y cinco del poder sumado de Cerceta, Júbilo y Tantibus. No se detuvieron y continuaron con el veinticinco por ciento de la magia de su interior, un cuarto de un monarca mementiano; me inundaba. Ahora mi poder igualaba a los de los reyes de Memento, excepto los de la diosa Pétalo.

Mis padres dejaron de abrazarme y mi madre dijo:

—Smile, la lección final has de aprenderla por ti mismo. Así lo dictan las normas de Memento.

¿Cuál? Me rasqué la barbilla meditabundo, repasé los acontecimientos, me devané los sesos y di con la clave. Magala poseía hechizos de mayor contundencia que los de los monarcas de Memento, gracias a su estrella. Tensé al máximo mi cuerpo, rescaté la magia que me había añadido el planeta y la abulté con la de mis padres y los continentes de Cerceta, Tantibus y Júbilo. Una película brillante, con los colores del arco iris, se materializó sobre mi cuerpo. Resplandecí como una antorcha en la oscuridad de una cueva. El fulgor se evaporó y me sentí pletórico. Rebosaba magia. Magüa tradujo a Pétalo:

—Tu magia y la de Magala son de la misma intensidad.

Sonreí. Desdibujé la sonrisa preocupado, pregunté a mis padres:

—¿Vosotros?

—Somos humanos normales. La magia se traspasa una sola vez, no permite que la recupere el que la tuvo. Pertenece al nuevo portador. A ti, Smile —explicó mi madre.

Miré a Mariel, que lo ratificó asintiendo.

—¿Estáis indefensos?

Mi padre sonrió y dijo:

—Pétalo, nuestras armas y vestidos de guerra —recordé lo que me dijo Magüa sobre las armas mementianas de mis padres y sus capacidades terráqueas en la lucha y la caza.

—Es vuestro derecho, Alek y Nivi —contestó la reina ninfa en nuestra lengua.

Los demás ni se inmutaron. Imaginarían, al igual que yo, que se desenvolvía con fluidez en cualquier lengua.

Se materializó en su cabeza la corona de hojas de secuoya. Tomó dos, las sopló y se posaron en los hombros de mis padres. Fueron alargándose sobre sus anatomías, mudando de color y textura, avanzando y pulverizando los harapos. Terminaron convertidas en monos negros, similares a los de Kesuk, que se adaptaban a sus formas masculina y femenina, con un bordado redondo de la Tierra a la altura del corazón. Estaban fabricadas de anqun, como mi traje. Los bordados desaparecieron y se cosió uno que brotó de la nada en mi cazadora.

—¡¿Qué?!

—Eres el nuevo Vigilante de la Vía Láctea. Te falta una pareja —dijo mi madre, sonriente.

Me quedé tan alucinado, inquieto por la inmensa responsabilidad, que no abrí la boca.

—Ya la tiene, aunque todavía no nos hemos besado —dijo Kesuk.

¡Tocaba!

Pétalo extendió el índice, la uña creció y se afiló como un bisturí; se cortó dos trozos de las lianas que cubrían sus pechos y se los entregó a mis padres. En la mano de mi madre el pedazo de liana se convirtió en un látigo con una empuñadura y ocho colas, cadenas de metro y medio de longitud cada una, de anqun plateado. La de mi padre se extendió hasta componer un hacha de mango largo y dos filos con forma de ala de mariposa, a cada extremo de la vara, de anqun plateado también. Estaban formidables, intimidaban.

—Indefensos vosotros, nunca. Mi turno —dije con una sonrisa.

Salí de la protección del muro de pétalos, empuñé el arco, extraje de la aljaba la flecha compuesta por las pistas, la única arma capaz de matar a la bruja. Tensé el arco, la apunté. Nos veíamos a la perfección a veinticinco kilómetros, gracias a nuestras magias. La bruja se señaló el corazón esbozando una sonrisa de burla. ¿A cuenta de qué? Me fijé en la atmósfera y los vientos cambiantes de la isla. Averigüé el porqué de la actitud de la bruja y regresé al grupo. Los filamentos de lava continuaban rumbo a los ocho continentes.

—A esta distancia la flecha se desacelerará, perderá fuerza, o una oscilación del viento la desplazará. No acertaré a Magala.

—Piensa, Smile, piensa —me alentó mi padre.

Me estrujé las meninges, caminé en círculos, paré y dije:

—La solución es luchar con Magala, intentar que se despiste y en ese momento, a corta distancia, disparar la flecha. El problema radica en que me sigue superando en pericia, por mucho que confíe en mi intuición.

Escondí la flecha entre la camisa y la cazadora para que no me la arrebatara Magala y me quité la aljaba. Mi padre dijo:

—He visto a los soldados de Perawan reducir a enemigos con mayor experiencia apoyándose en su coraje y su instinto de supervivencia. A ti te sobran, hijo mío; úsalos con sabiduría y ganarás.

Haciéndole caso, tal vez dispusiese de una posibilidad.

No me dio tiempo a responderle. De un portal mágico, negro como la madriguera de una alimaña, emergieron y saltaron a la orilla los tres mil lizores a caballo de Magala, menos los que habían eliminado mis compañeros en Cerceta, un puñado. Comenzaron a cabalgar a nuestra posición, el anuncio de nuestra muerte cierta. O no, dependía de Pétalo. Mis amigos empuñaron las armas y mi magia me avisó. Me giré, mis padres y mis amigos conmigo. Oteamos en el horizonte a trescientas naves con las velas. Alcanzaron la orilla, rasgándola con las quillas. De las cubiertas botaron tres mil elfos plateados, elfos oscuros, aracnes y enanos, con sus vestimentas de guerra e infinidad de armas, gritando. Los comandaban Urina de Júbilo e Indocar el Bravo de Tantibus. La paloma desplazada había realizado su trabajo. Los lizores frenaron, se abalanzaron al galope sobre las huestes aliadas. Contemplé de nuevo a Magala. El rostro de la bruja se torcía malhumorado.

Barbarroja dijo con media sonrisa:

—A qué esperamos.

—Nooos aburríamos —le secundó Pinky.

Mis padres, mi novia sin beso y mis amigos fueron a la batalla. Pétalo se sentó apoyando la espalda en el peñasco, con Kesuk al lado. De su mano brotó una manzana; la masticaba tranquila.

—¿Vosotras?

Kesuk contestó:

—A disfrutar del espectáculo.

Me dije que la intervención de Pétalo en la batalla, con un chasquido de dedos, hubiera vencido a los lizores. Acaso enfadase a su padre, Memento, el planeta viviente, al usar su magia prodigiosa contra los habitantes de los reinos, aunque proviniesen de otro mundo.

Me despedí con la mano, monté en el trineo y enfilé el volcán. Subiendo, de vez en cuando, preocupado por mis amigos y padres, giraba la cabeza. La lucha sanguinaria de las dos facciones, los lizores y los aliados, estaba en tablas. Mi padre y mi madre recibían tajos que no penetraban el anqun; luchaban hombro con hombro, con una agilidad y pericia que yo no había visto en la Tierra. A su lado, Barbarroja, con sus habituales descaro y habilidad, despachaba lizores a mandobles. Y las gatas, que se habían quedado segundos mirando a mis amigos, empezaron a desequilibrar la lucha, atacando feroces al enemigo, ganándole porciones de terreno a sablazos, rápidas y mortales de necesidad.

A quinientos metros de la bruja, les pedí a mis perros que me esperasen. Escalaba la cara sur del volcán; mis sentidos me avisaban dónde aferrarme, el brazo derecho aceleraba la ascensión. Alcancé la cima. La corona circular, el alto, tenía dos metros de ancho, un espacio insignificante para entablar una pelea en condiciones, con riesgo de perder pie y ser devorado por la lava. El diámetro no superaba los treinta metros, algo inusual comparado con los volcanes de la Tierra, pero ¿qué era normal en Memento? La estrecha lengua, que subía a los cielos y se bifurcaba, se encontraba quinientos metros debajo de mí. Las caras interiores del volcán eran lisas. De caer, no me podría agarrar a un saliente. La lava, cuyos grados incrementaba la magia de la bruja, me incineraría de inmediato.

Me giré a mi derecha desenvainando el arpón y con la izquierda empuñé el cinturón de anqun y diamante, electrificándolo mediante un hechizo; lanzaban pequeños rayos de un alto voltaje. La bruja, con una espada en cada mano, ignoraba de dónde las había sacado, me esperaba a veinte metros vestida con sus ropajes de anqun. Estaba bellísima disfrazada de elfa oscura, y era peligrosísima. Me detuve a dos metros, la distancia ideal a la hora de luchar.

De repente, me lanzó un conjuro de enamoramiento que me atrapó y dijo:

—Únete a mí, sé mi pareja. Juntos gobernaremos el universo.

Di un paso hacia Magala loco de amor, admirando su belleza sin parangón. Entonces escuché la voz de Kesuk dentro de mi cabeza: «¡¡Despierta!!».

La bruja, con su potencial, no la había interceptado. El amor, hijo de la libertad, era el mayor sentimiento que existía, y el que nos profesábamos Kesuk y yo había atravesado las defensas de Magala.

Dijo para sí, enojada:

—Maldita chiquilla.

Y agregó mirándome:

—¿Alguna petición antes de cumplir tu condena a muerte, Smile? —una bruja de voz dulce, la muy taimada.

—Al tiempo, Magala.

Emprendimos el combate. La bruja detuvo mi arpón y la cadena con las espadas, aunque notó la descarga eléctrica, reflejada en su rostro con una mueca de dolor. Volteó la de la derecha y me lanzó un tajo al muslo; el traje de anqun aguantó la embestida, pero mis huesos no, debido al impacto. Cojeaba, no podría desplazarme a la celeridad requerida. Escogí un sistema de los boxeadores, a la vieja usanza; ambos contendientes peleaban anclados al suelo, uno pegado al otro, sin mover los pies. El arpón, las cadenas y las espadas desprendían chispas al chocar. Me aferré a mi instinto y mi coraje: no fallé demasiados golpes. La bruja me miraba con un odio que acobardaría a cualquiera, pero yo era un Vigilante, me dije orgulloso.

A veces nos acertábamos en distintos puntos, los trajes de anqun comenzaron a ceder abriéndose, y nosotros a sangrar. Sin embargo, mi arco no sufrió ni un desperfecto. Un espadazo de Magala me hizo sufrir como si me arrancasen todas las muelas, me perforó hasta el hueso del brazo derecho; no se quebró gracias al diamante que lo recubría, regalo de Yocasta. La bruja parpadeó anonadada. En ese instante, viéndola turbada, con la derecha, en horizontal, lancé el arpón; se clavó en su barriga, que abrí de derecha a izquierda; sangró. La bruja reculó, pegué un salto y, con una doble pirueta, aterricé a su espalda. De un tajo le corté la pierna izquierda, músculos y tendones. También cojeaba. Se giró y de nuevo canjeamos topetazos de metal, heridas de sangre. Chocaron mi cadena y una de sus espadas con tal ímpetu que se rompieron. A espada y arpón, a la desesperada, con la velocidad de un torpedo, recrudecimos la pelea.

Los soles nos alumbraban como a dos lobos en la oscuridad del bosque mordisqueando a un cervatillo.

Nos detuvimos a recuperar fuerzas y observamos la costa. Las fuerzas lizorianas de la bruja estaban siendo reducidas por mis amigos. Esbocé media sonrisa. Contento, me fijé en mis padres; sucios de sangre y ceniza, no presentaban heridas. Continuaban contendiendo con determinación.

Un despiste me costaría la vida, estaba a punto de ocurrir. Observando a mis padres, no vi el espadazo, con el plano de la espada, en mi espalda. El empujón me lanzó al precipicio de lava.

Mientras caía contemplaba la sonrisa victoriosa de la bruja. No moriría solo ni le permitiría vencer. Empatados en la lucha, empataríamos en el más allá. Me restaban segundos antes de que la lava me incendiase, así que empuñé el arco y saqué la flecha. La coloqué en la cuerda, la tensé retrasando al máximo el brazo derecho, del que manaba sangre, con tal fuerza que el arco venció las puntas hasta ser medio círculo. Apunté a conciencia y solté la flecha en caída libre. La bruja intentó moverse, pero no le dio tiempo.

Le acerté en el corazón. Magala se precipitó al vacío muerta, me rebasó y la lava fundió su anatomía. En centésimas de segundo me tocaría. Pétalo se había equivocado, el futuro era cambiante. Estaba a punto de palmarla, pero había terminado la primera parte del trabajo. Me faltaba la estrella; se ocuparían mis amigos.

Vale, moriría. ¿Y qué?

¡Liberaba a Memento de la maldad! ¡Liberaba a Memento del gran chacal!

Media sonrisa amplió mi boca al tiempo que sentía la proximidad de la lava; miraba la estrella de Magala, pálida de repente como al principio. Le dediqué una sonrisa de despedida a mis padres y a Kesuk aunque no la vieran, y otra de sarcasmo a la muerte, cerrando los ojos a fin de entregarme al descanso eterno plácidamente, sin miedo, satisfecho de haber liquidado a Magala. Por desgracia, pese a su palidez, la maldad de la estrella continuaba guiando la lava a los continentes.

Entonces, con suavidad, de manera inesperada, unas manos me elevaron hasta posarme en la corona del volcán.

—Buen trabajo, Smile —dijo mi amada Kesuk, subida en la tabla.

A continuación, abriendo un portal, apareció Pétalo. No habían permanecido en el peñasco para disfrutar del paisaje, sino atentas a mi pelea con la bruja por si debían auxiliarme. En la orilla, entre aullidos de alegría de la alianza, los lizores, de rodillas y sin jefa que los mandase, se habían rendido y depuesto las armas.

Aún me restaba una tarea: evitar la desaparición de los ocho continentes.

Pregunté:

—¿Cómo se apaga una estrella?

Pétalo dijo:

—Voy a hacer algo por primera vez y última en mis milenios de existencia —reconocía su edad, la de una diosa—: prestarte mi magia.

—De acuerdo —dije, sabiendo lo que me jugaba.

Su magia sería similar a la del planeta entero; soportarla dolería o sería un imposible, otro de tantos en Memento. La recobraría, no como mis padres al transferirme la suya, se trataba de la reina suprema del planeta mágico imperante en el universo, su hija, que dijo:

—No te muevas, Smile.

De Pétalo fluyó en mi dirección, envolviéndome, un aura de un verde lima. Fue colándose en mi interior. Dolía, y mucho, más que la traición de un amor o el desprecio de unos padres. Cesó el sufrimiento. La magia de la reina ninfa me completaba. Escuchaba el vuelo de una abeja en Iris, mis ojos contemplaban la superficie de un planeta cercano, olfateaba un guiso en Tantibus, mi fuerza se parecía a la de una bomba atómica, o varias. Un poder inmaculado, con la energía de un montón de soles.

Mis heridas estaban cerradas y mis vestimentas sin un solo tajo. La solución se avecinó a mi mente: al calor lo combate el frío, me dije. La lava no me dañaría, Pétalo controlaba los elementos. Conjuré un viento, volé en línea recta dentro del viento sin detenerme; cogí con las dos manos el haz de lava central del volcán; no sentí su calor ni me achicharró los dedos; combé la cuerda de lava; caí de pie en el extremo contrario de la corona.

Había visto a Pétalo mover las lianas de la secuoya con un pensamiento. La imitaría; redoblé mi empeño. Segundo a segundo, con el sudor derramándose en mi frente, las ocho bifurcaciones de la lava cambiaron de orientación, se dirigieron veloces a la estrella pálida de la difunta bruja, la atraparon, se extendieron sobre ella, la encapsularon en un caparazón de lava sujeta por el filamento más grueso, a su vez agarrado por mí. Me reconcentré, la lava padeció una metamorfosis. Ahora era hielo que multiplicaba por mil la dureza del anqun. Estaba al borde del desfallecimiento. Apreté la cuerda de hielo con la fortaleza de Pétalo, capaz, descubrí entonces, de destrozar un planeta. La coraza de hielo fue encogiendo, reduciendo a la estrella. Tras media hora de frenético esfuerzo, la coraza de hielo disminuyó, encogiendo a la estrella. Al final fue la estrella una mota, lo percibían mis sentidos, que se disolvió en el espacio.

Mientras me desmayaba, me pareció ver una diminuta luz que escapaba del punto donde había desaparecido la estrella. ¿O sería una ilusión óptica?

28

Abrí los ojos. Mis ropas mementianas, y nuevas armas robustecidas, cuchillo, arpón, aljaba de imaginar flechas y cadena, obsequio de Pétalo sin duda, se hallaban en una silla. Contemplé mi cuerpo desnudo. Se encontraba limpio, repleto de cicatrices que me acompañarían el resto de mi existencia. Palpé mi brazo derecho; mantenía la constitución facilitada por el diamante de los huesos, el de Yocasta, un valor añadido a mi magia. La noté, era más poderosa que la de cualquier monarca, salvo la de la reina de Iris. Pétalo habría recuperado la suya. Me vestí, miré por la ventana el día soleado; estaría en Ciencielos, el palacio de la casa de los Tador, en Júbilo.

Entró Kesuk, me sonrió, caminamos uno hacia el otro y nos fundimos en un abrazo y el beso prometido, con una pasión subterránea que nos recorrió el cuerpo a leves pinchazos de placer. De repente, a la altura del pecho izquierdo, en su traje, apareció grabada la Tierra, un dibujo exacto al mío.

Lo supimos al instante: ¡¡éramos los nuevos Vigilantes de la Vía Láctea!!

Otro abrazo y otro beso de reconocimiento y complicidad.

Nos dirigimos a la sala regia, la cámara del trono de plata, en la bóveda. Contemplamos lo que estaba ocurriendo envueltos en un hechizo de invisibilidad que descubrió Pétalo; nos guiñó un ojo. Ante la atenta mirada de mis amigos, estaban pesando a las gemelas para que recibieran el pago en oro por ayudarnos. Mariel, en el plato de una gran balanza, colocaba pesas que equiparaban a las gatas, subidas en la otra balanza.

—Me sientooo ligeraaa, Piwy.

—Ligerísima, Pinky.

Piwy sacó de su saco una piedra, ambas se transformaron en granito y su plato descendió hasta el suelo, desatando las carcajadas de los allí reunidos, y las nuestras. Nos desprendimos de la invisibilidad.

Nos recibieron con un aplauso larguísimo. Sonreímos. Estaban todos, recobrados de sus heridas, mis perros, Magüa, Karku con su porra, Perawan y la mantícora Tesio, la reina Urina, la princesa Mariel, mis padres, el rey Indocar el Bravo, su hija Altea, las gemelas, Pétalo y Barbarroja, aposentado sobre un cofre de dimensiones estimables; su paga, supuse. En un extremo de la sala reposaba el trineo, lavado.

Habían preparado una mesa repleta de manjares. Nos sentamos, me obligaron a hacerlo en la presidencia de la mesa, con Kesuk a mi izquierda y Urina a mi derecha. Enfrente se encontraban Pétalo y a su lado Indocar, que me miraba con recelo y envidia, percibiendo que mi poder superaba al suyo. Kesuk me dio un ligero rodillazo bajo la mesa; nunca confiaríamos en el rey de Tantibus, pero sí en su hija Altea.

Urina dijo:

—Enhorabuena, Vigilante Smile. Memento tiene una deuda contigo. Nos has salvado con la ayuda de tu novia, la otra Vigilante. Os tocará proteger la magia de vuestro sistema, Vigilantes de la Vía Láctea.

—No, mi reina, soy yo el que tengo una deuda con vosotros, por vuestras enseñanzas y amistad —dije.

Los demás asintieron, complacidos con mi respuesta.

La comida transcurrió por las veredas de la memoria; hablamos de nuestras muchas aventuras, y nos reímos.

Finalizada la comida, mi madre dijo:

—Hora de irnos. ¿Haces los honores, hijo?

Me despedí de mis amigos, prometiendo volver en cuanto pudiera. Creé un portal mágico.

Dormí en mi cama del iglú. A la mañana siguiente llegaron las piezas del todoterreno y mi padre arregló el Volvo; se marchó con el trineo y los perros de caza. Mi madre me acercó al colegio de Kaktovik en coche, antes de ir al hospital a seguir con su carrera de médico. Me despidió con un beso, dándome la tartera con la merienda.

Durante lo que restaba de año Kesuk aprendía los secretos de magia negra y blanca que su padre aún no le había enseñado. Tres días a la semana, después de clase, los achuchones y los besos, mi novia me aleccionaba sobre la disciplina de las artes marciales. Gracias a mi magia, incólume en la Tierra, al igual que mis sentidos y mi fuerza, y los sentidos y la fuerza de Kesuk, en dos meses tenía los mismos conocimientos y habilidades que mi amada. Incluso me aleccionó en magia blanca y negra terráqueas.

Combatimos, sin herirnos, con todo tipo de armas, enfundados en nuestras respectivas vestimentas, las mías de Memento y su mono de vibranio.

El día de mi decimocuarto cumpleaños comíamos en casa con Kesuk. Los perros estaban tumbados a los pies de la mesa. Soplé las velas deseando lo mejor para todos. En ese momento, saliendo de un portal plateado, cayó sobre la mesa el hada Magüa. De golpe. Nos llevamos un buen susto, y la tristeza nos embargó al contemplarla. Enfebrecida, de los cortes de su armadura brotaba sangre en hilachos constantes que la tintaban de rojo tibio. Mi madre se marchó, regresó con el maletín de urgencias y comenzó a curarla. El hada nos miró a Kesuk y a mí:

—Vigilantes, los felinos de Memento han enloquecido. Están devorando a la población y capturando a los reyes… Os necesitamos.

¡¡Santa Naturaleza!!